L. Alexander Metz

Und Vlado spricht doch Deutsch

Ein Bub sucht seinen Vater

L.A.M.

L. Alexander Metz

geboren 1946 in Cham/Opf., Regensburger Domspatz von 1955 bis 1966, von Beruf IT- und Datenkommunikations-Manager, ist seit 2006 als Verleger, Filmproduzent und Autor tätig. Als Yoga-Lehrer aus der Schule Yesudian/Haich und Chorleiter arbeitete er viele Jahre im Rahmen des „Chamer Modells" therapeutisch mit an Demenz erkrankten Menschen.

Er verwaltet die Werke des einstigen Erfolgsautors Ewald Gerhard Hartmann (Ewger) Seeliger, bearbeitet sie und gibt sie heraus.

Als Autor wählt und erzählt er Geschichten, die das Leben schreibt.

„Geschichte schreiben immer die Sieger. Das Leben schreibt Geschichten und die halte ich fest" ist das Motto seiner Arbeit als Autor.

Und Vlado spricht doch Deutsch

Ein Bub sucht seinen Vater

von

L. Alexander Metz

© L. Alexander Metz 2025

Herstellung und Verlag:
Books on Demand GmbH, Norderstedt

Fotos: L. Alexander Metz, Roman Metz Photography

Umschlaggestaltung und Fotobearbeitung:
Roman Metz Photography München
romanmetz.de
Beratung: Georg Lehmacher

Lektorat/Korrektorat:
Helmut Elbs, Dietmar Holzapfel,
Rosina May, Sabine A. Metz

Herausgeber:
L.A.M.
L. Alexander Metz
Hildegardstraße 6
80539 München

ISBN: 978-3-7693-2715-1

Inhaltsverzeichnis

Vorwort

In meinem Leben habe ich oftmals die Erfahrung gemacht, dass ein Kind, das ohne den leiblichen Vater oder ohne seine leibliche Mutter aufwächst, den Wunsch hegt, eben jenen unbekannten Elternteil, der ihm das Leben geschenkt hat, kennen zu lernen oder ihm wenigstens einmal im Leben zu begegnen.

Die Sehnsucht nach dem eigenen Vater und nach der eigenen Mutter wird in der Tiefe der kindlichen Seele geboren und genährt. Es ist nicht nur pure Neugier. Vielleicht ist es das Urverlangen nach der Dreieinigkeit, nach der Harmonie in der Beziehung Vater, Mutter und Kind.

Selbst dann, wenn ein Kind bei Stief- oder Pflegeeltern in einem intakten Familienverband liebevoll umsorgt aufwächst, kommt es durchaus vor, dass es seine leiblichen Eltern kennenlernen möchte und nach ihnen sucht. In der Fantasie des Kindes entsteht dabei nicht selten ein Idealbild des Vaters stellvertretend für den samenspendenden Erzeuger oder das Idealbild einer Mutter, der Gebärerin.

Der brennende Wunsch, einmal diesem idealen Vater oder dieser idealen Mutter zu begegnen, ist nicht unbedingt nur auf die Zeit der Kindheit begrenzt, er kann auch noch im späteren Leben, ja sogar bis ins hohe Alter, mehr oder weniger bewusst lebendig bleiben und eventuell auch zu Problemen in zwischenmenschlichen und partner-

schaftlichen Beziehungen führen. In der Traumafor-
schung und -bearbeitung kennt man heute sehr wohl die
Symptome einer Bindungsstörung.

Die reale Begegnung mit dem leiblichen Vater oder der
leiblichen Mutter kann unter Umständen zu der bitteren Erkenntnis führen, dass Erzeuger und Gebärerin nichts mit
dem Idealbild fürsorglicher und liebevoller Eltern gemein
haben. Gibt es so etwas wie die Stimme des Blutes, die uns zu
unseren wahren Eltern ruft? Oder ist es vielmehr die Liebe,
welche uns Menschen miteinander verbindet und letzt-
endlich bestimmt, wer mir Vater und Mutter ist?

Meine Suche nach dem idealen, leiblichen Vater war
ein Weg zu mir selbst, bis ich mit 36 Jahren meinem Erzeuger, nach dessen Liebe ich mich von frühester Kindheit
an so sehr sehnte, endlich gegenüberstand.

Die Erfahrungen, die ich bei der Suche nach meinem Ideal-
vater machen musste, halte ich für all jene kleinen und großen
Kinder fest, deren Wunsch es ist, ihrem leiblichen Vater
oder ihrer leiblichen Mutter einmal persönlich zu begegnen, nicht um ihnen eigene wertvolle, vielleicht aber auch
bittere Erfahrungen zu ersparen, sondern um ihnen zu
zeigen, dass sie mit ihrer Sehnsucht, ihren Hoffnungen,
Befürchtungen, ihren Wünschen und Problemen nicht
alleine sind.

Der Traumvater

Junge, wenn Du keinen Vater hast, wer soll dich lehren, wie du
    aus einem Weidenzweig eine Pfeife schnitzst?
    einen Drachen fliegen lässt?
    dich auf dein Fahrrad schwingst?
    ein Zelt baust?
    einen Stein weiter wirfst als jeder deiner Freunde?
    mit dem Kopf voran vom Dreimeterbrett springst?
    aus Stock, Schnur und Nagel eine Angel fertigst?
    einen Kieselstein über das Wasser hüpfen lässt?
    ein Lagerfeuer entfachst?
    deinen ersten Bart rasierst?
    einer Frau, die du liebst, später einmal deine Liebe zeigen
    kannst?

Junge, wenn du keinen Vater hast, wer soll
    mit dir balgen und dich auf der Schulter tragen?
    dich in den Arm nehmen, wenn Angst dich befällt?
    dich aufrichten, wenn du dich schwach und als Verlierer
    fühlst?
    all die Fragen beantworten, die dein Herz bewegen?
    dich beim ersten Liebeskummer trösten?
    dir zeigen, dass Verlieren keine Schande ist, sondern eine
    Chance besser zu werden?
    dir sagen, dass er dich liebhat, an dich glaubt, und der dich
    einmal mit Stolz in die Welt entlässt?

Junge, vielleicht aber brauchst du einen Vater auch nur dazu,
um zu erfahren und zu wissen, wie du einmal nicht werden
möchtest.

Unerwünscht

In der dunklen, weichen, wohlig warmen Höhle, in der ich zusammengekauert heranwachse, fühle ich mich richtig wohl. Eigentlich. Es fehlt an nichts, was meiner körperlichen Entwicklung zuträglich wäre. Und das, obwohl alle um uns herum von schlechten Zeiten reden. Doch wer wie meine Mutter in einer Brauerei arbeitet, hat immer etwas zum Tauschen. Haustrunk gegen Mehl oder Fleisch. Und dennoch fühle ich mich oftmals von Angst und Sorge umgeben, fast erdrückt. Eine dunkle Wolke, die mein Gemüt überschattet, sich in meine Seele bohrt wie ein glühendes Brandeisen, mit dem man ein junges Pferd kennzeichnet, ein stilles Bangen, das mich wohl nie mehr verlassen wird.

Da höre ich Frauenstimmen, die sagen: „Wie konntest du unserer Familie das nur antun! ... So eine Schande! ... Und noch dazu von einem Ausländer! Weißt Du, was das heißt? ... Wir haben doch gar keinen Platz für ein Kind. Das Haus haben die Amis besetzt und in Finis Wohnung sind in jedem Zimmer mindestens zwei Flüchtlinge untergebracht. Nein, für ein Kind haben wir wirklich keinen Platz mehr. ... Geh zum Doktor! Du weißt schon, ehe es zu spät ist!"

Die Stimmen, die auf uns einprasseln, auf meine Mutter und mich, gehören zu ihrem engsten und vertrautesten Kreis. Sie bringen den Schock und das Entsetzen zum Ausdruck, das die schreckliche Nachricht auslöste, die Regel sei schon wieder ausgeblieben und sie glaube schwanger zu sein.

Nachdem meine Mutter, das Fräulein Reserl, wie sie von Freunden und Bekannten in ihrer Heimatstadt Landshut genannt wurde, und ihre Schwester Maria, mit der sie das Haus am Hofberg bewohnt hatte, aus eben diesem von einem schwarzen amerikanischen Soldaten vertrieben worden waren, mussten sie sich ein kleines Zimmer in der Villa der Frau Molter teilen. Die Amis hatten vornehmlich Häuser konfisziert, die mit einer Dampfheizung ausgestattet waren. Die Befreier mochten es verständlicherweise im kommenden Winter wohlig warm haben. Der taffe GI gab ihnen genau zehn Minuten Zeit zum Packen und um das Haus zu verlassen. Maria, die sonst alles im Griff hatte, die treu und tapfer die Geschicke der Brauerei lenkte, während ihre Direktoren an der Front kämpften oder sich in Gefangenschaft befanden, war so aufgeregt, dass sie sich beim Verlassen des Hauses irritiert und zitternd vor der schmiedeeisernen Gartentüre mit einer Schere in der linken Hand und einem Büstenhalter in der rechten fand.

Ein weiteres Zimmer im Haus der Frau Molter bewohnten der Brauereidirektor Ludwig Wöller und seine Frau Stephanie. Wie sollte da noch Platz für ein Kind sein! Man hatte die von ihren Häusern Enteigneten dort zwangseinquartiert. Frau Molter und ihre Tochter, beide warteten auf die Rückkehr des Vaters aus dem Krieg, mussten sich ebenfalls mit einem Zimmer direkt neben der Küche, die es nun mit den Metz-Damen und dem Ehepaar Wöller zu teilen galt, bescheiden.

Die Schwester Fini konnte zwar in der großen Fünfzimmerwohnung ihrer Eltern in der Altstadt direkt am Dreifaltigkeitsplatz bleiben, war aber nicht in der Lage, ihre Schwestern und schon gar nicht ein Baby aufzunehmen, da alle Zimmer bis auf ihr eigenes von Flüchtlingen aus dem Osten belegt waren. In jedem Raum waren mindestens zwei bis drei Personen einquartiert.

Der Schock, den meine potenzielle Gebärerin mit ihrer Beichte bei ihren Vertrauten auslöste, saß tief.

Sie wissen nichts mit einem Bankert anzufangen. Schon gar nicht mit einem, dessen Vater ein Kriegsgefangener ist. Zu tief sitzt in ihnen die Erinnerung daran, was mit deutschen Frauen passierte, die von einem Gefangenen oder einem Zwangsarbeiter ein Kind bekommen hatten, wenn sie nicht aussagten, sie seien vergewaltigt worden. Und als ehemalige Wirtstöchter war es ihnen ein besonderes Anliegen, ja geradezu eine Verpflichtung ihrem Vater gegenüber, kein uneheliches Kind mit nach Hause zu bringen. Wirtstöchter wurden generell als leichtfertig eingeschätzt. Ihr Vater war deshalb besonders streng, was potenzielle Liebschaften seiner Töchter betraf.

Es gibt also nur eine Lösung, die dieser Situation gerecht werden kann. Weg damit!

Von solchen Reden bekomme ich jedes Mal schreckliche Angst; denn das Herz meiner Mutter beginnt heftig zu pochen, wenn solches zur Sprache kommt. Manchmal scheint ihr Atem zu stocken. Ich spüre ihre Panik, die schließlich auch mich immer wieder ergreift.

Wie oft vernehme ich, wenn alles um uns herum ganz still ist, ihr leises Schluchzen. Warum nur ist sie so traurig? Warum freut sie sich nicht über mich und auf mich? Warum freut sich denn überhaupt niemand darüber, dass ich da bin? Warum nur will mich keiner?

Solange ich das regelmäßige Pochen ihres Herzens vernehme und ihren ruhigen Atem spüre, wenn sie schläft, fühle ich mich geborgen. Wenn aber ihr Herzschlag sich beschleunigt und der Atem stoßweise kommt und geht, bekomme ich es mit der Angst zu tun. Darf ich weiterleben?

Schon seit mindestens einer halben Stunde vernehme ich wieder dieses heftige Pochen. Besteht Gefahr für uns, für mich?

Warum liege ich plötzlich mit dem Kopf nach hinten? Das tue ich doch sonst viel später am Tag, wenn draußen alles ganz still ist. Ich höre ein eigenartiges Klappern von metallenen Gegenständen. Irgendetwas drückt mich. Muss ich jetzt sterben?

Jetzt höre ich eine sanfte, ja beruhigende Stimme. Es ist ein Mann, der da redet. Ruhig und sachlich erklärt er: „Ja, gute Frau, Sie sind schwanger."

Ein tiefer Seufzer kommt bei mir an.

„Ich gratuliere Ihnen. Sie werden Mutter. Es muss bereits der vierte oder gar fünfte Monat sein."

Meine Mutter bricht in heftiges Schluchzen aus.

„Aber warum weinen Sie? .... Ein Kind ist doch kein Unglück!"

Das Pochen ihres Herzens wird heftiger, wird stärker als je zuvor. Ich bekomme noch mehr Angst. Dann sagt sie etwas, das ich nicht verstehe. Worte wie Schande, Kriegsgefangener, Kind ohne Vater, unehelich.

Wieder höre ich die beruhigende, aber zugleich überzeugende Stimme des Mannes: „Nein, nein, gute Frau, dazu ist es zu spät."

Sie weint, sie schluchzt, dass unsere Körper heftig geschüttelt werden.

„Damit würden wir nicht nur das Kind umbringen. ... Glauben Sie mir, ich habe schon einige Mütter betreut, die unglücklich waren, weil sie ein uneheliches Kind erwartet haben. Aber, ich versichere Ihnen, keine von ihnen hat es je bereut, ein gesundes Kind auf die Welt gebracht zu haben. ... Also haben Sie nur Mut und seien Sie glücklich darüber, ein Baby zu bekommen! Sie werden einmal viel Freude haben mit dem Kind."

„Viel Freude! Glauben Sie mir!", wiederholt er.

Ich werde nicht getötet! Ich darf leben!

Es war ein Mann, der mir das Leben rettete, noch ehe ich in diese Welt geboren wurde. Diese Erfahrung prägte sich in die Tiefen meiner Seele ein. Ein Mann ist der Retter.

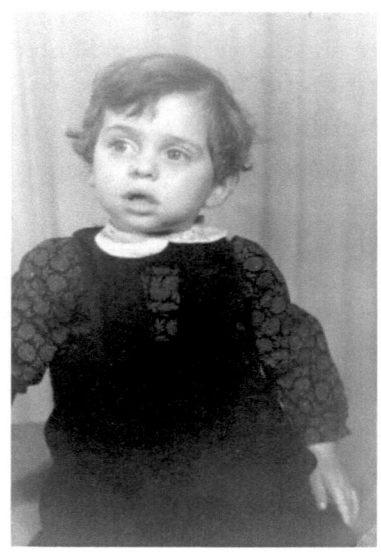

Alexander 1947

Das Geheimnis

Ich war bereits neun Jahre alt, als ich das erste Mal die Ferien bei meiner Mutter und ihrer Schwester Fini in Landshut verbringen durfte. Die Wohnung beherbergte 1955 keine Flüchtlinge mehr. Es gab ein großes Wohnzimmer, das mich mächtig beeindruckte. Mit schweren, alten Möbeln, die den Historismus repräsentierten, eine Zeit des Wohlstands und des Bürgertums. Eine Zeit, „als das Bürgertum noch hoch in Ehren stand", wie meine Mutter es in ihren Erinnerungen zum Ausdruck brachte. Der weite Raum, dessen Fenster auf die Münchner Straße und den Dreifaltigkeitsplatz zeigten, wurde nur zu besonderen Anlässen genutzt, weil er kaum beheizbar war. Eine Tür führte zum kleinen Wohnzimmer gleich daneben. Dort verbrachten wir in den Ferien viele Abende mit Spielen. Besonders beliebt waren das Opernquartett, Mensch ärgere dich nicht und Schwarzer Peter, vor allem wenn mein Cousin Peter über Nacht blieb. Beim Mühlespiel siegte meist Mutti. Sie hatte einen besonderen Trick heraus, den sie mir einmal anvertraute. Vom kleinen Wohnzimmer aus erreichte man direkt das große Schlafzimmer mit zwei nebeneinanderstehenden, wuchtigen, hölzernen Bettgestellen aus Großmutters Zeiten. In einem schlief die Tante Fini direkt vor dem Spiegeltisch. Das andere war mir zugewiesen. Ich teilte es mit meinem Cousin Peter, wenn er bei uns übernachtete.

Das Schlafzimmer meiner Mutter mit den weiß-golden gestrichenen Möbeln und dem königsblauen Vorhang., das aussah, als sei es das Schlafgemach einer Prinzessin, erreichte man vom Flur aus. Für mich, der ich bisher in sehr bescheidenen

Verhältnissen bei meiner Pflegemutter in Cham gewohnt hatte, ohne Bad, ohne Toilette, ohne fließendes Wasser, ohne Kühlschrank, ohne Radio, war das alles wie ein Traum. Plötzlich war ich nicht mehr der arme Bub aus der Propsteistraße in Cham, sondern fühlte mich als das Kind einer wohlhabenden Familie, die aus lauter Frauen bestand.

Es gab sogar ein Bad in der Landshuter Hirschenwirt-Wohnung, mit einem Waschbecken und einer Badewanne. Dem Wasserhahn konnte man heißes Wasser entlocken, das ein Gasofen mit vielen kleinen, blauen Flammen erwärmte.

Neben Tante Finis Schlafzimmer befand sich eine dunkle Kammer ohne Fenster, die nur die Tante höchstpersönlich betreten durfte. Was mochte darin wohl verborgen sein?

Direkt neben dem breiten Eingang zur Wohnung lag das fensterlose Kabüffchen, in dem wir das Essen einnahmen. In ihm befanden sich ein Kanonenofen, ein Sofa, ein Tisch, drei rot bezogene Stühle, die den Historismus repräsentierten, eine Kommode und ein Elektrokühlschrank, zu jeder Zeit vollgestopft mit Dampf- und Wienerwürsteln. Der Ofen sorgte im Winter für eine bullige Wärme.

Diesem Kabüffchen schloss sich die geräumige Küche an, in der Tante Fini, eine gelernte und erfahrene Köchin, auf einem Gasherd die herzhaftesten Gerichte zauberte. Sie hatte nach dem allzu frühen Tod ihrer Mutter von 1932 bis 1939 selbst die Küche des Ainmillers geführt und die Gäste mit ihrer Kochkunst begeistert. Zum Heiraten ist sie nie gekommen. Seit der Pensionierung ihres Vaters führte sie den Haushalt der Familie. Der Vater starb bereits 1943 nach dem zweiten Schlaganfall.

Obwohl ich mich wie ein junger Prinz in Wohlstand gebadet fühlte, – dazu trugen natürlich auch die unerschöpflichen Dampf- und Wienerwürstel bei sowie Rosita, eine Johannisbeerlimonade – betrübte mich dennoch die Tatsache, dass ich zu meiner Pflegemutter, meiner über alles geliebten Mama, keinen Kontakt mehr halten durfte. Und natürlich spürte ich schmerzlich, dass ich in Landshut versteckt gehalten wurde. Sie glaubten, ich würde das nicht merken. Aber Kinder sind ja nicht so dumm, wie man sie oft einschätzt. Nach wie vor durften Bekannte und Freunde meiner Mutter und ihrer Schwestern nichts von meiner Existenz wissen.

Meine Mutter, die ich wie ein artiger Junge Mutti nannte, versorgte mich mit Essen, Trinken und Kleidung, die allerdings von Tante Maja mit Begeisterung für mich ausgesucht wurde. Mutti bezahlte mit ihrem kleinen Gehalt die von Tante Maja ausgewählten Kleidungstücke wie auch das Internat und die Schule bei den Regensburger Domspatzen. Emotional erlebte ich sie mir gegenüber jedoch eher distanziert. Sie nahm mich nie in den Arm oder schmuste gar mit mir, wie es meine Pflegemutter getan hatte. Im Gegensatz zu dieser aber schlug mich meine Mutter nicht, sie schimpfte auch nicht mit mir.

Bereits in den ersten Ferientagen in Landshut wagte ich eine für mich brennende Frage loszuwerden: „Mutti, wer ist mein Vati?"

Das Wort Vati übernahm ich von meiner Cousine Gabi, die ihren Vater, meinen gesetzlichen Vormund, so nannte. Ledige Kinder brauchten einen Vormund. Und Onkel Sosthenes, der Mann von Kathrin, der zweitjüngsten Schwester meiner Mutter, war bereit, diese verantwortungsvolle Aufgabe zu übernehmen.

Mutti antwortete spontan, so als hätte sie diese meine Frage längst erwartet, indem sie mir kurz und sachlich mitteilte, mein Vater sei ein Offizier gewesen und im Krieg gefallen. Diese Geschichte hatten sich ihre Schwestern ausgedacht für den Fall, dass ich einmal nach meinem Vater fragen würde.

Mutti sah mir dabei nicht in die Augen, sie ging sofort zu einem anderen Thema über. Ob ich in den Ferien schon einmal

Geige geübt hätte? Ich fühlte, obwohl ich damals erst neun Jahre alt war, dass das, was sie sagte, nicht stimmte.

Trotzdem fragte ich in meiner kindlichen Neugier und Naivität weiter: „Wie hat mein Vati geheißen?"

„Alexander wie du. Alexander Metz. Wie sonst?", gab sie mir kurz, fast etwas schnippisch zur Antwort.

Ich spürte, dass sie meine Fragen nicht mochte. Dennoch bohrte ich weiter: „Hast du ein Foto von meinem Vati?"

Sie vertröstete mich auf ein andermal. Sie müsse es erst suchen, redete sie sich raus und forderte mich auf, um mich von weiteren derartigen für sie peinlichen Fragen abzulenken, meinen Trix-Baukasten aufzuräumen. Die Tante Fini sei schon dabei, das Abendessen aufzutischen. Natürlich spürte ich, dass Mutti nicht die Wahrheit sagte, dass ihr dieses Thema sehr unangenehm war.

Solche Gespräche mit meiner Mutter gab es nur sehr wenige. Sie ließen mich jedes Mal die emotionale Kluft, die von Anfang an zwischen ihr und mir bestand, schmerzhaft fühlen. Ich ließ es irgendwann sein, ihr Herz durch solch intime Fragen zu gewinnen.

Immer mehr aber gewann ich das Herz der Tante Maria. Ihren Namen Maja hatte sie meinem Cousin Peter zu verdanken, der als Kleinkind das Wort Maria nicht aussprechen konnte und daraus eine Maja machte.

Tante Maja war kinderlos, nicht verheiratet, aber Firm- und Taufpatin von mindestens 25 Kindern. Sie sah in mir immer mehr ihr eigenes Kind und verwöhnte mich, wo immer es ging.

Einmal sagte sie zu meiner Mutter scherzhaft: „Ich kauf ihn dir ab."

Ich nahm das mit Entsetzen auf, obwohl ich die Tante sehr mochte.

Als ich meine Mutter fragte: „Wirst du mich verkaufen?", entgegnete sie: „Aber niemals werde ich das tun!"

Das machte mich sehr glücklich. Sie mochte mich also doch!

Alexanders Mutter
1940

Blamage

Im September 1956 kam ich in das Domgymnasium der Regensburger Domspatzen. Am ersten Schultag mussten wir nach Anleitung des Klassenleiters einen Fragebogen ausfüllen. Es wurde unter anderem nach dem Namen und dem Beruf des Vaters gefragt.

Ich schrieb, wie es mir meine Mutter vorgesagt hatte. Name des Vaters „Alexander Metz". Beruf des Vaters „Offizier". Daneben setzte ich „gefallen".

Mir waren die Fragen sehr unangenehm, da ich fühlte, dass ich sie nicht wahrheitsgemäß beantwortete. Dass man immer die Wahrheit sagen muss, hatte mir Mama, meine Pflegemutter, eine gläubige Katholikin, beigebracht. Ich kaute nervös auf meinem Geha-Füllfederhalter herum, den ich von Tante Maja zum Übertritt aufs Gymnasium bekommen hatte und auf den ich sehr stolz war, und starrte dabei Löcher in die Luft.

Der Klassenleiter, ein ehemaliger SS-Offizier, der seine stramme Haltung und den Befehlston mit in die Neuzeit herübergerettet hatte, bemerkte meine Hilflosigkeit, riss mir das Blatt aus der Hand, überflog, was ich geschrieben hatte, und schnauzte mich an: „Ha, Flegel! Ha! Bist wohl nicht in der Lage, einen Fragebogen auszufüllen! Ha! Was suchst du überhaupt auf dem Gymnasium."

Er las laut vor, was ich in die mit Pünktchen vorgegebenen Felder eingesetzt hatte, so dass alle in der Klasse aufhorchten. Ich konnte die Tränen kaum zurückhalten. Angst und Scham vernebelten mein Gehirn. Seine Stimme klang, als hätte ich Watte in den Ohren.

„Ha, was lese ich da!", triumphierte er, und sein Gesicht offenbarte in diesem Augenblick all seinen Zynismus und seinen Spott.

„Mutter, geborene Metz! Ha! Vater Alexander Metz! Ha! Wirklich zu blöd fürs Gymnasium!"

Die ganze Klasse kicherte, bis er mit seinem Rohrstock auf das Lehrerpult schlug. Plötzlich herrschte wieder Stille im Schulraum. Ich spürte peinlich die Scham, die mein Gesicht über und über rot anlaufen ließ. Und zugleich kullerten mir die Tränen, die ich nicht länger mehr zurückhalten konnte, über die Wangen.

„Heilige Maria, hilf mir", betete ich still in meiner Angst und Verzweiflung. Aber sie half mir nicht.

„Wie kann denn die Mutter eine geborene Metz sein, wenn der Familienname des Vaters Metz lautet? Ha!", herrschte er mich an. „Ha! Und dann auch noch ‚im März 1946 geboren' angeben, ha, und beim Vater ‚gefallen'! Ha! – Schau mich nicht so blöd an mit deinen Kuhaugen!"

Er verspottete mich wegen meiner großen Augen, die ich von meiner Mutter geerbt hatte. Verständnislos schüttelte er immer wieder seinen schmalen Adlerkopf. Die ganze Klasse lachte schallend auf. Es war ihm gelungen, mich vor den anderen Kindern bloßzustellen und fertig zu machen.

„Und dann auch noch flennen! Ha! Memme! Geh doch ins Mädchenlyzeum!"

„Mädchenlyzeum" traf mich besonders hart. Ich wollte doch nicht für ein Mädchen gehalten werden.

Wieder überflog er den Fragebogen, den er in seiner linken Hand vor sich hielt. Mit der rechten Hand klopfte er seinen dünnen Rohrstock, den er im Unterricht als Zeigestab benutzte, ungeduldig gegen sein rechtes Bein und schüttelte immer wieder dabei den Adlerkopf. Er ließ nicht locker.

„Du weißt also nicht den Mädchennamen deiner Mutter? Ha! Und wie kann dein Vater gefallen sein, wenn du im März 1946 geboren bist? Ha?"

Er schaute mich mit einem durchbohrenden Blick an.

Der Wipsi, ein Klassenkamerad, der es nicht aufs Gymnasium schaffte, hatte mir in der Vorschule zum Domgymnasium einmal anvertraut, dass Kinder neun Monate im Bauch der Mutter heranwachsen, was ich mir nicht so recht hatte vorstellen können. Er habe das wiederum vom Tschitschi erfahren, der aus dem Internat geflogen ist, weil er dieses Geheimnis unter den Klassenkameraden verbreitet hatte. Ich verstand in Erinnerung an Wipsis Aufklärung sehr wohl die Anspielung des Klassenleiters.

In der Klasse war es wieder still geworden. Alle glotzten gespannt abwechselnd auf den Lehrer und auf mich.

„Meine Tante hat das gesagt", stammelte ich.

„Ja, ja vielleicht auch deine Oma. Vielleicht!", spottete er, und die Klasse brach wieder in schallendes Gelächter aus.

Sollte ich ihm sagen, dass ich gar keine Oma hatte? Jedenfalls keine, die noch lebte.

Da schlug er seinen dünnen Rohrstock mit einem lauten Knall auf die erste Bank. Augenblicklich war es wieder still im Klassenzimmer.

Ich brauchte den Fragebogen nicht weiter auszufüllen.

Zu Beginn eines jeden Schuljahres mussten wir Schüler die Fragen erneut beantworten. Dies allein war schon Grund genug dafür, dass es mir am Ende der großen Ferien vor dem ersten Schultag schrecklich graute.

Aufklärung Teil 1

Mit etwa zehn Jahren wusste ich dank Wipsis Aufklärungs-
aktion bereits in der Vorschule Etterzhausen, dass ein Baby
neun Monate braucht, bis es auf die Welt kommt. So konnte ich
mir an meinen zehn Fingern ausrechnen, dass mein Vater nie
und nimmer im Zweiten Weltkrieg gefallen sein konnte.

Ich bin im März 1946 geboren, überlegte ich. Also rechnete
ich rückwärts Februar, Januar, Dezember und so weiter, bis ich
bei Juni 1945 anlangte, wobei ich meinen neunten Finger
krümmte. Im Mai 1945 war der Krieg aus, hatte ich mitbekommen. Somit konnte mein Vater gar nicht als Offizier im Krieg
gefallen sein.

Diese neue, umwälzende Erkenntnis nahm ich zum Anlass,
in den nächsten Ferien wieder einmal meine Mutter zu fragen:
„Mutti, wann ist mein Vati gefallen?"

Sie schien meine Gedanken erraten zu haben; denn sie erzählte mir diesmal eine neue Version: „Dein Vater ist nach dem
Krieg in einem Gefangenenlager an Lungenentzündung gestorben."

Hm! Natürlich merkte ich, dass meine Mutter mir auch dieses Mal nicht die Wahrheit sagte. Dennoch bettelte ich weiter:
„Bitte, zeig mir doch einmal ein Foto von meinem Vati. Du hast
es mir versprochen."

Sie stand gerade vor ihrem Bett direkt neben dem weißgol-
denen Nachtkästchen vor den königludwigblauen Vorhängen.

Mutti zog unversehens die Schublade heraus und kramte etwas umständlich ein Schwarzweiß-Foto hervor, auf dem ein

Mann in Uniform mit einer Schirmmütze auf dem Kopf zu sehen war. Auf den Schulterklappen erkannte ich Sternchen, mit denen ich aber nichts anzufangen wusste. Es war nicht das Foto meines Vaters. Ich spürte es. Die Person auf dem Bild entsprach in keiner Weise meinen kindlichen Vorstellungen von meinem Vater.

Meine Mutter deutete mit dem Zeigefinger auf die Sterne an seiner linken Schulterklappe und betonte: „Siehst du, er war Offizier!", ehe sie das Bild rasch wieder in der Schublade verschwinden ließ. Auf mich machte dieser Hinweis keinen sonderlichen Eindruck. Ich war nur enttäuscht und sie war mir einmal wieder mit ihrem Herzen ein Stück weiter entrückt.

Als ich einen Tag später das Bild nochmals anschauen wollte und deshalb in aller Heimlichkeit die Nachttischschublade meiner Mutter öffnete, war das Foto nicht mehr darin zu finden.

Ich wagte noch einmal einen Sprung nach vorne und fragte ein weiteres Mal in Gegenwart von Tante Maja, dem Oberhaupt der Familie und der ältesten Schwester meiner Mutter, der mittlerweile mein volles Vertrauen gehörte, nach dem Schicksal meines Vaters.

Meine Tante bestätigte diese neue und fürderhin gültige Version vom Offizier, der in einem Gefangenenlager an Lungenentzündung gestorben sei. Dabei wusste sie vortrefflich und anschaulich zu ergänzen, sie könne sich noch gut erinnern, wie meine Mutter auf ihrem Bett saß und bitterlich weinte, als sie den Brief erhalten hatte, in dem ein Freund meines Vaters ihr seinen Tod mitgeteilt hatte.

Beinahe hätte ich an diese Version geglaubt; denn die Tante Maja verstand sie recht überzeugend vorzutragen. Da zischte meine Mutter dazwischen ein „Ssscht" und gab meiner Tante in der naiven Vorstellung, ich würde dies nicht merken, mit dem

Kopf ein deutliches Zeichen, sie solle damit aufhören. Worauf meine Tante ihre Schilderung abrupt unterbrach.

In Gegenwart meiner Mutter stellte ich nie mehr Fragen nach meinem Vater. Das Thema war zwischen uns absolut tabu.

Etwas Wahres aber war an dieser Geschichte doch dran. Nach dem Tod meiner Mutter konnte ich aus Briefen, die ich bei ihren Unterlagen fand, erfahren, dass sie vor und während des Zweiten Weltkriegs mit einem Offizier, einem Freiherrn von Sartor, dem Vater einer ihrer Schulkameradinnen und besten Freundin, eine innige Beziehung pflegte. Dieser Mann war in Wahrheit ihre große Liebe. Er lebte in Scheidung und ist 1940 in Frankreich bei einem Tieffliegerangriff ums Leben gekommen. Für meine Mutter war damals eine Welt zusammengebrochen. Das Foto, das sie mir als Kind einmal kurz gezeigt hatte, war nicht das Bild meines Vaters, sondern das ihres Geliebten, des Oberstleutnants Freiherr Walther von Sartor.

Freiherr Walther von Sartor

Aufklärung Teil 2

Ein Besuchssonntag war zu Ende gegangen. Die Internatsordnung erlaubte nur alle vier Wochen den Besuch von Angehörigen. Immer an einem Sonntag, dem ersten eines Monats.

Mutti und Tante Maja hatten mich besucht, brachten mir was zum Schnabulieren mit, einen Eimer Honig zum Frühstück, Schokolade und neue Sachen zum Anziehen. Zum Abschied drückten sie mich kurz und entschärften diese Geste der Nähe mit einem „Sei schön brav und folgsam!"

Ich hatte an den vorhergehenden Besuchssonntagen, an denen der Tschitschi, unser Blondschopf, noch bei uns war, bemerkt, dass Tschitschis Papa, bevor er ins Auto stieg, seinen Sohn immer umarmte und ihm einen herzhaften Schmatz auf die Stirn drückte. Tschitschi, ein Klassenkamerad, den wir alle wegen seiner offenen und lockeren Art, wie er sich uns gegenüber zeigte, mochten, entwand sich verschämt vor den anderen Jungs der Umarmung seines Vaters, als sei sie ihm unangenehm. Wie gerne hätte ich einen Vater gehabt, der mich in den Arm nimmt! So einen wie Tschitschis Vater. Der war groß, schlank, hatte einen schmalen Kopf und goldgelbe, glatt nach hinten gekämmte Haare. Sein Blick war, wenn er nicht gerade mit Tschitschi redete, geradeaus gerichtet. Das machte was her. Wenn er seine Hand auf Tschitschis Schulter legte, vermittelte er Stärke und Zuversicht und zeigte mit dieser mir leider nicht gegönnten Geste, wie sehr er seinen Sohn mochte und wie stolz er auf ihn war.

Ich beobachtete aber auch einen anderen Vater, der im Beisein seines Sohnes zum Präfekten sagte: „Wenn der Bua ned spurt, dann geben S' ihm gleich ein paar hinter die Löffel!" So einen Vater wünschte ich mir nicht.

Wir Kinder lagen schon in unseren Betten und starrten brav zur Decke. Unsere Herzen waren von Traurigkeit erfüllt; denn wir waren nun wieder allein, ein jeder für sich, ohne Liebe, ohne Zärtlichkeit. Wir durften nicht sprechen, nicht ein Wort zum Nachbarn flüstern. Es war Silentium strictissimum religiosum angeordnet. Absolutes Stillschweigen. Wer es brach, wurde vom Präfekten mit dem Rohrstock bestraft. Auf der Stelle. Entweder gab es Tatzen, Schläge auf die ausgestreckte Hand, oder Hiebe auf den Hintern, welcher der Tageszeit entsprechend nur von einer dünnen Schlafanzughose bedeckt war. Gefühle der Scham und der Demütigung waren dabei schlimmer als die schmerzhaften Hiebe selbst.

Draußen auf dem endlos langen Gang schlich der Präfekt in seinem dunklen Anzug, leise wie eine schwarze Katze, auf und ab, darauf lauernd, ob es nicht doch einer wagte, das Stillschweigen zu brechen.

Franzl, der Junge mit dem runden Mondgesicht – er stammte von einem Bauernhof aus Hausham und hatte wieder einmal keinen Besuch bekommen – weinte still vor sich hin. Ich vernahm sein unterdrücktes Schluchzen, hätte ihn gern getröstet. War aber wegen der zu erwartenden Strafe nicht möglich.

Auch ich war traurig. Ich hatte zwar Besuch von meiner Mutter, der Mutti, erhalten, nicht aber von meiner über alles geliebten Mama, meiner Pflegemutter, die neun Jahre lang für mich Mutter war. Hoffentlich wird sie mich bald besuchen, wünschte ich mir. Ich wusste nicht, dass meine Mutter und die Tante Maja in ihrer Besorgnis um mein seelisches Wohlergehen veranlasst hatten, dass meiner Pflegemutter der Zutritt zum Internat verwehrt blieb, Briefe von mir an sie abgefangen wurden und ebenso ihre Briefe an mich. Meine Mama hat mich bestimmt nicht vergessen! Von dieser Hoffnung beseelt war ich gerade dabei einzuschlafen.

„Ssst, ssst", zischte Peter mit dem schiefen Eckzahn, den wir den Wipsi nannten. Er lag im Hochbett neben mir, oben, getrennt von der Breite eines Spinds, der zwischen beiden Betten an der Wand stand.

Das „Ssst" bedeutete, dass er mir vor dem Einschlafen noch unbedingt etwas ganz Wichtiges mitteilen wollte.

Da Wipsi aus der nahe gelegenen Stadt Regensburg kam, durfte er an Besuchssonntagen nach der Heiligen Messe mit der Bahn nach Hause fahren. Er hatte immer etwas Interessantes zu berichten, wenn er am Abend wieder zu uns zurückkehrte.

Was wird er heute zu erzählen haben? rätselte ich und bemühte mich nicht einzuschlafen, obwohl meine Lider immer schwerer wurden. Ihn auf der Stelle zu fragen, was er mir mitteilen wollte, durfte ich auf keinen Fall riskieren. Ich hätte mich und ihn der Gefahr einer Bestrafung mit dem Rohrstock ausgesetzt. Wir mussten also warten, bis die Bettnässer geweckt wurden, um nochmals auf die Toilette zu gehen, und bis sie wieder in ihren Betten lagen und schliefen. Dies war auch der Zeitpunkt, wo wir vor dem Präfekten sicher waren. Einigermaßen.

Als es endlich so weit war, zischte Peter wieder: „Ssst, ssst", und machte mit seinem Finger ein Zeichen, ich solle näher zu ihm rüberkommen. Ich beugte mich über das Gitter meines Bettes weit hinaus.

Wipsi mit dem schiefen Eckzahn hielt die Hand vor seinen Mund und tuschelte mir ins Ohr: „Du Alex, ich weiß jetzt, wie man erkennt, dass ein Mann ein Vater wird."

„Sag's mir. Komm, sag's mir", drängte ich.

Ich war von dieser Neuigkeit fasziniert, hatte ich doch mit beinahe zehn Jahren noch immer keine Ahnung davon, wie Kinder gemacht werden. Der Tschitschi hatte es angeblich gewusst und es anderen gesagt. Das flog auf. Daraufhin wurde er vom Präfekten aus Internat und Schule geworfen. Er soll behauptet haben, die Kinder kämen bei der Mutter unten heraus, was ich mir überhaupt nicht vorstellen konnte.

Wipsi zierte sich noch etwas: „Möchtest du's wirklich wissen?"

Natürlich wollte ich das wissen. Und zwar sofort. Gerade weil ich nicht im Geringsten ahnte, was er mir da anvertrauen würde, war meine Neugierde übergroß. Ich wollte unbedingt und sofort erfahren, wie man erkennen kann, dass ein Mann ein Vater wird. Das musste etwas ganz, ganz Besonderes sein. Ein großes Geheimnis!

„Ich kann's dir nicht sagen. Ich muss es dir zeigen", geheimniste Wipsi weiter. „Aber du darfst es niemandem weitererzählen. Niemandem! Versprichst du mir das?"

„Ich werde es bestimmt niemandem erzählen. Großes Indianerehrenwort!", versicherte ich und hob die Hand zum Indianerschwur, während ich mich mit der anderen Hand am Bettgitter festhielt, um nicht auf den Boden hinabzustürzen. „Bitte zeig es mir! Gleich jetzt. Geht das? Bitte! Komm schon!"

„Psst, ich höre Schritte. Der Prä!", warnte Wipsi. Prä war in der Internatssprache die Abkürzung für Präfekt.

Sogleich rollte ich mich in mein Bett zurück und lauschte gespannt mit pochendem Herzen in die Dunkelheit. Ich hörte das Schnarchen und Schmatzen unserer acht Zimmerkameraden. In einem entfernten Schlafsaal jammerte ein Junge schlaftrunken nach seiner Mama. Sein Wimmern wallte wie ein Klagelied über den langen Gang.

„Ssst, Ssst", machte der Wipsi nach einer kleinen Weile wieder und gab mir ein Zeichen mit dem Kopf, wieder näher zu ihm zu kommen.

Ich beugte mich weit über das Gitter hinaus, um zu hören, was er mir zu sagen hatte.

„Ich glaub, der Prä ist jetzt in seinem Zimmer. Ich geh jetzt aufs Klo. Und du kommst nach einer Weile nach. Dann zeig ich dir das mit dem Vaterwerden", erklärte er mir, kletterte unversehens von seinem Bett herab und schlich auf leisen Sohlen barfuß aus dem Zimmer.

Ich konnte es kaum erwarten, ihm zu folgen, um endlich das große Geheimnis, wie ein Mann ein Vater wird und woran man das erkennt, zu erfahren.

Bald schon kroch auch ich aus dem Bett, kletterte die Sprossen hinab, versicherte mich in die Dunkelheit lauschend, dass auch wirklich alle im Zimmer schliefen, und schlich dann, vorbei am Präfektenzimmer, ebenfalls zur Toilette, die nur wenige Schritte entfernt auf der anderen Seite des Gangs lag. Es war schummrig in der Toilette. Der Mond, der in den vergangenen Nächten durch die Fensterfront sogar den endlos langen Schlafsaalgang erhellte, hatte sich hinter dichten Wolken versteckt. Nur die spärliche Nachtbeleuchtung tauchte den Ort unserer geheimen Begegnung in ein gespenstisches grünes Licht.

Wipsi stand allein vor einem Pissbecken und schaute ungeduldig zur Tür hin.

„Komm her!", forderte er mich energisch auf. „Komm schon!"

Als ich zögernd den düsteren, nach Pisse riechenden Raum betrat, wiederholte Peter in ernstem Ton: „Du wirst es ehrlich nicht verraten!"

Das war keine Frage, das klang eher nach einer Drohung.

„Aber nein", versicherte ich nochmals. „Ich schwör's dir. Ganz, ganz ehrlich. Zeig's mir jetzt!"

„Guck mal", sagte er und schaute mich etwas schelmisch lächelnd an, während er etwas umständlich sein Schwänzchen aus dem Schlitz seiner Schlafanzughose hervorholte. Er grinste, so dass sein schiefer Eckzahn selbst in der Dunkelheit zu sehen war.

Ich erstarrte. Entsetzen und Panik zugleich überfielen mich. So etwas ist doch Unkeuschheit, die schlimmste Sünde, die direkt den Weg in die Hölle weist. Und so etwas wird streng bestraft! Mit Rauswurf aus Internat und Schule. Da kennt der Herr Präfekt keine Gnade. Alleine schon aus Angst, hierbei entdeckt zu werden, wäre ich am liebsten gleich wieder fortgelaufen. Doch meine Neugierde, nun endlich etwas über das Vaterwerden zu erfahren, hielt mich zurück. Ich stellte mich neben Wipsis Pissbecken und starrte auf das, was nicht sein durfte.

Der Wipsi umfasste seinen Pimmel mit der rechten Hand und fing an, vorne daran zu reiben. Dabei richtete sich sein Glied rhythmisch zuckend auf. Mit Herzklopfen und Unbehagen, ja Panik, verfolgte ich diese sündige Aktion.

Erst, als sein Glied in voller Pracht aus der Schlafanzughose schräg nach oben gerichtet herausragte, begann er zu erklären: „Schau her! Wenn ein Mann ein Vater wird, dann werden die Adern an seinem Duweißtschon hier ganz, ganz dick. Und vorher muss der Mann vorne einfach etwas mit den Fingern reiben. So wie ich es mach. Versuch's mal!"

Ich war wie elektrisiert. Das hatte ich echt nicht gewusst. Mit großen Augen und Entsetzen schielte ich zu Wipsi rüber. Irgendwie fühlte ich mich zutiefst in das Bad der Sünde getaucht.

Von diesem Moment an hatte für mich ein Vater und somit auch mein Traumvater eine mir bis dahin unbekannte Faszination, die ich nicht zu erklären verstand; denn ich kannte weder das Wort noch den Begriff Sex oder Sexualität und auch für den Geschlechtsteil des Mannes kannten wir nur Ausdrücke wie Zipfel, Pimmel oder Schwänzchen. Und das durften wir nicht einmal denken, geschweige denn aussprechen.

„Wer hat dir das gesagt?“, stotterte ich innerlich völlig erregt, ja vor Entsetzen und Scham aufgelöst.

„Der Geselle von meinem Opa hat es mir gezeigt. Aber bei dem sind die Adern noch viel, viel dicker. Der ist nämlich schon siebzehn und kann auch schon Vater werden, wenn er will.“

Als ich wieder oben in meinem Bett lag, dachte ich noch lange über das nach, was der Wipsi mir eben gezeigt und erklärt hatte. Ich war viel zu aufgeregt, um einschlafen zu können. Ich konnte mir nicht vorstellen, wie man so Vater werden kann. Schließlich kommend die Kinder aus dem Bauch der Mutter. Jedenfalls, wenn es stimmt, was Tschitschi gesagt haben soll. Und außerdem ist das, was Wipsi mir eben gezeigt hatte, ja eine Sünde, eine schwere sogar. Wie alles da untenrum. Sie gilt als die schändlichste und sündhafteste Tat hier auf Erden. Gott Vater, ansonsten die Liebe in Person, würde solch einen Frevel mit ewiger Verdammnis im Feuer der Hölle bestrafen. Das hatte man uns im Religionsunterricht beigebracht. Warum sonst ist Tschitschi rausgeflogen! Wenn das aufkommt, fliegen wir auch raus! Diese Angst sollte mich noch lange Zeit begleiten.

Aber vielleicht dürfen Väter so etwas tun? überlegte ich ernsthaft, konnte diese Frage jedoch in jener Nacht nicht beantworten und schlief irgendwann dann doch ein.

Der Wahrheit erster Teil

Ich war bereits 18 Jahre alt. Wie all die Jahre davor, seit meinem neunten Lebensjahr, verbrachte ich die großen Ferien zu Hause in Landshut bei meiner Mutter und den Tanten Maja und Fini.

Eines Tages geriet Tante Maja mit meiner Mutter in einen heftigen Streit. Solche Attacken kamen seit ihrer unfreiwilligen, durch Intrigen inszenierten Pensionierung immer häufiger vor. Der neue Chef der Brauerei, der Sohn vom alten Woller, hatte sie gegen ihren Willen in die Rente geschickt. Er wollte das Unternehmen von Grund auf modernisieren. Die Altvorderen betrachtete er für diese längst fälligen Aktionen eher als hinderlich.

Und wie fast immer ging es auch bei diesem Streit wieder einmal um das liebe Geld. Meine Tante erwartete eine finanzielle Unterstützung von ihrer Schwester, da sie mit ihrer Rente nicht klarkam. Vor ihrer Pensionierung konnte sie im Gegensatz zu meiner Mutter aus dem Vollen schöpfen. Als Prokuristin und als Mitglied im Aufsichtsrat einer Niederbayerischen Großbrauerei hatte sie stets gutes Geld verdient. Ihre Rente aber lag weit unter ihrem gewohnten Einkommen. Damit hatte sie nicht gerechnet. Meine Tante brauchte das Geld gar nicht einmal so sehr für sich, sondern gab es sehr zum Ärger meiner Mutter, die ihr Leben lang auf jeden Pfennig achten musste oder wenigstens glaubte, darauf achten zu müssen, um über die Runden zu kommen, für Nachbarhunde und Katzen aus, die sie mit den allerbesten Fleischstücken verwöhnte, und für die Vögel im Garten, von denen sie glaubte, es seien Seelen Verstorbener. Auch jeder Bettler durfte mit ihrer Gunst und Güte rechnen.

„Ich war immer die Gebende!", schrie Tante Maja aus Wut und Enttäuschung hysterisch auf und stampfte dabei auf den Boden, dass das Bücherregal wackelte. „Jetzt wo ich nicht mehr so kann, lasst ihr mich alle im Stich. Du konntest ja leicht Geld sparen, Resi, weil ich immer alles bezahlt habe. Alle habe ich euch mitkommen lassen!"

Meine Mutter, an Sparsamkeit gewohnt, wollte wieder einmal nicht einsehen, ihr sauer Erspartes auszugeben, um Nachbarhunde zu verwöhnen oder Vögel im Sommer mit Margarine, Haferflocken, Mais, Weizen oder gar teuren Pinienkörnern zu füttern. Sie hatte dennoch ein Herz für Tiere.

„Du weißt ganz genau, dass ich noch immer geholfen habe, wenn es nötig war", verteidigte sich meine Mutter. „Schließlich bin ich die Einzige in der Familie, die etwas Geld gespart hat. Ihr alle habt keinen Pfennig auf der Seite. Und wenn's drauf ankommt, dann muss ich für die ganze Familie herhalten."

Mit der ganzen Familie meinte sie ihre zwei verheirateten Schwestern Anna und Kathrin und ihre zwei unverheirateten Schwestern Maria und Fini.

Immer heftiger entbrannte der Streit, flogen Worte hin und her, bis schließlich meine Tante hysterisch kreischend meine Mutter aus dem Haus schickte.

„Immer war ich die Großzügige und die Gebende", wiederholte sie fassungslos. „Nun lasst ihr mich schmählich im Stich. Schau, dass du weiterkommst! Ich will dich in meinem Haus nie wieder sehen."

Obwohl das Haus zur Hälfte notariell bestätigt meiner Mutter gehörte, verließ sie es des lieben Friedens willen, um in ihre Stadtwohnung am Dreifaltigkeitsplatz zu gehen, die sie mit ihrer ebenfalls unverheirateten Schwester Fini teilte. Tante Fini führte den Haushalt und bekochte tagein, tagaus meine Mutter.

Ich verbrachte damals die Ferien bereits im Haus der Tante Maja. Und das hatte einen guten Grund.

Die sonst grundgute und treuherzige Tante Fini pflegte in ihrem grenzenlosen Misstrauen mir gegenüber, dem Fehltritt ihrer ledigen Schwester Resi, alle Zimmer abzusperren, wenn sie die 240 qm große Altbauwohnung verließ, um beispielsweise einkaufen zu gehen. Ich konnte mich somit nur noch im Schlafzimmer meiner Mutter aufhalten, was meine empfindsame Seele ein jedes Mal von neuem tief verletzte.

Dies war der Anlass, dass die Tante Maja als unanfechtbares Oberhaupt der Familie, der ich mein Leid klagte, eines Tages ein Machtwort sprach und den Tagesbefehl ausgab: „Der Bub wohnt ab jetzt bei mir im Haus. Irgendwo muss er sich doch zuhause fühlen dürfen!"

Meine Mutter nahm diesen Beschluss ohne Widerspruch hin. Sie vermied damit eine Auseinandersetzung mit ihrer Schwester Fini.

Als meine Mutter das Haus verlassen hatte, beruhigte sich Tante Maja noch lange nicht. In ihrem Zorn glaubte sie, mich nun endlich über den wahren Charakter meiner Mutter aufklären zu müssen.

„Wäre ich nicht gewesen, wärst du heute noch hinten im Bayerischen Wald. Deine Mutter hätte sich nicht um deine Ausbildung gekümmert. Ein Buchdrucker hättest werden sollen, wenn's nach der Brummerin, deiner Pflegemutter, gegangen wär. Und deine Mutter hätte nichts dagegen unternommen. Ich musste dich damals im Internat bei den Domspatzen anmelden, weil sie sich geschämt hat, dass du ein lediges Kind bist."

Während ich mir betroffen von der Tante alle Schandtaten und negativen Charaktereigenschaften meiner Mutter aufzählen ließ, erwachte in mir der Gedanke, die Gunst der Stunde zu nutzen, um sie nach dem Verbleib meines Vaters zu fragen.

Was ich nun von Tante Maja über meinen Vater erfuhr, gab mir eine erste Hoffnung, ihn vielleicht einmal doch noch lebend anzutreffen.

„Dein Vater war ein Jugoslawe", plauderte Tante Maja frei heraus. „Er war als Kriegsgefangener im Lager Stalag bei Moosburg. Von dort aus wurde er zusammen mit einem anderen Jugoslawen zu uns in das Landshuter Brauhaus zum Arbeiten geschickt. Unsere Männer waren ja alle im Krieg. Da hat man einfach Häftlinge zum Arbeiten eingesetzt. Die zwei Jugoslawen unterstanden der Aufsicht unseres Braumeisters Bärlehner. Einer von den Zweien muss dein Vater sein. Ich erinnere mich noch, wie mir der Braumeister einmal hämisch lachend ein Foto gezeigt hat, wo vor einem Kornfeld der eine Jugoslawe, also vermutlich dein Vater, und deine Mutter zu sehen waren. Das Korn war eingedrückt, da wo sie wahrscheinlich gelegen hatten. Kannst dir vorstellen, wie mir das als ihre Schwester peinlich war!"

Ich nutzte die Situation aus und bohrte weiter: „Wie hat denn mein Vater geheißen?"

„Ich glaube Wlado oder Vlado oder so", entgegnete sie bereitwillig. Schließlich wollte sie mir gegenüber in ihrer Wut alle Trümpfe gegen meine Mutter ausspielen.

„Nach dem Krieg", fuhr sie fort, „haben die Amerikaner das Lager Moosburg aufgelöst, und es ging das Gerücht herum, dass den Gefangenen die Stadt Landshut zur Plünderung freigegeben werden sollte. Unter den Gefangenen vom Stalag Moosburg waren nicht nur Kriegsgefangene, Juden und Zigeuner, sondern auch echte Gangster, richtige Verbrecher. Damals hat deine Mutter noch mit mir hier im Haus gewohnt. Wir haben schreckliche Angst gehabt, als alleinstehende Frauen hier zu bleiben, als das Gerücht von der Plünderung verbreitet wurde. Da hat deine Mutter den Vorschlag gemacht, den Vlado, der ja wirklich ein anständiger Mensch zu sein schien, bei uns übernachten zu lassen, um uns vor möglichen Plünderern und Übergriffen zu beschützen. Auf das bin ich eingegangen. Und in der Nacht, da mein ich, ist er über deine Mutter drüber gekommen."

Ich war erstaunt über die Offenheit meiner Tante, obwohl sie es war, die mich bei allen Bekannten und Verwandten eines Tages als „unseren Buam" vorgestellt hatte.

„Na ja", fuhr sie mit einem Seufzer der Erleichterung fort, wenigstens bist in unserm Haus gemacht worden. Aber deine Mutter hat schon vorher was mit ihm gehabt. Da bin ich mir sicher. Vor mir hat er immer Respekt gehabt, der Vlado. Schon bald nach dem Krieg ist er in seine Heimat nach Jugoslawien zurückgekehrt. Er muss jemand Besserer gewesen sein, weil er durch den Rundfunk gesucht worden ist."

Die Gelegenheit war günstig wie nie zuvor, etwas über meinen Vater zu erfahren. Deshalb bohrte ich weiter: „Weißt du, was mein Vater von Beruf war?"

„Von Beruf, hat er gesagt, war er Geometer. Also gescheit war er bestimmt. Er hat in der kurzen Zeit, wo er bei uns in der Brauerei gearbeitet hat, recht schnell Deutsch gelernt."

„Wie hat er denn ausgesehen?" Ich wollte alles wissen. „Gibt es ein Foto von ihm?"

„Ich erinnere mich, hm, er war groß und stattlich. Na ja, es ist ihnen ja auch nicht schlecht gegangen bei uns in der Brauerei. Sie haben von den Landwirten oft was geschenkt bekommen. Und wir haben auch drauf geschaut, dass ihnen nichts abgegangen ist."

„Ein Foto gibt es nicht?", hakte ich nach.

„Wenn einer ein Foto hat, dann müsste der Braumeister Bärlehner bzw. einer seiner Söhne am ehesten noch eins haben", entgegnete sie, schaute dabei ins Leere, als würde sich alles nochmals vor ihren Augen abspielen.

Nie hatte ich erhofft, so unerwartet viel über meinen Vater zu erfahren. Meine Tante war damit beschäftigt Wolle aufzuwickeln und erzählte munter weiter.

„Wie deine Mutter dann zum Doktor Meierhofer gegangen ist, war's zum Wegmachen, weißt schon, äh, bereits zu spät. Damals ist alles auf einmal dahergekommen. Dies, und dann haben uns die Amerikaner aus dem Haus vertrieben, obwohl wir beide die weiße Karte hatten, weil wir nicht bei der NS-Partei waren. Hals über Kopf mussten wir das Haus verlassen. Zusammen mit den Wöllers, den Brauereibesitzern, denen die Amerikaner ebenfalls das Haus weggenommen hatten, wurden wir in der Molter-Villa einquartiert. Was hätten wir da mit einem Kind anfangen sollen! Ein Zimmer nur haben wir zusammen gehabt, die Resi und ich. Bei der Fini in der Stadtwohnung waren in allen Zimmern Flüchtlinge aus dem Osten, Schlesier, Sudetendeutsche und so weiter, einquartiert."

Der Hinweis, dass meine Mutter mich abtreiben lassen wollte, wirkte in diesem Moment auf mich wie ein Peitschenhieb. Ich ließ es mir aber nicht anmerken, um den Redefluss der Tante nicht zu unterbrechen.

„Da hat dich deine Mutter hinten in Cham bei der Kathrin auf die Welt gebracht und dich gleich danach zu einer Pflegemutter gegeben. Hier in Landshut hat keiner was davon erfahren. Als sie in Cham war, haben wir hier erzählt, sie hätte sich beim Skifahren den Fuß gebrochen und könne vorerst nicht zur Arbeit kommen."

Kathrin, 1914 geboren, war eine der beiden jüngeren Schwestern meiner Mutter. Sie war in jungen Jahren aus dem elterlichen Gastronomiebetrieb ausgebrochen, indem sie für ein paar Jahre als Aupairmädchen nach England ausgewandert war.

Noch bevor der Zweite Weltkrieg ausbrach, kam sie nach Deutschland zurück, arbeitete als Dolmetscherin und heiratete in Cham einen Bankdirektor, einen begehrten Junggesellen. Kathrin, eine weltoffene und für damalige Verhältnisse überaus tolerante Frau, bot meiner Mutter die Möglichkeit, das Kind bei ihr in Cham auf die Welt zu bringen. Dazu stellte sie ihr das Zimmer ihrer damals dreijährigen Tochter Gabi zur Verfügung, das nach meiner Geburt von Flüchtlingen belegt wurde.

Dass für mich in Landshut wegen der Flüchtlingssituation und der Beschlagnahme des Hauses meiner Mutter und ihrer Schwester kein Platz war, war nicht der einzige Grund, weshalb man mich in Cham versteckt hielt. Das war mir schon lange klar. Oft genug hatte ich es peinlich zu spüren bekommen, dass ich, ein unehelich geborenes Kind, als ein Schandfleck einer angesehenen Landshuter Familie galt.

Selbst noch in den ersten Jahren nach meiner Chamer Zeit, wurde ich, als ich die Ferien in Landshut bei den Tanten verbrachte, von diesen vor Verwandten und Bekannten versteckt gehalten.

Ich versuchte, das Gespräch wieder mehr auf meinen Vater zu lenken, indem ich fragte: „Glaubst du, dass mein Vater noch lebt?"

„Hm, das kann schon sein", meinte Tante Maja, sehr zu meiner Freude. „Der müsste jetzt auch so an die sechzig sein. Mich tät's ja selbst interessieren, ob er noch lebt und wo. Vielleicht suchen wir ihn gemeinsam, wenn du älter bist. Nach dem Abitur. Aber sag bloß nichts deiner Mutter davon. Aus wär's, ganz aus!"

So lange, bis nach dem Abitur, wollte ich nicht mehr warten. Ich entwarf gleich nach den Ferien einen Fragebogen, mit dessen Hilfe ich noch mehr über meinen Vater zu erfahren hoffte.

Und zwar von Personen, von denen ich annehmen konnte, dass sie meinen Vater wenigstens einmal gesehen hatten.

Ich fragte nach Körpergröße, Kopfform, Augenfarbe und vielem anderen mehr, was mir so einfiel. Diesen Fragenkatalog sandte ich hoffnungsvoll an meine Tante Anna, der jüngsten Schwester meiner Mutter. Sie war verheiratet, war die Mutter meines Cousins Peter, der mir in schweren Zeiten mit seinem unerschöpflichen Humor das Leben mit Gaudi und Lachen versüßte. Tante Anna wohnte ebenfalls in Landshut. Ich erhielt von ihr keine Antwort auf mein Schreiben und war darüber sehr enttäuscht.

Als ich sie in den nächsten Ferien daraufhin ansprach, nahm sie mich mit zu sich in die Küche, wo wir allein waren, und sagte, sie erinnere sich, meine Mutter sei einmal kurz nach dem Krieg mit einem Ausländer zu ihr gekommen und habe für ihn nach einem Anzug gefragt, weil er nichts Gescheites zum Anziehen hatte.

„Ich hab ihm dann einen Anzug vom Onkel Rudel gegeben. Es war eine alte Uniform. Der Rudel ist damals im Gefangenenlager gewesen, weil er bei der berittenen SS war", erzählte die Tante Anna, während sie die Bügelwäsche mit Wasser bespritzte.

„Wie hat mein Vater ausgesehen?", wollte ich wissen.

„Daran kann ich mich nicht mehr genau erinnern. Er war, glaub ich, aus Serbien. Oder so. Na ja, er hat ganz gut ausgesehen. Groß war er vielleicht wie der Metzger Emmeram. Den kennst du ja. Gesagt hat er gar nichts. Nicht ein Wort hat er geredet. Er hat einen eher schüchternen Eindruck gemacht, als er so draußen vor der Tür stand. Es hat immer nur deine Mutter geredet."

„Meinst du, dass er noch lebt", forschte ich weiter.

„Also, dazu kann ich dir gar nichts sagen", entgegnete sie ernüchternd. „Deine Mutter und die anderen zwei", - damit meinte sie die Schwestern Maria und Fini – „haben darüber nie ein Wort verloren. Vielleicht ist er wieder in seine Heimat zurückgegangen. Ich weiß es nicht."

„Du, das sag ich dir, das wär deiner Mutter aber gar nicht recht, wenn die wüsste, dass ich mit dir darüber rede", fügte Tanta Anna, über ihre eigene Offenheit entsetzt, hinzu.

„Ich werde es meiner Mutter nicht sagen. Ganz bestimmt nicht", versprach ich ihr.

Recht viel weiter kam ich damals mit meinen Nachforschungen nicht. Ich behielt aber aus allem, was ich bisher in Erfahrung bringen konnte, in meinem Gedächtnis, dass der Name meines Vaters Vlado war, er aus Jugoslawien stammte und als ein Serbe eingeschätzt wurde, dass er vor dem Krieg in seiner Heimat als Geometer gearbeitet hatte, als Kriegsgefangener im Lager Stalag bei Moosburg interniert und gegen Ende des Zweiten Weltkriegs dem Landshuter Brauhaus als Zwangsarbeiter zugeteilt worden war.

Zu gerne hätte ich gewusst, wie er aussah, wie er vom Wesen her war, ob er verheiratet war und noch andere Kinder hat, und vor allem, ob er überhaupt noch am Leben ist.

Der Abschied

Als bereits morgens um sechs Uhr das Telefon schrillte, ahnte ich, dass dies nichts Gutes zu bedeuten hatte.

Noch schlaftrunken vernahm ich die Stimme meines Cousins: „Du, dei Muadda liegt im Sterbn. Komm sofort ins Krankenhaus nach Landshut, wenn du sie noch lebend sehen willst."

Seine Stimme klang etwas vorwurfsvoll, so als hätte ich mich nie um meine Mutter gekümmert.

Ich raste mit meinem kirschroten Volvo, so schnell ich konnte, über die Landstraße von München nach Landshut. Jedem Autofahrer, der mich nicht überholen ließ oder glaubte mich an die Verkehrsvorschriften ermahnen zu müssen, hätte ich an die Gurgel gehen können.

Ich darf nicht zu spät kommen! Ich darf sie jetzt nicht alleine lassen, meine Resi.

Das Gefühl für die Zeit schien gänzlich ausgeschaltet zu sein. Ich erlebte alles, was ich tat und was um mich herum geschah, wie in einem Traum. Klar, aber doch unwirklich. Zeitlupe. Irgendwann hielt ich vor dem Krankenhaus. Irgendwann stand ich vor dem Krankenzimmer, in das man meine Mutter, das Reserl, zum Sterben geschoben hatte. Ohne anzuklopfen, öffnete ich die breite graue Tür und sah meine Mutter auf einem Eisenbett liegen, in sterilem Weiß ohne Bewusstsein. Unruhig drehte sie sich hin und her. Ihr Atem ging schwer.

Ich stand schon eine Weile vor ihrem Bett, da öffnete sie für einen kurzen Augenblick die Augen. Sie hatte mich erkannt.

Völlig erschöpft sah sie mich an und sagte mit schwacher Stimme: „Lass mich schlafen. Es geht mir heute gar nicht gut."

Heute ist Montag. Am Samstag war ich bei ihr. Da ging es ihr so gut, dass ich voller Freude zurück nach München fuhr, das Fahrrad aus dem Keller holte und locker und gelöst, völlig entspannt durch den Englischen Garten radelte. Für kurze Zeit frei von der Sorge, was sein würde, wenn sie mit nur einem Bein aus dem Krankenhaus entlassen wird. Man hatte ihr vor wenigen Wochen den linken Unterschenkel amputiert.

Ich nahm ihre rechte Hand in meine und streichelte sie liebevoll. Aber selbst das war ihr zu viel. Sie zog die Hand kraftlos zurück.

Die Zeit stand still hier in diesem Zimmer. Ich wusste nicht, ob Stunden oder nur Minuten vergingen. Eines aber wusste ich ganz sicher, dass die Seele dieses Menschen hier, dieser meiner Mutter, schon bald den leidenden Körper auf dem weißen Bett verlassen würde.

Lange Zeit stand ich vor dem breiten Kippfenster und blickte auf die Straße hinab. Dort war das Leben in vollem Gange. Ich sah Arbeiter ein Haus bauen, sah Lastwagen kommen und wieder wegfahren.

Hier im Zimmer war es still. Totenstille. Nur das schwere Atmen meiner Mutter war zu vernehmen. Es hörte sich wie ein Röcheln an. Irgendwo musste er stehen und lauern, der Sensenmann. Ganz deutlich glaubte ich seine Nähe zu spüren. Ein tiefes Gefühl des Mitleids erfüllte mein Herz, als ich sie so hilflos daliegen sah, das Reserl, die Frau, die mich vor 35 Jahren geboren hatte und doch nie meine Mutter war. Ganz selten hatte ich sie, als ich erwachsen war, Mutter genannt, obwohl sie das gerne gehabt hätte. Ich nannte sie einfach Resi oder Reserl. Schon lange hatte ich mich innerlich mit ihr versöhnt. Als ihr Freund konnte ich verstehen, warum sie so war, wie sie eben war, und nicht anders. Als ihr Freund hatte ich alle Erwartungen fallen lassen, die ein Kind in seine Mutter legt. Als ihr Sohn kochte es in mir vor Wut, wenn sie mich, als ich fast schon erwachsen war, nicht immer bei passender Gelegenheit ermahnte: „Ich bin schließlich deine Mutter. Du hast dies oder jenes zu tun oder zu unterlassen", oder „du hast so und so zu sein".

Da ist es mir schon auch einmal rausgeplatzt: „Ja, jetzt würdest du auf deine Mutterrechte pochen. Als ich aber als Kind eine Mutter brauchte, warst du für mich nicht da! Versteckt hast du mich gehalten. Und geschämt hast du dich meiner!"

Hinterher tat es mir schrecklich leid, was ich zu ihr gesagt hatte.

Zunächst war es ihr nicht recht, dass ich sie als junger Mann so respektlos wie eine Freundin mit dem Vornamen anredete. Aber es war für mich eine ehrliche Art der Kommunikation. Sie mit Mutti anzureden, widerstrebte mir in der Tiefe meiner Seele. Es wäre nicht ehrlich gewesen. Vor allem, als ich Erfolge beim Studium und im Beruf vorzuweisen hatte, war sie meine auf mich stolze Mutter. Allerdings nie in meinem Beisein. Andere erzählten mir. „Ihre Mutter ist aber mächtig stolz auf Sie!"

Irgendwann sah sie es selbst ein, dass sie als meine Freundin mehr erreichte, als wenn sie krampfhaft einen auf Mutter machte. Von da ab lief in unserer Beziehung alles bestens. Als ihr Freund habe ich ihr längst verziehen, in den entscheidenden Jahren meines Lebens als Mutter emotional versagt zu haben. Ich musste akzeptieren, dass sie einfach nicht genug Kraft aufbringen konnte, um sich gegen die verlogene Gesellschaftsmoral und gegen die Tyrannei ihrer kinderlosen und ledigen Schwestern zur Wehr zu setzen. Ihre Liebe zeigte sie, indem sie mir materiell nichts abgehen ließ, mir die Ausbildung bezahlte, mich mit Essen und Kleidung versorgte. Ich verstand lange nicht, dass ihre Fragen „Was soll ich dir kochen? oder „Was möchtest du essen?" Zeichen der Liebe waren, eben ihre Zeichen der Liebe.

Sie selbst, ein Siebenmonatskind, 1907 geboren, wurde von Kinderfrauen erzogen. Ihre Eltern waren von früh bis spät im Betrieb eingespannt, einem renommierten Restaurationshaus in Landshuts Altstadt. Sie hatten nur wenig Zeit, ihren sieben Kindern die Liebe und Zuwendung zu schenken, die Kinderseelen benötigen.

Ich stand vor ihrem Bett und betrachtete mit Wehmut ihr bleiches Gesicht. Die Schmerzen der Krankheit hatten tiefe Furchen gezeichnet. Wie schön ist sie doch einmal gewesen! Ich sah sie in meiner Erinnerung in einem Reiterkostüm aufrecht auf einem weißen Pferd sitzen. Ich sah ihr strahlendes Lächeln, ihre großen, himmelblauen Augen, in die ich viel zu selten zu schauen gewagt hatte. Ich sah vor meinen Augen noch immer ihre üppigen, dichten zu einem langen Zopf geflochtenen Haare, die sie kunstvoll jeden Morgen vor dem Spiegel zu der für sie typischen Gretelfrisur formte. Das Kennzeichen von Fräulein Reserl. Als sie jung war, ging sie gern, soweit es ihre Zeit erlaubte, in die Berge und zum Skifahren. Sie spielte Tennis und verstand es, dem Klavier im Wohnzimmer verträumte Weisen zu entlocken.

Hatte das Fräulein Reserl Tennis gespielt, weil die Offiziere und feinen Herren, die ihr gefielen, auf dem Tennisplatz zu finden waren? Einer Freundin hatte sie einmal kurz vor Ende des Krieges zum Thema Liebe geschrieben: Die ich mochte, haben mich nicht gemocht oder sind gefallen, und mit denen, die mich mochten, habe ich nichts anzufangen gewusst.

Sie war eine gute Reiterin. Nach dem Krieg hatte sie sogar die Polengruppe bei der Landshuter Fürstenhochzeit aus der Taufe gehoben und angeführt. Ein Herzinfarkt hatte sie, nachdem sie jahrelang ihre Schwestern Fini und Maria betreut und gepflegt hatte, aus der Bahn geworfen. Der Zucker trug dazu bei, dass ihre Zehen schwarz wurden und man ihr das linke Bein amputieren musste.

Als Frau war meine Mutter einerseits hart im Nehmen, andrerseits aber war sie sehr feinfühlig, was sie sich offen nie zu zeigen erlaubte. Und sie war durchaus auch künstlerisch begabt, was in ihrem Elternhaus nie gefördert wurde und was sie später im Berufsleben nie ausleben durfte und konnte. Ihre Gedichte über enttäuschte und unerfüllte Liebe hatte sie einem kleinen Notizbuch anvertraut. Ihre Bleistiftzeichnungen landeten, von ihr selbst in kleine Fetzen zerrissen, im Papierkorb.

War die schwere Krankheit, welche sie in den letzten Monaten ihres Lebens durchleiden musste, Ausdruck all dessen, was sie nicht sein, tun und leben durfte? Hatten ihr Contenance und Gesellschaftsgefälligkeit in Wirklichkeit das Herz gebrochen? Waren die oft unerträglichen Schmerzen ihrer Nerven in den Armen und Beinen die Schreie ihrer unterdrückten Gefühle? Raubte ihr das amputierte Bein einen wichtigen Teil ihres wahren Wesens?

Wie wenig wusste ich doch über meine Mutter! Nie hatte sie offen mit mir über ihre Gefühle gesprochen. Sie erwähnte meist nur das Positive und Lustige aus ihrem Leben. War etwas nicht gut gelaufen, dann erzählte sie es so, dass man es als positiv oder gar lustig verstehen konnte, oder sie verschwieg es. Hat sie je ihr Leben gelebt? Sie hat getan, was die Gesellschaft von ihr verlangte, oder was sie glaubte, dass die Gesellschaft von ihr verlangt. So passte in ihr Leben auch kein uneheliches Kind. Folglich musste sie ihr eigenes Kind weggeben und seine Existenz viele Jahre lang verleugnen. Sie hat mich nicht einmal bei der Steuererklärung angegeben. In ihr Leben passte schon gar nicht ein jugoslawischer Kriegsgefangener als Vater ihres Kindes. Das war nicht standesgemäß. Es hätte schon mindestens ein Offizier sein müssen.

Obwohl ich gewiss viele schöne und auch lustige Zeiten mit ihr verbringen durfte, fielen mir hier an ihrem Sterbebett nur all die leidvollen Ereignisse ein, von denen sie selbst mir nie erzählt hatte. Ihre Schwester, die Tante Maja hatte sie mir anvertraut.

„Unsere Resi war ein Siebenmonatskind", wusste die Tante Maja zu berichten. „Unsere Mama ist eines Tages hochschwanger die Treppe hinaufgegangen und am letzten Treppenabsatz auf ihren langen Schlepprock getreten. Da ist sie gestürzt und die Treppe heruntergefallen. Als sie unten angekommen ist, war die Resi auch schon da. Unsere Kinderfrau hat gleich die Hebamme und den Doktor geholt. Der Papa hat auch mitgeholfen. Sie haben die Mama ins Elternschlafzimmer getragen und aufs Bett gelegt. Ich bin unter dem runden Tisch im Schlafzimmer gesessen und habe aus den Fransen der Tischdecke Zöpfchen geflochten. Erst als alles vorüber war, haben sie bemerkt, dass ich als Kind von sieben Jahren alles mitbekommen hatte."

Nach einer kurzen Pause ergänzte die Tante: „Unsere Resi ist unser schwierigstes Kind, hat die Mama immer wieder gesagt. Die Resi kannst vorn naushaun und hinten kommt sie wieder rein."

Ich ging zum Fenster, um es einen Spalt zu öffnen. Frische Luft strömte in das Sterbezimmer. Ich nahm einen tiefen Atemzug. Während ich so ins Leere starrte, fiel mir ein Gedicht ein, welches mir meine Mutter zu meinem 31. Geburtstag aufgeschrieben hatte:

Deinen Geburtstag feierst du heut.
Ich wünsche Dir viel Glück und Freud.
Wie doch die Zeit so schnell verrinnt.
Es einunddreißig Lenze sind!

Mein Gott so schnell vergeht die Zeit!
Als du noch warst im Mutterleib,
Sprach ängstlich hoffend ich Gebete,
Dass ich die Zeit gut überlebe.

Alle Tage lief ich den Berg hinauf, hinunter
Und war dabei gesund und munter!
Als ich auf Bergeshöh so stand
Und blickte übers weite Land.

Und sah die Täler, Flüsse, Felder,
Hört' das Rauschen der dunklen Wälder.
Da wurde mir ums Herz so leicht.
Zum Herrgott betete ich sogleich:

Wenn du mir schenkst ein Kindelein,
So soll es doch ein Büblein sein.
Recht brav, gescheit, recht froh und munter
Schick ihn mir vom Himmel runter.

Singen soll er klar und rein
Wie auf dem Berg die Vögelein.
Dann sang ich selbst ein Liedlein munter
Und lief den ganzen Berg hinunter.

So wie ich's hab bei Gott bestellt,
Bracht ich ein Sonntagskind zur Welt.
Es wuchs heran brav und gescheit
Und machte mir oft große Freud.

Es sang auch schön und glockenrein
So wie am Berg die Vögelein.
Dem Herrgott dank ich für dies Wunder
Und bet in Andacht ein Vaterunser.

Wie mochte meine Mutter die Zeit ihrer Schwangerschaft wohl wirklich erlebt haben? Wie sehr mochte sie darunter gelitten haben, ein Kind von einem nicht arischen Kriegsgefangenen zu erwarten, einem Untermenschen. Wie oft mochte ihr die Angst vor Verachtung oder gar Bestrafung schlaflose Nächte bereitet haben, auch wenn das Dritte Reich zusammengebrochen war. Die Ängste, die sich in die Herzen der Menschen gegraben hatten, waren damit nicht ausgelöscht. Es galt noch immer als große Schande, ein uneheliches Kind zu bekommen.

„Als sie damals mit dir schwanger war", wusste die Tante Maja anschaulich zu schildern, „hat sie die Aktentasche immer so geschickt vor den Bauch gehalten, wenn sie mittags zu uns ins Stadtbüro gekommen ist, um die Bierrechnungen abzugeben, dass es die anderen gar nicht gemerkt haben, was für einen Bauch sie bekommen hatte."

Ein andermal hatte meine Tante erzählt: „Nachdem uns die Amerikaner aus dem Haus vertrieben hatten, haben wir zusammen mit den Wöllers in einer Wohnung in der Molter-Villa auf derselben Etage gewohnt. Da ist einmal die Frau Wöller wie eine Furie mit der Hundepeitsche auf deine Mutter losgegangen und hat auf sie eingeschlagen, bloß weil sie sich eingebildet hat, deine Mutter wär von ihrem Mann schwanger."

Es fielen mir aber auch Geschichten aus dem Leben meiner Mutter ein, die sie mir selbst erzählt hatte. Da war zum Beispiel die lustige Geschichte mit der Schulfeier, die sie uns Kindern, meinem Cousin und mir, immer wieder zum Besten geben musste:

„Als Mädchen sollte ich in der Schulaula einmal ein Gedicht aufsagen. Anlass war der Besuch des Schuldirektors. Die Klosterfrauen hatten uns lange und gründlich darauf vorbereitet, und meine Schwester Maria hat mir zu diesem Anlass extra ein schönes, seidenes Kleid mit einer großen Schleife genäht. Zu

Hause habe ich mein Gedicht immer wieder zur Probe aufgesagt. Sehr geehrter und verehrter Herr Direktor, sollte ich beginnen. Mein Bruder Roman aber verdrehte aus Spaß die Verse und so kam es, dass ich vor lauter Aufregung mein Gedicht begann mit ‚Sehr verehrter, Herr verdreckter Herr Direktor'. Ihr könnt euch sicher vorstellen, wie entsetzt die Klosterfrauen geschaut haben."

Nur selten hat meine Mutter über negative Erlebnisse aus ihrem Leben etwas erzählt. Manchmal aber gab sie doch etwas von sich preis, woraus man schließen konnte, dass nicht alles in ihrem Leben so rosig war, wie sie es zu schildern pflegte.

„Eines Tages kam der Herr Brauereidirektor Fleischhauer persönlich in mein Büro. Es war ziemlich bald nach dem Krieg. Wie ein wuchtiger Kleiderschrank stand er neben mir und aß aus einer Tüte Kirschen. Statt mir eine anzubieten, sagte er nur spöttisch: Gelln'S Fräun Reserl, die süßesten Früchte fressen nur die großen Tiere. Das war der Text eines bekannten Schlagers. Mich hat das sehr gekränkt. Ich habe es mir aber nicht anmerken lassen, sondern habe darauf gesagt: Eine Tüte Kirschen kann ich mir noch immer leisten, wenn ich will.

Ich erinnerte mich an Zeiten, in denen meine Mutter jeden Fünfzehnten und Dreißigsten eines Monats in ihrer freien Zeit zu Hause hunderte von Rechnungen mit der Hand schreiben und ausrechnen musste. Sie hatte danach einen geschwollenen Mittelfinger.

Mein Cousin scherzte dann tölpelhaft: „Jetzt muss die Resi wieder Strafarbeiten schreiben. Tausend Mal muss sie schreiben: Ich darf dem Herrn Direktor Fleischhauer nicht widersprechen."

In meiner kindlichen Naivität fand ich das sehr lustig und lachte herzhaft über diese dummen Späße.

Mit tat es leid, dass wir uns so oft über die Tanten lustig gemacht hatten. Aber vielleicht war diese Komik notwendig, um mit der verwirrenden und verwirrten Familiensituation umgehen zu können. Eine Welt des Versteckens, sich Verstellens und der Tabus. Dazu gehörte gewiss auch die ungelöste Frage nach meinem Vater.

Jetzt hatte ich die letzte Gelegenheit, meine Mutter nach meinem Vater zu fragen. Vielleicht würde sie mir hier auf dem Sterbebett die Wahrheit sagen. Sollte ich es wagen, wenn sie wieder einmal die Augen öffnet? Eigentlich empfand ich es als respektlos und taktlos zugleich, sie in den letzten Stunden oder Minuten mit einer Frage zu quälen, der sie ihr ganzes Leben lang ausgewichen war. Wie konnte ich so einen Gedanken nur zulassen!

Ich schaute besorgt zu ihr hinüber. Sie fing jetzt heftig zu röcheln an. Ich eilte an ihr Bett zurück und läutete, nach dem Arzt, obwohl es, wie ich wusste, keinen Sinn mehr machte.

Vorsichtig tupfte ich mit meinem Taschentuch den kalten Schweiß von ihrer Stirn. Kleine Perlen wie die eines Rosenkranzes. Der für uns Blut geschwitzt hat, fiel mir ein. Sie versuchte sich aufzurichten. Ich half ihr, so gut ich konnte, indem ich meinen linken Arm unter ihren Rücken schob. Ich wollte sie stützen. Ihr ausgezerrter Oberkörper bäumte sich gewaltig auf, sie rang verzweifelt nach Luft. Dabei riss sie die Augen weit auf. Schaute sie angstvoll oder staunend in die andere Welt, vor deren offene Pforte sie nun trat?

„Reserl, ich bin bei dir. Alles wird gut", sagte ich verzweifelt, obwohl ich es besser wusste, dass es nicht mehr gut wird.

„Danke, mein Reserl. Danke für alles. Du warst so tapfer." Diese Worte kamen aus meinem tiefsten Herzen und waren ehrlich gemeint. Irgendwie fühlte ich mich schuldig, dass ihr Leben so verlaufen ist, wie es verlaufen ist. Ohne die große

Liebe, ohne Familie, ohne Wohlstand und Reichtum. Hab nicht ich ihr Leben vermasselt? Gäbe es mich nicht, wäre vielleicht für sie alles anders, besser gekommen.

„Die, die ich mochte, haben mich nicht gemocht. Und die, die mich mochten, habe ich nicht haben wollen." Mir fielen die Worte aus ihrem Brief ein, den sie einmal ihrer Freundin Gusti geschrieben hatte.

Mit letzter Kraft versuchte sie Luft zu bekommen. Ein junger Arzt betrat das Zimmer. Er gab mir durch ein sanftes Kopfnicken zu verstehen, dass dies das Ende ist.

Meine Mutter sank erschöpft auf das Kissen zurück und hörte für einen Moment zu atmen auf.

So, jetzt ist es vorbei. Das Leiden hat ein Ende. Herrgott, warum musstest du sie noch so leiden lassen? Fegefeuer oder Hölle?

Wieder bäumte sich ihr Körper mit ungeheurer, letzter Kraft auf.

„Herr Doktor, sie erstickt. Können Sie ihr nicht helfen!", bat ich verzweifelt den Arzt, der jetzt direkt neben mir stand und gelassen den Todeskampf verfolgte.

„Sie spürt nichts mehr. Sie leidet nicht. Das sind nur noch Reflexe vom Gehirn", versuchte er mich zu beruhigen.

Noch einmal bäumte sich ihr Körper auf, diesmal deutlich schwächer als zuvor.

Meine Resi gibt nicht so schnell auf. Nein! Sie hat sich immer durchs Leben gekämpft.

Ein deutlich vernehmbares Röcheln drang wie der letzte Hilfeschrei eines Ertrinkenden aus ihrem Mund, dann sank ihr Körper erschöpft in meinen Arm zurück. Ihre großen, blauen Augen, die immer von allen bewundert worden waren, riss sie bei diesem letzten Kampf weit auf. Als wollten sie aus ihren

Höhlen heraustreten, starrten sie schreckerfüllt der Ewigkeit entgegen.

Sie war gewiss noch nicht bereit zu sterben. Ihre Worte „Jetzt komm schon z'erst noch ich", die sie nach dem Tod ihrer Schwester Maria, ihrem Herzinfarkt trotzend, von sich gegeben hatte, kamen mir wieder in Erinnerung. Nun aber hatte der Tod ihren Lebenswillen besiegt. Vorsichtig strich ich mit meiner rechten Hand über ihre Augen, um sie sanft zu schließen.

„Armes Reserl, armes!", sagte ich immer wieder vor mich hin. Nie hatte ich ihr etwas Böses gewünscht. Warum nur ließ Gott sie noch so leiden? Herzinfarkt, Beinamputation, Schmerzen ohne Ende.

Vorsichtig löste ich meinen Arm von ihren Schultern. Ihr Rücken war noch warm, während ihre Hände bereits erkalteten und erstarrten.

Ich weiß nicht, wie lange ich noch vor ihrem Bett gestanden war, einfach nur dagestanden, ohne zu denken, ohne zu fühlen, bis mich endlich die Krankenschwestern aufforderten zu gehen, um die Tote versorgen zu können.

„Ruh in Frieden, mein Reserl!", sagte ich beim Verlassen des Zimmers und warf einen letzten Blick auf ihre sterbliche Hülle. „Im nächsten Leben machen wir zwei alles besser. Ganz bestimmt!"

Vaters Foto

„Wenn ich einmal nicht mehr bin, dann wende dich an die Frau Hofmeier", legte mir die gute Tante Maja bei passender Gelegenheit mehrmals ans Herz. „Sie ist eine herzensgute Frau, glaub mir, und du wirst in ihr bestimmt eine zweite Mutter finden."

Frau Therese Hofmeier, selbst Mutter einer unehelichen Tochter, das Produkt einer kurzen, aber innigen Liaison mit einem Boxer, war vor dem Krieg fast jeden Tag im Haus meiner Mutter und ihrer Schwester Maria anzutreffen, um dort aufzuräumen, zu putzen und zu waschen. Wie selten ein anderer Mensch lernte sie so alle Intimitäten und Verhältnisse der beiden Schwestern kennen.

Gegen Ende des Zweiten Weltkriegs fand Frau Hofmeier im Landshuter Brauhaus als Hilfskraft in der Nährmittelabteilung endlich eine feste Anstellung. Die Männer waren fast alle im Krieg. Sie war durch ihre Hilfsbereitschaft und Zuvorkommenheit allseits beliebt. Ihr Leben lang musste sie fleißig und auch hart arbeiten, um als ledige Mutter und ungelernte Arbeitskraft einigermaßen über die Runden zu kommen. Schließlich musste sie das Pflegegeld für ihre Tochter aufbringen, die ein älteres Ehepaar aufgenommen hatte. Als es ihr, nun im Rentenalter, endlich einmal materiell einigermaßen gut ging, verstarb ganz plötzlich ihr Mann, den sie über alles liebte und den sie aus lauter Liebe mit viel zu viel und viel zu gutem Essen verwöhnt hatte.

Nicht nur wegen ihrer Hilfsbereitschaft wussten alle, die sie kannten, Therese Hofmeier sehr zu schätzen, sondern vor allem auch wegen ihrer Kochkünste. Sogar der Bürgermeister, bei dem sie lange Jahre geputzt hatte, durfte ihre Backkünste genießen und wurde so lange mit den hervorragenden ausgezogenen Kirchweihnudeln verwöhnt, bis er sich von seiner Frau hatte scheiden lassen. Das hatte ihm die Frau Hofmeier so sehr verübelt, dass sie ihn fortan mit dem völligen Entzug ihres Schmalzgebäcks bestrafte.

Schon in meiner Kindheit, das heißt, seit man in Landshut wissen durfte, dass es mich gibt, lernte ich diese ehrliche, aufgeschlossene, bescheidene und überaus liebenswerte Frau kennen und schätzen. Immer wenn ich nach dem Tod meiner Angehörigen nach Landshut fuhr, um das Familiengrab zu besuchen, schaute ich bei Frau Hofmeier vorbei, was sie vor allem, weil sie sich nach dem Tod ihres über alles geliebten Gatten sehr einsam fühlte, ganz besonders zu schätzen wusste

Als wir einmal wieder gerade in ihrer kleinen Küche zusammen Kaffee tranken und dazu ihre allerbesten Rohrnudeln genossen, fragte ich sie vielleicht etwas zu direkt: „Frau Hofmeier, haben Sie eigentlich meinen Vater gekannt?"

Sie zuckte bei dieser Frage schier zusammen und ihr Gesichtsausdruck konnte es nicht verleugnen, dass ihr diese Frage äußerst unangenehm war. Sie druckste herum und sagte schließlich: „Also genau weiß ich das nicht. Ich weiß halt nur so viel, was man damals so geredet hat. Aber erfahren hat man das nie so richtig."

„Sie haben doch, wie mir meine Tante erzählt hat, am Ende des Zweiten Weltkriegs in der Brauerei gearbeitet", fuhr ich fort. „Haben da nicht auch zwei Jugoslawen aus dem Lager Stalag bei Moosburg gearbeitet? Der eine soll Vlado oder so geheißen haben."

„Ja, ja, da waren zwei Jugoslawen. Aber wie sie geheißen haben, das weiß ich nicht. Der eine war auf alle Fälle ein ganz ein fescher. Der hätt mir auch gefallen."

Frau Hofmeier schaute versonnen zur Decke hoch, als würde dort der fesche Mann kleben, und lachte dabei etwas verschmitzt.

„Also darf ich Ihnen etwas sagen. Aber Sie dürfen es mir nicht verübeln. ... Aber nein, ich sag's lieber nicht!"

Frau Hofmeier sprach mich noch immer mit Sie an, obwohl sie mich schon von Kindheit an kannte.

„Sagen Sie's halt", ermutigte ich sie, worauf sie schließlich einen tiefen Atemzug holend fortfuhr.

„Also, dass etwas nicht stimmt mit Ihrer Mutter, das hab ich gleich gemerkt. Weil, ich hab für Ihre Mutter und für Ihre Tante auch nach dem Krieg gewaschen, wo sie schon in der Molter-Villa gewohnt haben, nachdem ihnen die Amerikaner das Haus weggenommen hatten. Ich hab's an der Wäsche gemerkt. Verstehn' S schon, was ich meine."

Es fiel ihr schwer, das Ausbleiben der Monatsblutung bei meiner Mutter als Anzeichen einer Schwangerschaft zu beschreiben.

„Ihre Mutter war auch allerweil so traurig und hat so vor sich hin geweint. Da hab ich zu ihr einfach einmal gesagt: Weinen S' nicht Fräulein Reserl. Ein Kind ist kein Unglück. Und unser Herrgott macht noch allerweil alles recht. Ihre Mutter hat nichts drauf gesagt. Aber ich hab ja selbst die Erfahrung gemacht. Wie Sie sicher wissen, war doch meine Tochter auch ein lediges Kind. Und damals hat man schon was mitgemacht als ledige Mutter! Man kann sich das heute gar nicht mehr vorstellen, wie das damals alles so war."

Hier hielt Frau Hofmeier inne, mit ihren Gedanken war sie ganz weit weg.

Ich durchbrach die Stille mit der Frage: „Frau Hofmeier, meine Tante hat mir erzählt, dass der damalige Braumeister Bärlehner Fotos haben soll, auf denen mein Vater zu sehen ist. Meinen Sie, dass ich die Fotos irgendwie bekommen kann?"

„O mei, die Braumeistersleut sind schon lang verstorben", entgegnete sie. „Aber ein Sohn, der Willi, der lebt noch hier in Landshut, und den werd ich fragen, wenn ich ihn wieder treff. Das ist Ihnen doch recht?"

„Bitte tun Sie das, Frau Hofmeier, sobald es Ihnen möglich ist", drängte ich sie. „Sie machen mir damit die größte Freude."

Wieder druckste sie etwas herum und sagte dann: „Also, Sie sind mir nicht bös, wenn ich jetzt was erzähl? Wie Sie nach den Jugoslawen gefragt haben, da ist mir eingefallen, dass Ihre Mutter, da müssen S' etwa drei Jahr alt gewesen sein, einmal einen Brief von Ihrer Pflegemutter, aus Cham glaub ich, mit einem Foto, wo Sie als Kind drauf sind, auf ihrem Schreibtisch im Büro liegen gelassen hat. Auf dem Foto warn S' angezogen wie ein Maderl. Also man hat keine Hose gesehen. Es war eher wie ein Rock, was S' da auf dem Bild angehabt haben. Vielleicht war dies damals so Mode. Ich weiß's nicht. Auf alle Fälle haben die Leute von der Brauerei den Brief und das Foto entdeckt und dann gespöttelt ‚Alexandra Serbiana‘. Also die müssen das mit dem Jugoslawen schon mitbekommen haben. Aber gell, jetzt sind Sie mir nicht bös, weil ich das erzählt hab!"

Ich war ihr nicht böse. Aber irgendwie hat mich diese Geschichte doch getroffen. Ich konnte mich sogar an dieses Foto und an seine Entstehung noch schwach erinnern. Es gehört zu den frühesten Erlebnissen aus meiner Kindheit, die sich mir eingeprägt hatten.

Ich befinde mich im Atelier des Fotografen Rothbauer in der Propsteistraße in Cham. Ich sitze auf einem Tisch in einer Art Schneidersitz vor einem weißen Hintergrund. Meine Haare sind lang und gelockt. Ich trage eine dunkelblaue Pluderhose, die wie ein Röckchen aussieht. Über meine Wangen kullern dicke Tränen. Ich hatte als Kind so schreckliche Angst vor dem Fotografieren, als würde man mir dabei meine Seele aus dem Leib herausreißen.

Bereits eine Woche nach meinem Besuch rief mich Frau Hofmeier zu Hause an und erzählte stolz, sie habe von Willi Bärlehner zwei Fotos bekommen, auf denen die beiden Jugoslawen zu sehen seien. Einer der beiden sei Vlado, mein Vater, soll Willi Bärlehner gesagt haben, der sich an jene Zeit, in der sein Vater als Braumeister die Kriegsgefangenen zu beaufsichtigen hatte, noch gut erinnern konnte.

Es ist kaum zu beschreiben, wie sehr ich mich über diese Nachricht freute. Ich versicherte Frau Hofmeier, sie schon am nächsten Wochenende zu besuchen, um die Bilder abzuholen. Die ganze Woche über grübelte ich darüber nach, wie er wohl aussehen mag, mein Vater.

Und weil ich mich nach dem Tod meiner Mutter und meiner Tante so einsam und verlassen fühlte, spann ich den Gedanken weiter, meinen Vater zu suchen und zu finden. Ich malte mir sogar in den herrlichsten Farben aus, Brüder und Schwestern zu haben, die mich in den Kreis ihrer Familie aufnehmen. Es war ein schöner Traum. Sollte dieser Traum je Wirklichkeit werden?

Als ich an der Haustür läutete, eilte mir Frau Hofmeier die Treppe herab entgegen und öffnete geschäftig die Tür, obwohl diese sich auch über den elektrischen Türöffner hätte öffnen lassen. Sie strahlte über das ganze Gesicht und sagte aufgeregt:

„Ja, Herr Alexander, da sind Sie ja! Ich hab schon auf Sie gewartet."

„Grüß Gott, Frau Hofmeier! Haben Sie die Fotos von meinem Vater wirklich bekommen?" Ich konnte meine Neugier nicht verbergen.

„Aber freilich! Kommen S' doch erst mal rein!", ereiferte sie sich und ging voraus in ihre Wohnung.

„Gleich zwei Bilder hat mir der Bärlehner Willi gegeben. Und stellen Sie sich vor, erinnern hat er sich auch noch können an Ihren Vater."

Sie steuerte die Küche an, in der sie schon den Tisch für mich gedeckt hatte, und hieß mich, auf der Küchenbank Platz nehmen.

„Also, jetzt passen S' auf!", sagte sie, stellte sich auf die Zehenspitzen und tastete suchend oben auf dem Küchenkasten, bis sie endlich ein Kuvert herunterreichte, aus dem sie zwei kleine Fotografien mit gezackten Rändern zog. Stolz legte sie die Bilder vor mir auf den Tisch und fragte mit verschränkten Armen: „Also, wer meinen S', dass von den beiden Männern da Ihr Vater ist?"

Auf dem einen Foto waren zwei Männer in grauen, zu Anzügen umfunktionierten Uniformen vor einem hölzernen Gartenzaun zu sehen. Zwischen ihnen steht ein junger Bursche, wahrscheinlich der ältere der Braumeistersöhne. Die Wiese, auf der sie sich gruppiert hatten, ist leicht mit Schnee bedeckt. Die beiden Männer in den viel zu knappen Anzügen schauen ernst drein, nur der Junge in ihrer Mitte lacht ein wenig. Den Hintergrund bilden die Stämme von Birken und dunkles Gebüsch.

Das zweite Foto zeigt fast die gleiche Szene. Nur sind diesmal die beiden ernst dreinblickenden Männer von drei schelmisch grinsenden Buben umgeben. Einer der strammen Männer, der auf beiden Fotos auf der rechten Seite zu sehen ist und kniehohe Stiefel trägt, erinnerte mich an ein Bundeswehrfoto von mir. Die Haare, die Kopfform, die Statur, die Haltung! Welche Ähnlichkeit! Ich glaubte, mich selbst wieder zu erkennen.

„Das ist mein Vater", sagte ich im Brustton der Überzeugung und pochte mit dem Zeigefinger auf den gutaussehenden Mann rechts in der Gruppe.

„Ja, ja, genau, das ist er", bestätigte Frau Hofmeier und strahlte übers ganze Gesicht. „A fescher Mensch, Ihr Vater, gelln' S!"

Wirklich, der Mann auf dem Foto sah ziemlich so aus, wie ich mir meinen Traumvater vorstellen konnte. Ich interpretierte alle edlen Züge, die ich in diesem Moment zu erspüren glaubte, in die Person mit der viel zu kleinen Joppe, dem weißen Hemd und der dunklen Krawatte. Die stramme Haltung, der sichere Blick, das konnte nur mein Vater sein. Mein Traumvater!

Eigentlich hatte sich seit meiner Schulzeit ein bestimmtes Bild von meinem Traumvater in mein kindliches Gehirn eingebrannt. Es war eine Zeichnung aus meinem Kinderkatechismus mit dem Titel „Heimkehr des verlorenen Sohnes". Mittelpunkt ist ein in einen orientalischen Umhang gewickelter älterer Mann, der seinen verlorenen Sohn mit offenen Armen geradezu umschlingt. Allein bei der Erinnerung an dieses Bild entschlüpfte meiner Brust jedes Mal ein tiefer Seufzer der Sehnsucht. Ob der stramme Mann auf dem Foto, das mir Frau Hofmeier eben vorgelegt hatte, mich auch so herzlich umarmen würde, wenn ich ihm gegenüberträte?

Am liebsten wäre ich meiner guten Frau Hofmeier um den Hals gefallen, so glücklich war ich über die Bilder, die sie mir besorgt hatte.

„Konnte sich der Bärlehner Willi vielleicht auch noch an den Familiennamen meines Vaters erinnern?", wollte ich wissen.

Frau Hofmeier stutzte einen Moment, ehe sie mir einen großen Schöpflöffel ihrer allerbesten Leberspätzlesuppe in den Teller kippte, und meinte dann: „Danach hab ich ihn gar nicht gefragt. So dumm wird man, wenn man alt wird. Aber Sie können ihn doch anrufen, den Bärlehner Willi. Warten S‘, ich geb Ihnen gleich die Telefonnummer."

Schon wollte sie ins Wohnzimmer eilen, in dem sie sich nur zu besonderen Anlässen aufhielt. Es war das Heiligtum ihres verstorbenen Mannes. „Da hat er sich immer so wohl gefühlt und so gern Fernsehen geschaut."

Ich beruhigte sie, sie solle damit bis nach dem Essen warten, und ließ mir ihre Kochkünste schmecken. Ich war glücklich, ja überglücklich. Seit über zwanzig Jahren hatte ich mir gewünscht, wenigstens einmal ein Bild meines Vaters zu sehen. Und nun ist dieser Wunsch ganz plötzlich und unerwartet in Erfüllung gegangen.

Wie so oft in meinem Leben realisierten sich meine Träume und Wünsche nicht unbedingt dann, wenn ich es mir einbildete, sondern irgendwann einfach so und völlig spontan, wenn ich schon gar nicht mehr an sie dachte oder gar damit rechnete.

**Vlado Novokmet rechts
Mai 1945**

Schritt zwei

Der erste entscheidende Schritt, um meinen Vater zu finden, sollte er noch am Leben sein, war also getan. Der Mann auf den beiden Fotos, der mir als mein Vater vorgestellt wurde, mochte damals etwa 35 Jahre alt gewesen sein. Ich vermutete, dass die Aufnahmen kurz nach Kriegsende im Mai 1945 entstanden sind. Da soll es im Mai nochmals geschneit haben, wie ich mich an eine Erzählung von Tante Maja erinnerte. „Wie die Amis gekommen sind, da hat's nochmals geschneit. Die Bäume haben schon geblüht und die Blüten hat's natürlich größtenteils erfroren. Grad damals, wo man 's Obst so notwendig gebraucht hätte und man keines bekommen konnte."

Als ich wieder zurück in München war, brachte ich noch am selben Abend die beiden kleinen Fotos zu meinem Freund Roman, einem Berufsfotografen, und bat ihn, davon Vergrößerungen anzufertigen. Vor allem wollte ich Einzelaufnahmen von der Person meines Vaters haben, um diese bei meinen künftigen Suchaktionen zu verwenden. Er versprach mir, in zwei Tagen damit fertig zu sein.

Ich brauchte für meine weiteren Nachforschungen unbedingt den Familiennamen meines Vaters. Ich kramte den Zettel mit der Telefonnummer von Willi Bärlehner, welche mir Frau Hofmeier aufgeschrieben hatte, aus meiner Jackentasche und setzte mich ans Telefon. Unter der Nummer, die ich gewählt hatte, meldete sich eine Frau Bärlehner.

„Kann ich bitte Ihren Mann sprechen?", fragte ich eher schüchtern.

„Der ist nicht da!" Die Frau am anderen Ende der Leitung antwortete in einem nicht gerade freundlichen Ton.

„Wann kann ich ihn bitte erreichen?". Ich versuchte so freundlich wie möglich zu wirken.

„Bei mir überhaupt nicht!", war die barsche Antwort. „Der wohnt nicht mehr hier."

Ich wollte schon den Hörer auflegen, aber im letzten Moment wurde mir bewusst, dass dies das Ende meiner Suchaktion bedeuten würde. Trotz der üblen Laune meiner Gesprächspartnerin wagte ich noch eine letzte Frage hinzuzufügen.

„Können Sie mir bitte sagen, wo ich Ihren Mann erreichen kann? Ich muss ihn dringend sprechen. Ich suche nämlich meinen Vater. Und Ihr Mann hat ihn persönlich gekannt. Ich hoffe, dass Ihr Mann mir den Familiennamen meines Vaters sagen kann."

„Da kann ich Ihnen leider nicht weiterhelfen!", unterbrach sie mich. Ihr Ton war etwas entgegenkommender als zuvor.

„Mein Mann lebt nicht mehr bei mir. Wir sind geschieden. Und da, wo er jetzt wohnt, hat er kein Telefon. Da müssen Sie schon selbst versuchen, ihn irgendwie zu erreichen. Soviel ich weiß, ist er meistens nicht daheim, sondern bei seiner Freundin. Und wo die wohnt, das weiß ich schon gar nicht."

Mehr war aus ihr nicht herauszubringen. Also rief ich wieder die gute Frau Hofmeier an und bat sie, Herrn Bärlehner nach dem Familiennamen meines Vaters zu fragen, wenn sie ihn zufällig wieder einmal sehen sollte. Sie nahm gerne meine Bitte entgegen und rief auch schon nach wenigen Tagen zurück.

„Es tut mir ja so leid!", jammerte sie, „aber der Bärlehner Willi kann sich beim besten Willen nicht mehr an den Familiennamen Ihres Vaters erinnern. Es ist halt auch schon mehr als dreißig Jahre her."

Frau Hofmeier aber wusste zu berichten, dass der Willi Bärlehner noch einen Bruder hat, den Bernd, dessen Adresse er aber nicht kannte.

„Der Bärlehner Bernd muss irgendwo im Allgäu als Braumeister arbeiten", meinte sie. „Es ist möglich, dass der sich noch an den Namen Ihres Vaters erinnern kann, weil er der ältere von den Bärlehner Buben ist."

Wie aber sollte ich nun die Anschrift des Bernd Bärlehner auskundschaften? Ich überlegte nicht lange und kam auf die Idee, es noch einmal bei Frau Bärlehner zu versuchen, obwohl die ja von meinem ersten Anruf nicht gerade angetan war. Es könnte doch sein, dass sie sich als Willis Ehefrau die Telefonnummer und die Anschrift ihres Schwagers irgendwo notiert hatte.

Ich wählte die Nummer, die auf Frau Hofmeiers Zettel stand. Wieder meldete sich eine Frauenstimme. In der Meinung, dies sei Frau Bärlehner, legte ich los: „Hier ist nochmals Alexander Metz. Ich habe vor ein paar Tagen bei Ihnen wegen meines Vaters angerufen, den ich suche. Bitte entschuldigen Sie, Frau Bärlehner, wenn ich Sie nochmals belästige, aber Ihr Mann konnte sich nicht mehr an den Familiennamen meines Vaters erinnern. Es könnte aber sein, dass Ihr Schwager, Herr Bernd Bärlehner, mir mehr über meinen Vater sagen kann. Wissen Sie, wo ich Ihren Schwager erreichen kann?"

„Meine Mutter ist gerade nicht zu Hause", entgegnete eine überraschend freundliche Jungmädchenstimme. „Ich bin die Tochter. Ich glaube hier in diesem Buch steht irgendwo die Telefonnummer von meinem Onkel Bernd. ... Warten Sie einen Moment!"

Ich hörte, wie sie die Seiten eines Buches umblätterte, und atmete erleichtert auf. Hoffentlich findet sie die Nummer! Hoffentlich!

Und wirklich einige Augenblicke später nimmt sie den Hörer wieder in die Hand. „Sind Sie noch dran? Da, das muss sie sein. Bernd, Framersheim, ja das ist sie. Also die Nummer von Onkel Bernd ist ...“

Da stockte sie urplötzlich und meinte: „Ich kenne Sie ja gar nicht. Warum sollte ich Ihnen die Telefonnummer von meinem Onkel geben! Also auf Wiederhören.“

Ohne mir die Chance für eine Erklärung zu geben, legte sie den Hörer auf.

Ich fühlte mich, als hätte mir jemand einen Kübel mit kaltem Wasser über den Kopf geschüttet. Als ich mich wieder gefasst hatte, fiel mir der Hinweis „Bernd, Framersheim“ ein. Ich hatte mir jedes ihrer Worte genau gemerkt. Bernd, Framersheim schoss es mir durch den Kopf, und ich eilte sogleich zum Schreibtisch, um im Postleitzahlenbuch nach Framersheim zu suchen. Und tatsächlich fand ich ein Framersheim. An der Postleitzahl erkannte ich, dass es nicht im Allgäu, sondern im Rheinland-Pfälzer Raum liegen muss.

Zuversichtlich rief ich die Auskunft an und erfragte die Telefonnummer des Herrn Bernd Bärlehner in Framersheim. Als eine freundliche Frauenstimme mir die Nummer verraten hatte, holte ich erst einige Male tief Luft. Ruhig bleiben! Ruhe bewahren! Mit einem unsicheren Gefühl wählte ich die Nummer. Werde ich einen Schritt weiterkommen? Wird mir Bernd Bärlehner mehr über meinen Vater sagen können als sein Bruder, rätselte ich, während das Freizeichen im Hörer ertönte.

„Bärlehner“, meldete sich eine Männerstimme.

„Hallo, mein Name ist Alexander Metz“, kündigte ich mich vorsichtig an. „Störe ich Sie gerade?“

„Nein. Um was geht es denn?“

„Ich suche meinen Vater. Und ich glaube, dass Sie mir dabei helfen können. Sie sind doch in Landshut aufgewachsen?"

„Nein", entgegnete der Mann am anderen Ende der Leitung mit überzeugender Stimme. „Ich nicht. – Das ist mein Vater. Der ist als Kind in Landshut gewesen. Aber den können Sie nicht sprechen. Er ist gerade aus dem Krankenhaus gekommen. Er kann nicht mehr reden. Er hatte eine Kehlkopfoperation. Krebs!"

„Mein Gott, das tut mir leid!" Ich fühlte mich tief betroffen, konnte zunächst nichts weiter dazu sagen. Nach einer kurzen Pause fuhr ich fort: „Ihr Herr Vater war nun wirklich meine letzte Hoffnung, um meinen Vater zu finden oder wenigstens zu erfahren, wer er war."

„Wie meinen Sie das?"

Ich erzählte ihm meine Geschichte und alles, was ich über meinen Vater bisher erfahren hatte.

Mein Gesprächspartner hörte mir geduldig zu. Er schien durchaus Verständnis für meine Situation aufzubringen.

„Ich werde mit meinem Vater reden", schlug er vor. „Er kann Antworten aufschreiben. Rufen Sie mich doch in ein paar Tagen nochmals an!"

Wieder zeigte sich ein kleiner Hoffnungsschimmer am Horizont meiner Träume und Illusionen. Er gab mir neuen Auftrieb und beflügelte mich für die nächsten Tage in allem, was ich tat.

Schritt drei

Nur wenige Tage später rief ich Herrn Bärlehner in Framersheim wieder an. Er war spürbar erfreut darüber, für mich eine gute Mitteilung parat zu haben. „Mein Vater kann sich sehr gut an Ihre Mutter erinnern und er kann Ihnen auch etwas über Ihren Vater sagen. Er glaubt sogar, der Einzige zu sein, der außer Ihrer Mutter wirklich weiß, wer Ihr Vater ist. Er wird Ihnen alles schreiben, wenn Sie ihm schriftlich mitteilen, wann und wo Sie geboren sind, welche der Metz-Töchter Ihre Mutter war und wo Sie aufgewachsen sind."

Nur zu gern kam ich dieser seiner Bitte nach. Ich setzte mich sogleich an die Schreibmaschine und tippte:

Sehr geehrter Herr Bärlehner,

Ihr Sohn war so freundlich, die Verbindung zwischen Ihnen und mir herzustellen. Wie Sie sicher bereits wissen, bin ich nun nach dem Tod meiner Mutter, Therese Metz, ernsthaft und intensiv dabei, nach meinem Vater zu suchen. Jetzt, da alle meine Angehörigen verstorben sind, glaube ich meinen Kindheitstraum erfüllen zu dürfen, ohne irgendjemanden zu kompromittieren.

Ich bin 1946 in Cham in der Oberpfalz geboren. Bereits zwei Tage nach meiner Geburt wurde ich einer Pflegemutter zur Erziehung übergeben, da in Landshut niemand etwas von meiner Existenz erfahren durfte und außerdem für mich kein Platz war.

Mit neun Jahren kam ich in ein Internat, die Vorschule der Regensburger Domspatzen in Etterzhausen. Von da an wurde mir von

meiner Mutter und meiner Tante jeglicher Kontakt zu meiner Pflege-
mutter untersagt. Die Ferien durfte ich zwar in Landshut verbringen,
aber die ersten Jahre haben sie immer noch gesagt, wenn einer nach
meiner Herkunft fragte, ich sei das Kind ihrer Schwester aus Cham.
Sie können sich vielleicht vorstellen, wie sehr ich mich nach einem
Vater gesehnt habe, nicht nur weil ich wie jedes Kind einen Vater
gebraucht hätte, sondern auch weil ich die Probleme eines unehelich
geborenen Kindes so schmerzhaft zu spüren bekam.

Jetzt wo ich allein bin, ist der Wunsch, meinen Vater kennenzu-
lernen, und die Hoffnung, ihn vielleicht doch noch lebend anzutreffen,
wieder in mir aufgeflammt. Ich bin mir bewusst, dass dies anderen
kindisch erscheinen mag und dass Männer in meinem Alter bereits
selbst eine Familie haben. Ich glaube aber, dass mir eine Begegnung
mit meinem Vater eine bedeutende Hilfe sein würde, um meine Ver-
gangenheit zu bewältigen und den rechten Weg in die Zukunft zu
finden.

Ich bitte Sie daher, mir alles, was Sie über meinen Vater wissen,
zu berichten.

Schon bald erhielt ich eine Postkarte mit folgendem Inhalt:

Ich danke Ihnen für Ihren Brief, ich bräuchte nur Ihre Geburts-
daten und den genauen Geburtsort. Ich glaube, bei Tante Käthe im
Bayerischen Wald. Wenn ich alles beisammenhabe, gebe ich Ihnen
gerne Bescheid, es gibt schon einige Zeilen. Also sind Sie so gut, dann
geht alles über die Bühne.

Als Anmerkung setzte er darunter:

Ich habe Gaumen-Tumor (Krebs) und kann daher nicht sprechen.

Ich schrieb ihm sogleich, dass ich an einem Sonntag im März
1946, in Cham im Bayerischen Wald geboren bin, und zwar im

Hause von Kathrin, der Schwester meiner Mutter. Im ersten Stock der Schmidtbank in der Fuhrmannstraße.

Am 21. Februar 1982 erhielt ich von Bernd Bärlehner folgendes Schreiben:

Lieber Herr Metz,

es hat doch ein bisschen länger gedauert mit der Beantwortung Ihres Briefes. Bitte entschuldigen Sie. In den Letzten Tagen ist es mir nicht besonders gut gegangen. Der Witterungswechsel macht mir immer sehr zu schaffen.

Zum Tod Ihrer Mutter möchte ich Ihnen mein aufrichtiges Beileid aussprechen.

Ob ich Ihnen mit meinen Angaben nach der Suche Ihres Vaters helfen kann, weiß ich nicht, jedenfalls will ich Ihnen mitteilen, was ich noch in Erinnerung habe.

Gierig verschlang ich jedes Wort. Endlich kam die lang ersehnte Beschreibung meines Vaters.

Ende 1944 wurden zwei Kriegsgefangene dem Landshuter Brauhaus als Arbeiter zugeteilt. Sie stammten beide aus Serbien. Vladimir Novokmet, Ihr Vater, wir nannten ihn Vlado, war ausgebildeter Sanitäter.

Mein Vater ein Sanitäter, ein Heiler, ein Retter! Das passte genau zu dem Idealbild, das ich mir von ihm ausgemalt hatte.

Ich weiß noch, wie er Herrn Lenz Neumeier, er war Bierfahrer beim Brauhaus, eine Kugel entfernte, die er sich bei einem Tieffliegerangriff eingehandelt hatte. Von Zivilberuf war Ihr Vater Geometer.

Also genau wie meine Tante erzählt hatte, ein Geometer, ein gebildeter Mann. Ich taumelte vor Freude und Glück. Erst jetzt fiel mir auf, dass Herr Bärlehner gar keinen Zweifel daran ließ,

dass der eine der beiden Serben mit dem Namen Vladimir Novokmet mein Vater ist. Nur seinen Rufnahmen schrieb er mit F
statt mit V.

*Beide, Flado und Anton bewohnten im Landshuter Brauhaus ein
Zimmer direkt neben unserer Wohnung. Nachdem sie Kriegsgefangene waren, war mein Vater voll für sie verantwortlich. Ab 19 Uhr
war für beide Sperrstunde, da durften sie das Haus nicht mehr verlassen. Es kam manchmal vor, dass Flado Ihre Mutter nach Hause
begleitete, die Sperrstunde überschritt und am Annaberg blieb.*

Oha! Vlado, mein Vater, musste also doch mehr als nur einmal, wie meine Tante Maja zu wissen glaubte, bei den Damen
Metz im Haus über Nacht geblieben sein. Oder sollte dies
meine gute Tante gar nicht bemerkt haben?

*Zusammenfassend glaube ich, dass sich beide im Landshuter
Brauhaus wohl gefühlt haben, es gab außer der Sperrstunde keine
besonderen Einschränkungen für sie. Trotzdem freuten sie sich auf
ihren Heimkehrertransport. Sie waren bei den ersten dabei. Ich habe
sie nach Schönbrunn begleitet und bin bis zur Abfahrt bei ihnen geblieben. Mit Anton, Antely Stojan hatten wir bis 1958 brieflichen
Kontakt, Ihr Vater hat nichts mehr von sich hören lassen. Vielleicht
hat er aber mit Ihrer Mutter korrespondiert. Ich möchte annehmen,
dass er von Ihrer Existenz nichts gewusst hat.*

*Nachdem die Möglichkeit besteht, dass Anton über den weiteren
Verbleib Ihres Vaters Bescheid weiß, teile ich Ihnen seine Anschrift
mit.*

Was Herr Bärlehner am Ende seines Briefes schrieb, konnte
ich gar nicht oft genug lesen. Es war die beste und schönste
Beschreibung, die ich von meinem Traumvater erhalten konnte.

*Es bleibt mir nur noch zu erzählen, dass wir Ihren Vater alle
sehr gerne mochten. Er hatte einen noblen Charakter und war ein*

sehr feiner Mann. Wenn er helfen konnte, war ihm nichts zu viel. Als meine Eltern noch lebten, haben wir öfters über Anton und Vlado gesprochen.

Ich wünsche Ihnen von Herzen, dass Sie Ihren Vater finden.

Ich war überglücklich und sog die Zeilen des Briefs immer wieder Wort für Wort wie die Biene den Nektar einer Blume ein. Es waren auch drei Fotos dabei, kleine Bilder mit zackigen Rändern. Es waren andere Bilder als die, welche ich zuerst über Frau Hofmeier erhalten hatte. Mit einer Schreibmaschine war „Mai 1945" auf die Rückseite getippt.

Ein Bild zeigte meinen Vater alleine, das zweite die beiden Jugoslawen in einer Gartenlaube zusammen mit der Braumeisterfamilie Bärlehner und das dritte Foto zeigte Antely und Vlado mit den beiden Söhnen des Braumeisters. Auf allen drei Bildern aber sah der Mann, der mein Vater sein sollte, älter aus als auf den ersten Fotos, die mir Frau Hofmeier besorgt hatte. Dies beunruhigte mich ein wenig, da ich die Wahrscheinlichkeit, meinen Vater noch lebend anzutreffen, mehr und mehr schwinden sah, je älter er auf den Fotos wirkte.

Ich hatte nun den Namen meines Vaters, Vladimir Novokmet, den Namen und die Anschrift seines Kriegskameraden Antely Stojan. Weiterhin hatte ich Fotos von beiden und Vergrößerungen von meinem Vater. Jetzt konnte ich zielgerichtet bei der Suche nach meinem Vater vorgehen.

Schritt vier

Eigentlich wollte ich nur einen Brief an Antely Stojan schicken. Weil ich mir aber nicht sicher war, ob seine Anschrift nach so vielen Jahren noch gültig und Antely noch am Leben war, schrieb ich, um keinen Versuch auszulassen, zugleich an die Deutsche Dienststelle für die Benachrichtigung der nächsten Angehörigen von Gefallenen und an den Suchdienst des Roten Kreuzes.

Den Brief an Antely Stojan ließ ich von einem befreundeten jugoslawischen Ehepaar übersetzen:

Sehr geehrter Herr Stojan,
durch den Sohn des verstorbenen Braumeisters Bärlehner habe ich Ihre Adresse erhalten.

Sie haben in den Jahren 1944/45 im Landshuter Brauhaus zusammen mit Vlado Novokmet gearbeitet. Wie ich erst jetzt nach dem Tod meiner Mutter erfahren habe, ist Herr Vlado Novokmet mein Vater.

Schon seit meiner frühesten Kindheit habe ich den Wunsch, meinen Vater persönlich kennenzulernen. Ich bitte Sie, mir hierbei behilflich zu sein. Bitte schreiben Sie mir alles, was Sie über meinen Vater wissen. Vor allem aber bitte ich Sie, wenn möglich, mir seine Adresse oder die seiner Angehörigen mitzuteilen.

Das beiliegende Foto zeigt Sie und meinen Vater. Es muss etwa im Mai 1945 aufgenommen worden sein.

Allen Schreiben legte ich eine Personenbeschreibung in Deutsch, Englisch und Jugoslawisch bei.

Die erste Antwort, die ich in meinem Briefkasten fand, erhielt ich vom Deutschen Suchdienst aus Berlin. Man teilte mir mit, dass über die Insassen des Lagers Stalag bei Moosburg keine Informationen vorlägen, und empfahl, mich an das Internationale Komitee vom Roten Kreuz in Genf zu wenden. Auch dahin sandte ich hoffnungsvoll einen Suchbrief. Schon kurz darauf erhielt ich ein vorgedrucktes Schreiben mit der Versicherung, man würde meinen Antrag bearbeiten, und einem unverständlichen Hinweis, dass vom Antragsteller eingesandte Beweismittel nicht zur Auskunftserteilung verwendet werden können.

Auch mein Freund und Arbeitskollege Franci, ein waschechter Jugoslawe, wollte mir bei der Suche nach meinem Vater, seinem Landsmann, wie er stolz bemerkte, behilflich sein. Er gab eine Kopie meines Suchbriefes wiederum an seinen Freund, den jugoslawischen Konsul in München, weiter. Von dort habe ich allerdings nie eine Antwort erhalten.

Ich wartete einige Wochen. Lange Wochen. Jeden Tag hoffte ich, im Briefkasten eine Nachricht über den Verbleib meines Vaters vorzufinden. Irgendwann verlor ich die Geduld. Es war ein Sonntag, an dem ich zum Telegrafenamt beim Hauptbahnhof ging, um dort in jugoslawischen Telefonbüchern nach Adressen von Menschen aus Belgrad und Zagreb zu suchen, die den Namen Novokmet trugen. Ich fand vier Novokmets, denen ich ebenfalls meine Suchbriefe sandte. Und auch das jugoslawische Rote Kreuz bedachte ich mit meinem Haferuf.

Vier Wochen nach dieser Aktion erhielt ich einen Brief von einem Herrn Svetozar Novokmet aus Belgrad, dessen Adresse ich im Telefonbuch gefunden hatte, mit folgendem Inhalt:

In Bezug auf Ihren Brief vom 10.3.1982 teile ich Ihnen folgendes mit:

Es tut mir leid, dass ich Ihnen in diesem Falle nicht viel helfen kann, da ich, als ich 10 Jahre alt war, nach Belgrad kam, wo ich jetzt lebe.

Ich blieb sehr früh ohne meine Eltern, so dass ich jeden Kontakt mit meiner Familie verlor. Das Einzige, was ich weiß, ist, dass die Familie Novokmet in ganz Jugoslawien verstreut ist.

Ich würde Ihnen den Rat geben, sich an das Standesamt von Ljubinje zu wenden.

Der Brief war in Deutsch geschrieben und endete mit einem Hinweis auf die Herkunft der Novokmets. Was der Name Novokmet selbst bedeutet, verriet mir mein Freund Franci: Neubauer.

Die Heimat aller Novokmets ist das Dorf DUBOCICA, was eine sehr wichtige Angabe ist; denn dieses Dorf befindet sich in der Nähe von Ljubinje, wo der Sitz der Gemeinde ist.

Ich schrieb einen Dankesbrief in Deutsch an Herrn Svetozar Novokmet und mit Hilfe meiner jugoslawischen Freunde einen Suchbrief auf Jugoslawisch an das Standesamt von Ljubinje.

Wieder vergingen lange Wochen, an denen ich täglich hoffnungsvoll den Briefkasten öffnete und enttäuscht wieder verschloss.

Eines Tages, es war im Mai 1982, fand ich einen Brief mit dem Absender „Internationaler Suchdienst" im Briefkopf und einem roten Kreuz daneben in meinem Briefkasten. Alle Hoffnungen setzte ich nun in dieses Schreiben. Aufgeregt riss ich den Umschlag auf. Hastig überflog ich die Zeilen:

... Im vorliegenden Fall können in Ermangelung von weiteren Hinweisen, insbesondere seinen Geburts- und Heimatort betreffend,

unsererseits keine weiteren Nachforschungen angestellt werden. Wir haben jedoch Ihre Anfrage mit einer Kopie unseres Schreibens an das Comité international de la Croix-Rouge gesandt. Die genannte Stelle hat in begrenztem Umfang Informationsmaterial über ehemalige jugoslawische Kriegsgefangene. ...

Also so ganz aussichtslos war die Situation doch noch nicht. Vieleicht konnte mir diese Stelle des Internationalen Roten Kreuzes weiterhelfen. Außerdem hoffte ich immer noch, von Antely Stojan oder dessen Angehörigen eine Nachricht zu erhalten. Ich musste mich zwangsläufig weiterhin in Geduld üben.

Stalag Lager Moosburg
StadtA Moosburg: S-SON, STALAG,
OT-Alb Schmid Bd. 1 S. 30 Bild 1

Geisterstimmen

Anita, eine erfolgreiche Journalistin und meine allerliebste Wohnungsnachbarin, läutete an einem verregneten Samstagnachmittag an meiner Tür. Sie brauchte dieses Mal keine Milch, keinen Zucker und auch kein Mehl.

„Du Alex", legte sie gleich los, noch ehe ich die Tür richtig geöffnet hatte, „du musst unbedingt mitkommen. Ich mache ein Interview mit einer, die mit den Jenseitigen über Tonband Kontakt aufnimmt. Das ist eine berühmte Geisterseherin. Die macht sogar Sendungen auf Radio Luxemburg. Du erinnerst dich sicher an die Entführung der Kronzucker-Kinder. Da hat sie die Polizei beraten. Die kann dir bestimmt sagen, ob dein Vater noch lebt."

Damit hatte sie mich auch schon vollkommen überzeugt mitzukommen. Natürlich wollte ich wissen, ob mein Vater noch lebt, wenngleich ich Hellsehern und Hellseherinnen gegenüber eher skeptisch war, vor allem deshalb, weil ich einige dieser Berühmtheiten bei Anita, die gerade ein Buch über „Propheten unter uns" vorbereitete, kennen gelernt hatte.

Wir fuhren mit meinem kirschroten Volvo nach Schwabing und hielten vor einem kleinen Hotel, wo diese berühmte Pythia von Karlsruhe auf telefonische Anmeldung und gegen eine gewisse Schutzgebühr die Verstorbenen mit einem Kassettenrecorder kontaktierte.

Die Dame an der Rezeption meldete uns mittels der Telefonanlage bei Madame Konradi an.

„Frau Konradi bittet Sie, noch einen Moment zu warten", sagte sie mit sanfter Stimme und empfahl uns in den für die kleine Empfangshalle viel zu wuchtigen Ledersesseln Platz zu nehmen.

Wir setzten uns und vertrieben uns die Zeit, indem wir uns über Anitas Buchpläne unterhielten. Da warf Anita überraschend ein: „Glaubst du, dass die Konradi Kontakt mit Verstorbenen aufnehmen kann?"

Ich war schon etwas skeptisch, ließ es mir aber nicht anmerken, um sie bei ihrer Arbeit nicht zu verunsichern.

„Mal sehen", beantwortete Anita selbst ihre Frage. „Ich bin froh, dass du dabei bist. Ich selbst mag nämlich mit Verstorbenen nichts zu tun haben. Ich glaube, dass so etwas auch ganz schön gefährlich werden kann. Man sollte den Toten besser ihre Ruhe lassen! Aber trotzdem interessiert es mich zu erfahren, ob dein Vater noch lebt. Dich doch auch?"

Mit Hilfe eines kleinen Handspiegels und einem Lippenstift, den sie aus ihrer Tasche kramte, korrigierte Anita das Rot ihrer Lippen.

Als nach etwa 15 Minuten das Telefon wieder einmal summte, nahm die Dame an der Rezeption mit einer elegant schwungvollen Bewegung den Hörer von der Gabel, meldete sich mit der stets gleichbleibenden Freundlichkeit und sagte dann bedeutungsvoll in unsere Richtung: „Frau Konradi lässt bitten. Zimmer zweihundertzehn, zweiter Stock."

Ich fühlte mich in diesem Moment, als würde man mich zur mündlichen Abi-Prüfung rufen. Anita zog eine nagelneue Tonbandkassette aus ihrer ledernen Umhängetasche, in die sie vorher Spiegel und Lippenstift verstaut hatte. Dann standen wir wie auf ein Kommando hin fast gleichzeitig auf und gingen zum Lift.

„Wie fühlst du dich?", wollte sie wissen, als wir den Aufzug betraten. Sie spürte wohl mein Unbehagen.

„Als wenn ich etwas Verbotenes tun würde", entgegnete ich.

Das Zimmer zweihundertzehn befand sich am Ende des Flurs.

Anita ging forsch voraus und klopfte an die Tür. Es öffnete uns eine Dame, die allein von ihrem Aussehen her schon für den Beruf einer Wahrsagerin wie geschaffen war. In jungen Jahren mag sie mit ihren üppigen schwarz gefärbten Haaren ausgesehen haben wie die feurige Zigeunerin, die auf den Ölbildern bei Woolworth und Bilka zum Kauf angeboten wurden.

Wir konnten gerade noch einen guten Tag wünschen, da sprudelte es aus ihrem Munde nur so heraus. Ohne dass meine AZ-Reporterin Anita auch nur eine Frage stellen konnte, plapperte die Hellsichtige drauf los. Beginnend bei ihrer dramatischen Kindheit, wo man ihrer feinsinnigen Fähigkeiten bereits gewahr wurde, erzählte sie von all ihren Weissagungen und Fällen, derentwegen man sie getrost als berühmt einstufen durfte. Sie hatte wie fast alle Wahrsager, die ich bei Anita kennenlernte, ein unbeschreibliches, fast exhibitionistisches Selbstdarstellungsbedürfnis und die Überzeugung, dass es nichts sonst auf der Welt als die Wahrsagerei gibt und sie jedem die Wahrheit sagen müsse, ob er nun wolle oder nicht. Natürlich ist diese göttliche Gabe für die Ärmste, wie sie selbst meinte, oftmals mehr als belastend; denn schließlich sieht sie ja auch alles Unheil voraus, das auf ihre Kunden zukommt.

Schon nach wenigen Minuten waren wir beide restlos davon überzeugt, dass die Welt ohne Madame Konradi und ihre übernatürlich hellseherische Begabung längst nicht mehr existierte, da machte sie endlich den vortrefflichen Vorschlag, sozusagen live zur Belebung Anitas künftigen Buches einen Tonbandkontakt zu Verstorbenen unserer Wahl herzustellen.

Wir sitzen um ein Tischchen, das an der Wand zwischen den beiden Fenstern des kleinen Hotelzimmers steht. Links von mir Anita, rechts Madam Konradi. Sie schaltet ihren kleinen Kassettenrecorder, der vor ihr auf dem Tisch liegt, ein und schiebt die nagelneue Kassette, welche Anita in weiser Voraussicht mitgebracht hatte, in das Kassettenfach.

„Die Jenseitigen haben keinen Kehlkopf", erklärt die Geisterseherin. „Deshalb können sie keine Vokale sprechen. Sie können sich nur mit gutturalen Lauten verständig machen. Sie werden gleich hören!"

Und natürlich ist Frau Konradi fähig, die Geräusche der Toten zu interpretieren. Welch ein Glück!

„Wen soll ich rufen?"

Anita verweist wie auf Kommando direkt auf mich. „Du willst doch von deiner verstorbenen Mutter wissen, ob dein Vater noch lebt."

Ich habe somit die Gelegenheit mein Anliegen vorzubringen.

Die Sitzung beginnt. Bedingt durch den wolkenverhangenen Himmel draußen wirkt das Zimmer zu einer Geisterbeschwörung passend ziemlich düster. Und obwohl ich nicht recht an den Hokuspokus glaube, ist mir doch nicht so ganz wohl in meiner Haut.

„Sie wollen also Kontakt zu Ihrer verstorbenen Mutter aufnehmen?", vergewissert sich die Pythia aus Karlsruhe nochmals. „Wie hieß Ihre Mutter?"

„Therese Metz", antworte ich artig.

Sie sieht mich dabei streng wie eine Schullehrerin an und notiert den Namen auf einen Schreibblock

„Wann ist sie gestorben?"

„Am 28. April 1981.“

„Und was wollen Sie von der Verstorbenen wissen?“

Jetzt kann ich nicht mehr zurück. „Ich möchte erfahren, ob mein Vater noch lebt.“

„Wie heißt Ihr Vater?“, forscht sie weiter.

„Vla-do No-vo-kmet“, buchstabiere ich.

Sie hält alle Angaben auf dem Papier fest.

Nun macht sie das Tonbandgerät aufnahmebereit, hält aber die Pause-Taste gedrückt. Dann bittet sie um absolute Ruhe. Wie sehr sie sich nun konzentrieren muss, demonstriert sie, indem sie den Kopf nachdenklich senkt und mit den Fingerspitzen ihre Schläfen sanft massiert.

Nach einer Weile löst sie die Pause-Taste des Rekorders. Es ist mäuschenstill im Zimmer. Nur noch die Umweltgeräusche, an denen es in einem Hotel nicht mangelt, sind wie weit entfernt zu hören. Eine Klospülung rauscht, ein Wasserrohr gurgelt, ein Staubsauger heult irgendwo in einem anderen Zimmer oder im Gang auf.

„Heute, den Zweiundzwanzigschten im Fünften Neunzehnhundertzweiundachtzisch“, setzt Frau Konradi an, klar und deutlich artikuliert mit einem resoluten Unterton und leichtem Karlsruher Akzent auf das Mikrophon einzureden, „rufe ich meine Freunde aus dem Jenseits.“

Hier folgt eine lange Sprechpause, bei welcher das Band weiterläuft.

„Ich habe sehr lange eben gerufen und ich hoffe, dass ihr euch meldet. Die Frau Hönlein ischt hier, Anita Hönlein. Die kennt Ihr sicherlich. Und Alexander Metz aus München, Hildegardstraße.“

„Alexander Metz aus München Hildegardstraße", wiederholt sie, wobei sie jedes Wort mehr als deutlich artikuliert.

Dann folgt wieder eine lange Sprechpause.

„Ah, zuerst möchten wir die Mutter von Alexander sprechen. Könnt ihr die bitte mal rufen! Therese Metz, zuletzt wohnhaft in Landshut, am Wirtsanger zwei."

Dann setzt sie noch energischer fort: „Isch rufe Therese Metz, Landshut, am Wirtsanger zwo!"

Lange Pause.

„Therese, isch kenne disch nicht. Mein Name ist Elisabeth Konradi. Ich erkläre hier kurz: Ihr werdet über Telepathie gerufen und ihr habt keinen Kehlkopf und das manifestiert sisch auf diesem Band und ihr könnt euch nur so mitteilen, wie wir das mit unseren Sinnesorganen verstehen. Wir verstehen nur die Sprache."

Ich verstehe so gut wie gar nichts.

Ohne diesmal eine Pause zu machen, was ich eigentlich erwartet hätte, setzt sie im Befehlston fort: „Therese Metz, ich frage disch jetzt, woran du gestorben bist."

Pause.

„Was war der Grund, dass du ins Jenseits gingst?"

Pause.

„Und vielleicht kannst du mir auch sagen, wo deine sterbliche Hülle liegt. Auf dem Friedhof, vom Portal aus, wenn man reinkommt. Vorne?"

Pause.

„Ziemlisch nach vorne?"

Kurze Pause.

„Mehr zur Mitte?"

Kurze Pause.

„Oder mehr nach hinten?

Lange Pause.

„Oder muss man nach rechts gehn oder nach links? Kannst du das sagen?"

Während der Pausen läuft das Tonband immer weiter, damit meine verstorbene Mutter hinreichend Gelegenheit bekommt, ihre Antworten draufzusprechen.

Obwohl ich nicht so recht daran glaube, die Ruhe der Toten in irgendeiner Weise tatsächlich stören zu können, fühlt sich diese Situation für mich nicht gerade behaglich an. Ich habe das flaue Gefühl, es sei nicht richtig, was ich da eben mitmache. Zu Lebzeiten meiner Mutter war die Frage nach meinem Vater tabu. Wie respektlos ist es doch, nun die Tote mit dieser Frage zu quälen!

Ihres Handelns sicher bohrt Frau Konradi weiter:

„Und wo bist du gestorben? Im Krankenhaus oder zu Hause?"

Wieder folgt eine Pause.

Und wie man mit einem unfolgsamen Schulmädchen spricht, setzt die Dolmetscherin jenseitiger Wesen mit Nachdruck fort: „Isch bitte dich, dass du deutlisch antwortest!"

Meine arme Resi! So darf man doch nicht mit dir sprechen! Leider bin ich zu feige dazu, selbst die Stopp-Taste zu drücken, um diesem Humbug ein Ende zu bereiten.

Da kommt Madams entscheidende Frage: „Und dann eine wischtige Frage für deinen Sohn!"

Denkpause für mein gutes Mütterlein.

„Wie geht es dir?"

Lange Pause.

„Was macht dein Sohn beruflich? Kannst du mir den Beruf sagen?"

„Den Beruf!", wiederholt sie streng wie eine Schulmeisterin. Und mir fällt just in diesem Moment Resis Versprecher bei der Begrüßung des Schulleiters ein: „Sehr verehrter, Herr verdreckter Herr Direktor."

Pause für mein Mütterlein.

O Gott, ist mir das unangenehm!

Gnadenlos setzt Madam ihr Verhör fort: „Und disch frage isch jetzt, weil du das weischt: lebt der rischtische Vater von dem Alexander, der Vlado Novokot, äh, äh, Novokmet aus Jugoslawien noch?"

Bei dieser für mich so entscheidenden Frage kommt Frau Konradi etwas ins Stottern. Sie behält aber ihren sicheren Ton bei und setzt fort: „Lebt er noch auf der Erde rischtisch oder ist er tot?"

Ganz lange Pause für mein Reserl, zum Nachdenken.

Und weil Frau Konradi wahrscheinlich so ihre Erfahrungen mit störrischen Verstorbenen aus dem Jenseits gemacht hat, wiederholt sie schulmeisterlich die Frage: „Also nochmal! Lebt der Vladimir noch auf der Erde? Lebt er noch oder ischt er tot?"

Pause.

„Wenn er tot ischt, kannscht du mir dann die Todesursache sagen? ... Und wenn er lebt, wo?"

Lange Pause.

Nun wird die Geisterbeschwörerin angenehm höflich: „Isch danke dir. Isch hoffe, dass du disch gemeldet hast, und wir grüßen disch. Wenn isch nichts verstehen kann, werde ich disch nochmal rufen. Vielen Dank! Und Stopp!"

Sie drückte energisch mit dem Zeigefinger die Stopp-Taste, warf den Kopf in den Nacken zurück und richtete sich zufrieden mit ihrer getanen Arbeit auf. Sie ließ das Band zurückspulen und hackte dann ebenso heftig mit dem gestreckten Finger auf die Start-Taste.

Wir lauschten gespannt. Zunächst hörten wir deutlich Madam Konradis Befehle und Fragen. Immer dann, wenn sie eine Sprechpause eingelegt hatte, drehte sie den Lautstärkeregler voll auf. Es war ein starkes Rauschen zu hören und dazwischen vernahmen wir irgendwelche Geräusche wie Krz, Mpk, Chz oder so. Sprachliche Elemente waren da beim besten Willen und bei aller Unvoreingenommenheit nicht festzustellen. Frau Konradi aber wusste dieses Kratzen, Blubbern und Ächzen als Antworten meiner verstorbenen Mutter zu deuten. Ihr Mann, der eben das Zimmer betreten hatte, bestätigte artig wie ein Kammerdiener durch stummes Kopfnicken, was sie sagte. Wie dumm waren wir doch, Anita und ich, dass wir all das nicht hörten, was Frau Konradi und ihr Mann so deutlich vernahmen.

„Dazu braucht man viel Erfahrung", meinte jener, um unser Unvermögen zu erklären und seiner Frau und sich selbst zu schmeicheln.

Auf die Frage, woran meine Mutter gestorben sei, interpretierten sie ein Geräusch wie „Hz" als Herzversagen.

Ein kaum vernehmbares Geräusch auf die Frage, wo ihre sterbliche Hülle begraben liege, wurde als Mitte ausgelegt.

Die Angaben stimmten tatsächlich. Meine Mutter war an einem Herz- und Kreislaufversagen verstorben und sie liegt in der Mitte des alten städtischen Friedhofs in Landshut begraben.

Nun endlich kam die für mich wichtigste Frage, ob mein Vater noch lebt. Sie spulte nach dieser Frage das Band wiederholte Male vor und zurück, und es war tatsächlich ein „Lbt", welches

Frau Konradi eindeutig als „lebt" auslegte, zu hören. Ihr Mann nickte dazu heftig mit dem Kopf.

Ich wusste nicht recht, was ich von all dem, was ich eben erlebt und erfahren hatte, halten sollte, schöpfte aber trotz aller Skepsis neue Hoffnung, meinen Vater doch noch lebend anzutreffen und das, wenn möglich, schon sehr bald.

Ehe wir nach Hause fuhren, stellte Frau Konradi auch noch die Verbindung zu Anitas verstorbenem Vater her, so sehr sich diese auch dagegen sträubte.

Alexander 1968

Mannbar

Wer oder was ist ein richtiger Mann? Mit dieser Frage wurde ich spätestens 1966 beim Antritt meines Militärdiensts in einem Haufen mannbarer Männer konfrontiert. Echte taffe Kerle und solche, die vorgaben harte Männer zu sein, die herumbrüllten und uns strammstehen ließen, wenn es sein musste, sogar unter der Gemeinschaftsdusche, waren unsere Ausbilder. Sie selbst waren von Barras-Veteranen ausgebildet worden. Derbe Sprüche und Anspielungen prasselten während der Grundausbildung auf uns ein: Sie liegen ja da wie eine schwangere Jungfrau! – Wenn ich sage stillgestanden, dann zwicken Sie Ihre Arschbacken zusammen, dass ein Fünfmarkstück seine Prägung verliert! – Sie haben wohl Abitur! Das sieht man!

Da ich ohne Vater aufgewachsen war, fehlte mir in so mancher Hinsicht das männliche Vorbild, nicht nur beim Probewerfen von Handgranatenattrappen, sondern vor allem auch in sexueller Hinsicht.

Jetzt bist du bereits einundzwanzig Jahre alt, sinnierte ich, Soldat bei der Luftwaffe und hast noch immer mit keinem Mädchen geschlafen. Das grämte mich sehr. Meine Kameraden hatten alle hinreichend Erfahrungen mit Frauen – jedenfalls taten sie so als ob – und prahlten damit bei jeder passenden und unpassenden Gelegenheit. Das muss sich ändern! Und zwar möglichst bald.

Das Peinlichste für mich war, dass ich rot anlief wie eine Tomate, wenn Kameraden von ihren Wochenenderlebnissen erzählten. Zum Beispiel der Pinkas: „Da hab ich zu meiner Maus gsagt, geh Oide steck ma unser Brunzzeug zam".

Und da ich solches nicht zu berichten wusste und ich auch nichts erfinden wollte, wich ich, wo immer es ging, derartigen Gesprächen aus. Natürlich bemerkten dies die anderen und einige, denen es an Taktgefühl mangelte, wollten wissen, ob ich mir's wohl selber besorge oder ob ich vielleicht gar nicht auf Mädchen stehen würde. Trotzdem empfand ich anderen Männern gegenüber nie Gefühle der Rivalität oder des Hasses, selbst dann nicht, wenn mir einer ein Mädchen ausspannte. Im Gegenteil, ich verehrte sie insgeheim, weil sie so waren, wie ich glaubte, als Mann sein zu müssen. Weil sie mit Frauen das taten, was auch ich tun wollte, mich aber nicht traute. Ich wollte und musste endlich mit einer Frau schlafen, das tun, was ein richtiger Mann eben macht, wie ich glaubte.

Freitag war diesmal mein freier Tag. Und dieser Tag musste es sein, der mich zu einem richtigen Mann werden lassen sollte. Als Horchfunker arbeitete ich im Schichtdienst. Gleich nach der Frühschicht fuhr ich nach Nürnberg. Nicht weit vom Bahnhof entfernt waren hinter der alten Stadtmauer, am Frauentorgraben, die Bordelle. Es waren alte Häuser, aus deren Fenstern die käuflichen Frauen nach potenziellen Freiern Ausschau hielten und sie mit markigen Sprüchen anzulocken versuchten.

„Na Kleiner, haste etwas Zeit für mich? Ich mach dir's ganz besonders gut.", zirpte die Rothaarige aus dem Fenster.

„Junger Mann, nicht so schüchtern! Mit dir möcht ich mal gerne. Du weißt schon was. Komm her! Komm schon her! Ich muss dir was sagen", forderte mich die Blonde auf und beugte sich dabei weit aus dem Fenster. Sie hatte dralle Brüste und hochtoupierte Haare, wie sie für Damen dieses Gewerbes damals typisch waren.

Ich ging auf sie zu, nicht weil sie mir gefiel, sondern weil sie mich angesprochen hatte. Sie beugte sich zu mir herab, offenbarte die Früchte ihres Leibes und flüsterte mir ins Ohr: „Ich mach dir's echt schön. Ehrenwort! Ich geb Dir eine russische Massage. Du kommst bestimmt wieder. Ich hab noch keinen enttäuscht!"

Mein Herz schlug so heftig, dass ich sein Pochen bis zum Hals spürte. Ich hatte Angst. Aber eben diese Angst musste ich besiegen, wollte ich endlich ein richtiger Mann werden.

„Na, komm schon. Was überlegst du noch? Fünfundzwanzig Mark. Nackt dreißig."

Der Preis war nicht das Problem, obwohl er an meinem Sold gemessen nicht gerade bescheiden war.

„Ich überleg es mir!", sagte ich und schlich mich davon.

Sie rief mir nach: „Hosenscheißer!".

Ganz am Ende der engen Gasse hinter der Stadtmauer waren die Häuschen mit den alten Nutten. Dort wollte ich es nun versuchen. Die Alten freuen sich bestimmt, wenn zu ihnen ein junger Mann kommt. Vor einer alten Dirne brauche ich mich nicht zu schämen, sollte ich gar versagen. Sie gibt sich vielleicht auch mehr Mühe und wird mich nicht auslachen, weil ich in Sachen der Liebe noch unerfahren bin.

Ich hatte mich schon vor einigen Wochen einmal mit einer alten Dirne am Fenster unterhalten. Sie war alles andere als schön. Überhaupt nicht mein Frauentyp. Und schon gar keine heilige Madonna. Aber irgendwie umgab sie eine Aura, die nicht nur auf Geschäftssinn und kalte Berechnung schließen ließ. Durch das Fenster sah ich, dass sie einen Marienaltar in ihrem Arbeitszimmer aufgestellt hatte, vor dem Blumen standen und eine Kerze brannte. Ich hatte bei ihr das Gefühl, dass sie ehrlich war, dass sie nichts zu verbergen hatte, dass sie selbst nicht vorgab, die heilige Madonna zu sein, wie all die anderen Frauen, die ich kannte und die ich durch mein Verhalten dazu machte. Zu ihr wollte ich an diesem Tag gehen. Ihr konnte ich sagen, dass ich es noch nie getan hatte. Sie würde mich verstehen. Sie war aber nicht da. Eine Kollegin, die bestimmt noch einige Jahre mehr auf dem Buckel hatte, schaute aus dem Fenster, und guckte etwas überrascht, weil ich zu ihr ging.

„Kommste rein zu mir?", fragte sie fast etwas verschämt wie ein kleines Mädchen. „Zwanzig Mark. Ganz nackt. Na, komm schon!"

Ich ging ganz nah an ihr Fenster. Mit der hellblauen Schleife im Haar sah sie aus wie ein Schulmädchen mit dem Gesicht eines alten Weibes.

„Ich hab's noch nie gemacht. Ich habe keine Erfahrung", stammelte ich im Flüsterton.

Sie glaubte mir aufs Wort. „Dann biste bei mir richtig. Ich zeig's dir. Es wird dir Spaß machen. Komm rein. Was überlegst du noch? Es ist gescheiter, du kommst zu mir, als dass du es mit so einem jungen Ding machst. Die hängt dir bloß ein Kind an. Dann hast dein ganzes Leben verpfuscht", redete sie auf mich ein. „Also komm schon!"

Sie ging vom Fenster weg, um mir die Tür zu öffnen. Unsicher betrat ich den dunklen Flur. Da standen andere, schon etwas verbrauchte Liebesmädchen, die sich kaum das Lachen verkneifen konnten, als sie merkten, dass die Alte mich angemacht hatte. Sie wartete schon vor ihrer Tür auf mich, packte mich entschlossen am Arm und zog mich mit einem Ruck in ihr Zimmer, als befürchtete sie, ich würde es mir doch noch anders überlegen und türmen. Sie versperrte die Tür von innen mit einem Schlüssel, der bereits im Schloss steckte. Vor das Schlüsselloch hängte sie einen verknautschten Waschlappen an die Türklinke. Wahrscheinlich kannte sie die Neugier ihrer Kolleginnen.

In der Stube schwebte kein Hauch Erotik. Die Vorhänge hatte sie bereits zugezogen. Neben der Tür stand ein verkratzter, brauner Kleiderschrank. Zwischen den beiden Fenstern lümmelte eine bescheidene Anrichte. Auf dem Boden lag ein abgetretener, brauner Teppich. In der Mitte des winzigen Zimmers thronte ein runder Tisch, der mit einer Häkeldecke heimelig belegt war. Darauf befand sich eine Obstschale aus bunt bemalter Keramik, die aber nicht mit Äpfeln und Birnen, wie es ihrer würdig gewesen wäre, sondern mit zig aufgerollten und weiß gepuderten Präservativen angefüllt war.

An der rechten Wand klotzte direkt mit dem Kopfende vor dem Fenster die Arbeitsstätte, eine schäbige Liege bedeckt mit einer rotbraunen Wolldecke und einem olivgrünen Handtuch darüber. Das Fußende bildete ein schmirgelnder Lederfleck, damit die Freier mit ihren Schuhen nicht die alte Lustmatte vollends besudeln konnten. Die Lampe, die über dem Tischchen von der Decke hing, war mit einem roten Tuch lieblos, ja eher schlampig umwickelt. Sie sollte in den Abendstunden das Licht der elektrischen Birne in ein sinnliches Rot verwandeln.

Gleich hinter der Tür grabschte die Alte nach dem Zwanzigmarkschein, den ich schon in der Hand bereithielt. Mein Herz raste wie wild vor Aufregung.

„Komm, Schätzchen, leg 'nen Zehner drauf. Ich mach dir's wirklich besonders schön. Und ich lass mir auch Zeit", drängelte sie.

Ich zog gehorsam wie ein artiger Junge, zu dem man mich erzogen hatte, einen Zehnmarkschein aus meiner Geldbörse, meinen letzten, und steckte ihn ihr zu. Sie verstaute die Scheine in dem alten Schrank, wobei sie die Tür nur so weit öffnete, dass ich nicht in den Kasten blicken konnte.

Dann kommandierte sie, was ich zu tun hatte: „Zieh dir die Hose runter. Ja so! Nur bis zu den Knien. Das reicht. Brauchst dich nicht gleich ganz auszuziehen! Die Schuhe kannste anlassen. So, jetzt leg dich auf das Sofa! Sei ganz entspannt! Was biste denn so aufgeregt? Da geht gar nichts, wenn du so aufgeregt bist. Also bleib ruhig liegen! Das kriegen wir schon."

Sie brabbelte ununterbrochen. Mich machte ihr Geplapper wahnsinnig. Bei mir regte sich nichts. Sie hatte sich mittlerweile ihr schwarzes Höschen abgestreift und gewährte mir einen Blick auf ihre fast kahle, welke Scham. Der Anblick wirkte auf mich alles anders als an- oder erregend.

Ich lag auf dem Schmuddelbett, das Hemd hochgeschoben, Hose und Unterhose runter bis zu den Knien, wie befohlen. Mir war so richtig übel. Verdammt! Auf was hatte ich mich da nur eingelassen! Sie fischte aus dem Obstkörbchen einen Gummischutz, ging dann zu mir und setzte sich neben mich, wie eine Mutter ans Krankenbett ihres Jungen.

„Jetzt bekommt der Kleine ein Zipfelmützchen", erklärte sie und fing an, daran zu kneten. Aber mein Kleiner brachte nicht das erhoffte Ergebnis. Im Gegenteil! Er zog sich immer noch mehr zusammen und wurde kleiner und kleiner. Ich schämte mich, weil ich nicht konnte, was meine Kameraden behaupteten, immer und jederzeit Tag und Nacht zu können.

Sie aber gab nicht so schnell auf. Sie stellte das rechte Bein angewinkelt über mich, so dass ich, ob ich wollte oder nicht, gezwungen war, in ihren Sündenpfuhl zu blicken.

„Du darfst jetzt mein Fötzchen sehen", erklärte sie mit einer Stimme, die der Hexe aus dem Märchen Hänsel und Gretel gleichkam. „Gefällt es dir?"

Ich schloss die Augen. Am liebsten wäre ich auf und davon gelaufen.

„Ich seh schon, so geht das nicht! Macht nichts, wenn's nicht gleich klappt beim ersten Mal. Jetzt machen wir's von hinten.

Es ist zwar nicht gut, gar nicht gut, wenn man das beim ersten Mal gleich so macht. Also, steh mal auf!"

Ich gehorchte ihrem Kommando und erhob mich von der Liege, so schnell dies mit herabgelassener Hose überhaupt möglich war. Sie kniete sich auf das Sofa, streckte mir ihren schlaffen Hintern entgegen und hieß mich nähertreten. Sie half mir noch ein wenig mit ihren in solchen Dingen geschickten Fingern dann doch noch den rechten Weg zu finden.

Als ich wieder auf der Straße stand, war mir hundeelend zumute. Ich verachtete mich in diesem Moment selbst, nicht etwa deswegen, weil ich in ein Bordell gegangen war, sondern weil ich nicht so war wie all die anderen Männer, die eine Frau zu nehmen wissen.

Liebe und Liebschaften

Liebe bedeutet für mich, angenommen zu werden, so wie ich bin. Ohne Bedingungen, ohne Forderungen. Kinder, Hunde und Katzen können mich so annehmen. Sie laufen auf mich zu, springen an mir hoch, wollen mit mir spielen. Sie mögen mich einfach, so wie ich bin. So war das schon immer.

Mit Frauen war das eine andere Sache, als ich noch jung war. Sie fühlten sich wohl bei mir, schütteten ihr Herz aus, gingen aber mit anderen Männern ins Bett, über die sie sich dann bei mir wiederum beklagten.

Ich konnte mir lange Zeit nicht vorstellen, selbst einmal eine Familie zu haben. Ich wagte mir nicht einmal vorzustellen, dass Frauen mich wirklich liebten. So mit allem Drum und Dran. Eine Frau war für mich ein heiliges und reines Wesen, so eine Art Madonna, die so etwas, wonach ich mich als Mann sehnte, bestimmt nicht wollte. Frauen, die ich näher kennenlernte, verwandelten sich, entsprechend meiner Einstellung und meinem Verhalten ihnen gegenüber, zu heiligen Jungfrauen. Was haben die anderen Männer nur, was ich nicht habe? Warum fühlen sich Frauen bei mir wohl, gehen aber mit anderen Männern ins Bett? Diese Fragen beschäftigten mich in jungen Jahren und bereiteten mir Selbstzweifel und Kummer.

Ich glaube, was Frauen und Weiblichkeit betrifft, gab es für mich im Gegensatz zu anderen Männern nichts wirklich Neues zu entdecken. Verständlich; denn ich wurde von alleinstehenden, ziemlich emanzipierten und von Männern enttäuschten Frauen und von zur Keuschheit verpflichteten Priestern erzogen. Sie alle wollten aus mir einen artigen, braven und frommen Jungen machen.

Meine Pflegemutter war eine geschiedene Frau. Sie hatte es vorgezogen, mit ihren beiden Söhnen Hans und Otto von Lohhof nach Cham zu ihrer Mutter zu ziehen, rechtzeitig noch, bevor sie von ihrem trunksüchtigen Ehemann Adolf, einem derben Maurergesellen, zu Tode geprügelt worden wäre.

Ihre Mutter mochte die Tochter nicht. Frauen waren nichts wert in ihren Augen. Sie waren nur zur Arbeit gut. Das ließ sie ihre Tochter von frühester Kindheit an spüren. Im Haushalt mitarbeiten und Gänse hüten waren ihre ersten Aufgaben. Als geschiedene Frau war meine Pflegemutter so eine Art Outlaw in einer streng katholischen Gesellschaft. Als eine Geschiedene durfte sie nicht die Heilige Kommunion empfangen. Zur Heiligen Beichte durfte sie gehen. Zu Ostern war das sogar ein Muss, das mit dem Einsammeln des Beichtzettels von Hochwürden persönlich kontrolliert werden konnte. Es war für sie auch nicht möglich, in einem von katholischen Schwestern geführten Krankenhaus als Krankenschwester zu arbeiten, obwohl sie diesen Beruf erlernt hatte, sogar im Team von Professor Sauerbruch in München. Sie musste ihren Mann stehen, wie so viele Frauen nach dem Krieg, deren Männer nicht mehr vom Feld zurückgekommen waren.

Wie man Buben erzieht, hatte meine Pflegemutter von ihrem Vater, einem Holzfäller, mitbekommen, den sie wie einen Heiligen verehrte. „Biegen oder brechen" war das Motto seiner Erziehung. „Sonst wird ein Verbrecher draus."

Meine Mutter, emotional eher zurückhaltend, bemerkte sachlich bezüglich Frauen und Ehe: „Wennst heiratst, ist das Markl nur noch ein Fuchzgerl wert."

Über ihre große Liebe, Walther Freiherr von Sartor, verlor sie nie ein Wort. Erst, als man in Landshut und bei den Verwandten wissen durfte, dass ich ihr Sohn bin, bekannte sie sich zu mir öffentlich mit einem verlegenen Lächeln: „Ein Kind der Liebe".

Wer mir bezogen auf Frauen die Augen geöffnet und Mut gemacht hat, war mein WG-Genosse und bester Freund Jan. Er war einige Jahre älter als ich, technisch versiert, sportlich und überdies ein absoluter Frauenversteher. Ihn als Freund zu gewinnen, war für mich ein Geschenk des Himmels. Durch ihn lernte ich den Umgang mit Autos und Motoren, das Skifahren und endlich auch, was Frauen wirklich wollen. Ihm verdanke ich, die Yoga-Lehrer Elisabeth Haich und Selvarajan Yesudian persönlich kennengelernt zu haben. Das Buch von Elisabeth Haich „Sexuelle Kraft und Yoga" hat uns beide dazu motiviert, feilwillig längere Zeit zölibatär zu leben, was unserer spirituellen Entwicklung einen gehörigen Anschub gab.

Die Tante Maja, die für mich emotional meine Mutter und meine Pflegemutter ersetzte, hatte ein sehr gespaltenes Verhältnis, was die Liebe betraf. Sie war lange Zeit die heimliche Geliebte eines ihrer Chefs, der angeblich impotent war, dessen Frau wiederum Offiziere poussierte und wegen ihrer Lungensucht viele Monate, wenn nicht gar Jahre, in Sanatorien verbrachte. Meine Tante und ihr Geliebter genossen die gemeinsamen Abende in den sogenannten goldenen Zwanzigern mit Schallplatten- und Rundfunk Hören. Dabei waren, so verrät es ihr Tagebuch, scherzhaftes Boxen und flüchtige Küsse der absolute Höhepunkt ihrer erotischen Aktivitäten. Meine Tante war noch mit 59 Jahren stolz auf ihre Jungfernschaft, die ihr, wie sie einmal offen preisgab, von Professor Ries mit einer Radiumkanone im Kampf gegen ein Gebärmuttermyom genommen wurde. Sie blieb zeitlebens unverheiratet, sah aber immer mehr in mir ihren platonischen Lebenspartner. Sie war eifersüchtig auf jede Frau, die sich mir zu nähern wagte. Sie konnte es nicht einmal ertragen, dass ich ohne sie mit Tante Anna und meinem Cousin Peter im Italienischen Igea Marina eine Woche Urlaub verbrachte. Immerhin war ich schon achtzehn. Ich lernte dort am Strand zwei nette, junge Italienerinnen kennen, mit denen wir „Dire, Fare, Baciare" spielten. Wenn ich mit Baciare dran war, kicherten die beiden besonders herzhaft.

Wenn eine ihrer Bekannten oder Mitarbeiterinnen gar das dritte Kind erwartete, meinte meine gute Tante Maja, die letzte Jungfrau von Niederbayern, bezogen auf deren Ehemann nur: „So a Hengst!" Sex war für sie etwas Schmutziges, ein nur zur Zeugung der Kinder notwendiges Übel. Damit repräsentierte sie durchaus den Zeitgeist und war zu den Priestern, die mich erzogen, voll kompatibel.

Sie war sehr bemüht, mich zu einem braven und anständigen Jungen zu erziehen. Sie war fordernd, ihre Liebe war nicht bedingungslos. Sie brachte mir die guten Manieren bei, zeigte, dass man einer Dame die Tür öffnet, ihr bereits beim Versuch, eine Zigarette anzuzünden, das Feuerzeug mit züngelnder Flamme entgegenstreckt und dass man eine Dame sowie ältere Personen immer rechts gehen lässt.

Dabei hatte die Tante Maja selbst bereits mit achtzehn Jahren innigste Gefühle der Liebe entwickelt, wie ihre nach unserem heutigen Geschmack kitschige Bildersammlung sich liebender Paare, verrät.

Ihre erste Liebe war Josef, ein bildhübscher italienischer Jüngling, der direkt ihrem Liebesalbum entstiegen zu sein schien. Der aber hatte sich in eine andere verknallt, in die Nachbarstochter, und gebrauchte meine gute Tante, das junge Fräulein Marie, lediglich als Botin für seine Liebesbriefe an ebendiese Konkurrentin.

Doch die Hoffnung stirbt zuletzt. Josef kehrte in seine Heimat, nach Italien, zurück und versprach noch vor der Abreise Fräulein Marie, ihr zu schreiben. Maria bestach deshalb den Postboten, einen Brief von dem bildschönen Josef erhoffend, mit einem beachtlichen Trinkgeld dahingehend, dass dieser den Brief oder die Karte eines Herrn Josef Beck ihr direkt übergeben möge.

Und tatsächlich kam eines Tages aus Italien eine Postkarte an das Fräulein Marie mit den Worten „Sehr verehrtes Fräulein Marie, darf ich Ihnen das Wörtchen Du anbieten …“

Der triefelige Postbote aber gab dieses heiß ersehnte Schriftstück nicht dem Fräulein Marie, sondern direkt ihrem Herrn Papa, der auf Anstand und Sitte bedacht seiner Tochter eine kräftige Ohrfeige versetzte, die einzige, die sie je von ihm erhalten hatte, mit einer Wucht, dass sein Siegelring einen blauen

Fleck auf ihrer Wange hinterließ. Von da an war es vorbei mit Liebeleien bei der braven Tochter Maria.

Maria entwickelte sich mehr und mehr zu einer erotisch unnahbaren Dame, die aber für andere Menschen stets ein großes Herz und ein offenes Ohr hatte. Sie war großzügig, verstand es zu feiern und war mindestens fünfundzwanzigmal Tauf- und Firmpatin. Sie bildete sich weiter und entwickelte sich zu einer erfolgreichen Managerin, führte die Brauerei ihrer Arbeitgeber durch schwierige Kriegs- und Nachkriegszeiten und war in der Stadt eine angesehene und beliebte Persönlichkeit. Bei der Landshuter Hochzeit spielte sie in der Fürstengruppe die Markgräfin von Baden. Die Rolle war ihr auf den Leib geschrieben.

In mir sah sie mit zunehmendem Alter immer mehr den Lebensgefährten. Dieses Spiel mitzumachen, fiel mir nicht allzu schwer, war ich doch von Kindheit an darauf getrimmt, jedem und jeder, der mir im Leben zur Seite stand, ewige Treue zu garantieren. Noch mit zwanzig Jahren wachte ich nachts auf und lauschte in die Dunkelheit, ob meine Tante, die im Zimmer nebenan schlief, noch atmete. Ich befürchtete, sie könne sterben. Ich hatte Angst sie zu verlieren. Sie ging immerhin schon auf die Siebzig zu. Sie war die einzige Frau, die mir wirklich emotional nahestand.

Als sie ihren Arbeitsplatz in der Brauerei verlor, war das Bier die einzige Verbindung zu ihrer alten, vertrauten Welt, in der sie etwas galt und wichtig war. Später kamen Cognacchen hinzu. Eines am Vormittag, eines nach dem Mittagessen, wegen „der Fettn" zur Verdauung des angeblich fetten Essens, eines am späten Nachmittag nach dem Mittagschläfchen und einige am Abend vor dem Zubettgehen. Ich selbst schenkte ihr zu besonderen Anlässen, zu Weihnachten, zum Geburtstag oder zum Namenstag, jedes Mal eine große Flasche Cognac oder Armagnac. Begonnen hatte das alles mit dem Klosterfrau Melissengeist, den ihr die Krankenschwester von Prof. Ries nach der Radiumbestrahlung zur Genesung empfohlen hatte. „Sie können sich das ja leisten", meinte die fromme Nonne.

Ich wollte mich dankbar erweisen, weil sie immer gut zu mir war und mich stets gefordert und gefördert hatte, mit Rat und Tat. Umso mehr fühlte ich mich schuldig an ihrem Alkoholismus. Aber daran starb sie nicht. Es war ein Eierstockkarzinom, das ihr Ende besiegelte. Sie war gerade achtzig Jahre alt geworden. Mild und gütig im Wesen.

Ich verbrachte die letzte Nacht bei ihr im Krankenzimmer. Die Schwester erlaubte mir, die Couch in Tantes Zimmer zu benutzen.

Tante Maja, das Maberl, wie ich sie später nannte, starb ein halbes Jahr vor meiner Mutter. Der Name Maberl ließ, mir unbewusst, aus einem Kind-Mutter-Verhältnis ein freundschaftliches Verhältnis entstehen und nahm der Beziehung die erotische Komponente.

Ich ging immer wieder zu ihr ans Bett, streichelte sanft ihre Hand, verfolgte ihren ruhigen Atem. Ich hatte mich die letzten Jahre über intensiv um sie und um meine Mutter, das Reserl, gekümmert, war jedes Wochenende nach Landshut gefahren, um nach dem Rechten zu sehen und zu helfen, wo nötig.

Vor genau einer Woche war mein Maberl urplötzlich ins Koma gefallen und nicht wieder erwacht.

„Maberl", sagte ich an ihrem Krankenbett, „ich danke dir für alles, was du für mich getan hast. Ohne dich wäre aus mir nichts geworden. Vergelt's Gott. Irgendwann sehen wir uns bestimmt wieder." Ob sie meine Worte wohl noch hören konnte?

Sie hatte mich aus Cham geholt, hatte mir einen Platz bei den Regensburger Domspatzen besorgt. Sie hatte in der Zeitung das Inserat einer Versicherung entdeckt, die Programmierer suchte und mir damit die Tür zu einer großartigen beruflichen Karriere geöffnet.

Dass ich aber andererseits das Schicksal so mancher Nachkriegskinder erfuhr, die von ihren Müttern zu braven Ehepartnern umfunktioniert wurden, war mir damals nicht bewusst. Einige meiner Freunde sind, in solch einer Umgebung aufgewachsen, ewige Junggesellen geblieben oder gar schwul geworden. Sie wurden und blieben artige und treue Partner ihrer Mütter, ein Leben lang.

Für einen kurzen Augenblick nur, wie mir schien, war ich auf dem Sofa im Krankenzimmer eingeschlafen. Als ich wieder erwachte und zu Maberl hinüberschaute, sah ich, dass Speichel seitlich aus ihrem Mund lief. Rotbraun wie altes Blut. Ich sprang auf. „Maberl, was ist mit dir?"

Ich rief die Schwester.

„Es ist so weit. Sie geht von uns", erklärte die Nonne ruhig.

Maberl fing an schwer zu atmen.

„Soll ich den Priester holen?", fragte die Klosterfrau vorsichtig.

„Ja, bitte."

Die Sterbesakramente hatte sie bereits kurz nach der Einlieferung ins Krankenhaus empfangen.

Nach einer Weile kehrte die Schwester ins Zimmer zurück. „Der Herr Kaplan zelebriert gerade noch die Heilige Messe in der Hauskapelle. Dann kommt er sofort vorbei."

Als hätte sie die Nachricht verstanden, beruhigte sich Maberls Atem.

Nach etwa zehn Minuten betrat der Priester noch im Messgewand den Raum. Er trat vor das Bett und betete ein Vaterunser. Ich betete leise mit. „Vergib uns unsere Schuld, wie auch wir vergeben unseren Schuldigern."

Er erhob die Hand zum Segen.

Im selben Augenblick tat Maberl ihren letzten Atemzug. Es war ein tiefer, erleichtender Seufzer. Dem folgte ein befreiendes Ausatmen, als würde sie ein letztes Mal alles hergeben. Dann war Stille im Raum.

Obwohl die Tante Maja keine Kirchgängerin war, glaubte sie an Gott, betete zu ihm, wenn die Not es erforderte. Wenigstens einmal im Jahr fuhr sie nach Altötting, nicht ohne, nach dem Gebet zur Schwarzen Madonna, im Bräu Moos einzukehren, um im Wirtsgarten Bier und Braten zu genießen. Wer mit ihr war, durfte sich natürlich als ihr Gast fühlen. Sie war in der Tat immer die Gebende. So war sie, unsere Maria, unser Maberl, unsere Tante Maja.

„Ich werde bald gehen. Für immer." Das waren ihre Worte kurz nach ihrem Achtzigsten, mit denen sie ihren Tod ankündigte. „Von der Ewigkeit her werde ich euch beschützen. Da kann ich euch viel besser helfen als hier auf Erden."

Vision der Hoffnung

35 Jahre war ich alt und von heute auf morgen einsam und verlassen. Und ich fühlte mich auch so. Meine Pflegemutter war längst gestorben. 1970. Kummer und Schmerz, die das Leben ihr reichlich bescherte, hatten ihr Herz im wahrsten Sinne des Wortes erdrückt. Dass ich ihr weggenommen worden war, hatte sie nie verkraftet, wie mir ihre Freundin Tina nach der Beerdigung erzählte.

Die Tante Fini wurde 1972 vom Krebs besiegt. Meine Tante Maja, Ersatzmutter und Lebensgefährtin, war 1980 von mir gegangen. Meine Mutter hatte die Folgen der Beinamputation nicht überlebt. Sie starb 1981. Die Mizzi, die Katze aus der Nachbarschaft, die jede Nacht in unserem Keller verbrachte und von meiner Tante ordentlich mit Leber gefüttert wurde, damit sie keine Vögel fing, wollte ohne die Tanten auch nicht mehr leben.

Und mein bester Freund Jan, mit dem ich viele Jahre die Wohnung und den kirschroten Volvo teilte, hatte seine Traumfrau gefunden, sie vom Platz weg geheiratet und war aus der gemeinsamen Wohnung ausgezogen.

Ist es ein Traum? Ist es nur ein Wunschbild oder ist es eine Vision? Seit Wochen verfolgt mich ein zunächst nebulöses Bild im Kopf. Es hat sich in mir festgebrannt, taucht immer wieder auf, holt mich aus meiner Einsamkeit heraus, gibt mir neue Hoffnung.

Aus einer grauen, dichten Nebelwand heraus kommt mir eine wunderschöne, zarte, schlanke, junge Frau entgegen. Das Idealbild einer Frau, meiner Frau. Sie erinnert mich an Mireille Mathieu, die Sängerin, die ich so sehr bewundere. Sie erhebt den Kopf, schaut mich an und lächelt mir zu. Ihre strahlenden Augen erhellen ihr Antlitz. Das Lächeln gilt mir. Nur mir. Es tut so gut

Sie wirkt so kindlich, verletzlich, ja verletzt, so hilflos und doch wiederum so stark. Sie scheint über dem Boden zu schweben, mir entgegen. Ihr kurzes, dunkles Haar umrahmt ihre feinen Gesichtszüge, kann aber ihre Trauer nicht verbergen.

An ihrer rechten Hand führt sie einen kleinen Jungen. Vielleicht gerade zwei Jahre alt. Er weint. Dicke Tränen kullern über seine Wangen. Aus seiner Nase trieft Schleim. Er schaut mich mit tränenverquollenen Augen hilfesuchend an.

Junge, hast du deinen Papa verloren?

Mein Herz zieht sich zusammen beim Anblick dieser beiden Menschen. Wie in Zeitlupe kommen sie mir entgegen. Zwei Menschen, die Hilfe suchen.

Braucht ihr mich? Kann ich euch helfen?

Sie wirken beide einsam und verlassen, so wie auch ich mich fühle. Das spüre ich. Eine Witwe? Noch so jung! Ja, es ist eine junge Witwe mit einem kleinen Jungen, die mir da entgegenkommt.

Ich bin für Euch da, sagt mein Herz. Ich weiß, dass ihr mich sucht, dass ihr mich braucht, dass wir füreinander bestimmt sind.

Das Bild verschwindet wieder im Nebel.

Eigentlich wollte ich an jenem Samstagabend im Mai 1982 zu einer Geburtstagsfeier nach Schleißheim fahren. Die Sekretärin unserer Hausverwaltung hatte mich dazu eingeladen. Ich hatte eine von den Tanten ererbte Sammeltasse mit Pralinen von Elly Seidl füllen und mit Folie umwickeln lassen. Eine dicke, blaue Schleife sollte das Geschenk krönen. Dann aber kam es anders. Eine Freundin wollte mit mir essen gehen. In der vagen Hoffnung, es könnte vielleicht was daraus werden, ließ ich die Geburtstagsfeier sausen und ging mit ihr zum Abendessen. Ich lud sie in den Austernkeller ein. Doch anscheinend war ich nicht ihre erste Wahl. Das ließ sie mich unbewusst, aber dennoch deutlich spüren. Nachdem ich sie nach Hause gebracht und mich von ihr an ihrer Haustür mit einem flüchtigen Bussi links und einem rechts verabschiedet hatte, ritt mich die irre Idee, trotz vorgerückter Stunde noch zur Geburtstagsfeier nach Schleißheim zu fahren. Ich fand diesen Gedanken zwar selbst ziemlich unsinnig, aber eine innere Stimme sagte mir, wider alle Logik, ich müsse die schön verpackte Porzellantasse ihrer Bestimmung entsprechend dem Geburtstagskind übergeben. Und das noch heute Nacht.

Es ging schon auf 23:00 Uhr zu, als ich am Eingang eines Wohnblocks die Klingel drückte. Ohne eine Frage wurde der Türöffner betätigt. Summend lockte er mich in das Haus. Im ersten Stock angekommen, brauchte ich nicht nach der richtigen Wohnung zu suchen. Ich stand bereits mit meiner Geschenktasse in der Linken direkt vor der Tür, die schwungvoll von innen aufgerissen wurde. Und zwar von der Frau meiner Träume. Die Zwillingsschwester von Mireille Mathieu schien vor mir zu stehen. Sie strahlte mich mit leuchtenden Augen und einem Lächeln an, das mich dahinschmelzen ließ, wie Honig im Kochtopf oder Butter in der Sonne. Wie schön war mit einem Mal die Welt um mich herum! Ich konnte es kaum fassen. Es war genau die Frau, die immer wieder in meiner Vision mit einem Kind an der Hand aus dem düsteren Nebel auf mich zukam. Das ist die Frau meines Lebens. Ich war mir so sicher. Ich nahm nicht wahr, was sie zur Begrüßung sagte. Es war gewiss herzlich gemeint. Sie sah so jung aus. Ich schätzte sie auf höchstens zwanzig. In meinen Ohren nahm ich nur Musik wahr. Waren es die sanften, leicht gedämpften Klänge der Partymusik, die an mein Ohr drangen, oder war es die Melodie des Glücks in meinem Herzen?

Die junge Frau winkte mich herein, schloss die Tür hinter mir, ging voraus. Ich folgte ihr. Sie trug eine gestrickte Trachtenweste. Hatte ich ihr zur Begrüßung die Hand geschüttelt? Sie ging zielgerichtet in die Küche, wo einige Männer standen, als würden sie auf sie warten, um die durch mein Klingeln unterbrochene Unterhaltung fortzusetzen. Sie deutete in Richtung Wohnzimmer, wo ich das Geburtstagskind und die anderen Gäste antreffen würde. Nach der Begrüßungsrunde und dem erstaunten „Wo warst du so lange. Wir haben mit dir gar nicht mehr gerechnet", kehrte ich zurück zum Eingangsbereich, um meine Jacke an der Garderobe aufzuhängen.

Als ich die Küche passierte, hörte ich meine Traumfrau im selben Augenblick sagen: „Mein Mann …"

Mehr verstand ich nicht. Plötzlich war mir klar, dass das alles nur ein Traum war, eine Illusion. Zerplatzt innerhalb einer Sekunde. Das ist bestimmt die junge Frau eines reichen Zahnarztes, stellte ich mir vor. So eines Typen, der locker zu ihr sagen kann: „Mädel, hier haste die Scheckkarte, mach dir einen schönen Tag."

Mit einem Schlag war die Welt für mich nicht mehr in Ordnung. Ich ging enttäuscht, zutiefst betrübt, zurück ins Wohnzimmer zu den anderen Gästen. Was sie sagten, nahm ich nicht wirklich wahr. Irgendwie zog es mich zurück zur Küche.

Da stand sie noch immer an den Herd gelehnt, meine Traumfrau, umringt von sie bestaunenden und bewundernden Männern. Enttäuscht blieb ich vor dem Kücheneingang stehen, um von außen der Unterhaltung zu folgen.

„Wie hast du das alles gemanagt?", fragte einer der ihr gegenüberstand, „jetzt, wo du ganz alleine bist."

Die zarte, junge Frau atmete in diesem Augenblick schwer auf, ehe sie gefasst in einem ziemlich sachlichen Ton antwortete: „Dann musste ich meinem Sohn sagen, dein Vater wird nie wieder zurückkommen."

Bei diesen Worten blieb mir fast das Herz stehen. Jetzt wusste ich, das ist die junge Witwe, die für mich bestimmt ist! Ich war mir in diesem Moment absolut sicher.

Sie wohnte außerhalb von München, hatte kein Auto. Ich wollte sie nach Hause fahren, sie aber lehnte ab. Ein Freund ihres verstorbenen Mannes würde sie mit dem Auto nach Hause bringen. Das sei so abgemacht. Zum Glück sei ihre Oma bei ihr und würde auf ihren Sohn aufpassen. Sonst hätte sie nicht zur Geburtstagsfeier ihrer Freundin kommen können.

Ich erfuhr noch am selben Abend, dass sie Sabine heißt und dass ihr Sohn, wie ich, auf den Namen Alexander getauft ist.

Jetzt war es an mir, den Kontakt zu ihr und ihrem Kind aufzubauen und zu pflegen.

Ein anderer Weg

Ich wartete sehnlichst auf eine Nachricht, aus der ich Genaueres über meinen Vater und seinen Verbleib erfahren würde. Ist er noch am Leben? Werde ich ihn je einmal antreffen, ihm persönlich gegenüberstehen? Wird er mich dann in seine Arme nehmen wie der biblische Vater aus meinem Religionsbuch seinen verlorenen Sohn?

Die Antworten von Antely Stojan, dem Suchdienst des Roten Kreuzes und dem internationalen Suchdienst standen noch immer aus.

Es vergingen Tage und Wochen, in denen ich abgelenkt durch die alltäglichen und beruflichen Herausforderungen den Wunsch, meinen Vater zu finden, fast schon aus den Augen verlor. Und wieder war es Anita, meine liebe Nachbarin, die mich dazu motivierte, die Suche nach meinem Vater nicht aufzugeben.

An einem Sonntagnachmittag Anfang Juni 1982 kam sie mit ihrem Freund Erich Manke, einem sehr bekannten und erfolgreichen Geistheiler, zu mir herüber. Ich schätzte diesen weisen, gütigen und geduldigen, älteren Herrn nicht nur, weil er mein rechtes Knie, das ich mir einmal beim Skifahren verletzt hatte und das mir über Jahre hinweg immer wieder heftige Schmerzen bereitet hatte, mit seinen Händen zu heilen vermochte, sondern auch wegen seiner beruhigenden, positiven, ja väterlichen Ausstrahlung. Er war der einzige durch und durch seriöse Mensch, den ich unter all den vielen Hexen und Magiern auf Anitas Partys kennen gelernt hatte.

„Erich", sagte Anita spontan zu ihrem Freund, als ich ihr klagte, dass zurzeit mit der Suche nach meinem Vater nichts voranginge, „kannst du nicht auspendeln, ob Alexanders Vater noch lebt und wenn ja, wo er lebt?"

Erich Manke lächelte, als habe er die Frage erwartet, und fragte mich in seiner ruhigen Art: „Haben Sie ein Bild von Ihrem Vater?"

„Ja", entgegnete ich, „es muss nach Kriegsende 1945 aufgenommen worden sein, kurz bevor mein Vater in seine Heimat, nach Jugoslawien, zurückkehrte."

Ich erzählte ihm ausführlich, was ich über meinen Vater bisher alles in Erfahrung bringen konnte. Er hörte mir aufmerksam und geduldig zu. Dann bat er mich, ihm das Foto meines Vaters und eine Landkarte mit den osteuropäischen Ländern zu bringen. Ich kramte den Abzug aus der Fotokiste hervor, auf dem mein Vater Dank der Fertigkeit meines Freundes Roman ganz groß und allein zu sehen war, und holte meinen Diercke Weltatlas aus meiner Schulzeit vom Bücherregal.

Erich Manke bastelte währenddessen aus Anitas Ehering und einem Bindfaden, den ich ebenfalls herbeizuschaffen hatte, ein kleines Pendel, streckte seinen rechten Arm aus und ließ den Ring am Faden herab über dem Foto baumeln. Das Pendel beruhigte sich zunächst, fing aber nach wenigen Sekunden an zu kreisen.

Zufrieden hob Erich Manke das Pendel hoch und sagte zu mir ruhig, aber bestimmt: „Ihr Vater lebt. Jetzt wollen wir sehen, wo er lebt."

Er nahm den Diercke Weltatlas und schlug gezielt jene Landkarte auf, auf der Österreich, Ungarn und Jugoslawien abgebildet waren. Er ließ den Ring am Faden auf die Karte herabfallen und darüber sich ausschwingen. Das Pendel bewegte sich mal hierhin, mal dorthin und schien sich gar nicht auf eine Richtung festlegen zu wollen.

Erich Manke hielt den baumelnden Ring mit der anderen Hand nochmals fest und begann das Experiment von neuem. Auch diesmal schlug das Pendel undefinierbar hin und her, beruhigte sich aber dann doch und bewegte sich schließlich in Richtung Jugoslawien.

„Ihr Vater muss sich zurzeit irgendwo im unteren Teil Jugoslawiens aufhalten", deutete Ernst Manke den Ausschlag des Pendels. Er legte seinen Zeigefinger auf ein Gebiet, das als Kosovo überschrieben war und von dem ich vorher noch nie etwas gehört hatte.

Obwohl ich diese Weissagung gerne annehmen wollte, konnte ich das alles doch nicht so recht glauben, war aber dennoch froh, wieder einmal den Schimmer einer Hoffnung erhalten zu haben, mein Vater sei noch am Leben. Das machte mir Mut, einen weiteren Schritt zu unternehmen. Ich sollte es vielleicht doch noch einmal bei Antely Stojan versuchen.

Bei meinem nächsten Besuch würde ich Sabine fragen, was sie dazu meint. Als eine im Zeichen des Stieres Geborene sah sie vieles realistischer und nüchterner als ich der Fische Geborene.

Ich hatte mittlerweile Sabine, meine Traum- und künftige Ehefrau, und ihren Sohn Alexander kennen und lieben gelernt. Ja, auch ihr Sohn, der kleine Junge mit der Rotznase aus meinem Traumbild wurde Wirklichkeit. Er hieß sogar Alexander wie ich. Ist das alles Zufall oder Karma?

Sabine war bereits mit dreiundzwanzig Jahren Witwe geworden. Ihr Mann, Alexanders Papa, war eines morgens nicht mehr aufgewacht. Herzstillstand.

Aus einem anfänglich eher kameradschaftlichen Verhältnis entwickelte sich echte Liebe zwischen uns. Sabine erzählte mir offen, wenn wir abends nebeneinander lagen, von ihrer Kindheit, ihrer Jugend und von ihrer schwierigen Ehe. Und ich erzählte ihr von meiner Kindheit und Jugend. Und von meinen Tanten.

Zu meiner großen Freude gewann ich rasch das Vertrauen des kleinen Alexander, der seinen Namen nicht aussprechen konnte und uns beide als „kleinen Slanger" auf sich deutend und „großen Slanger" auf mich zeigend taufte. Es war Liebe auf den ersten Blick.

Der kleine Slanger hatte seinen Vater verloren, als er zwei Jahre alt war. An seinem zweiten Geburtstag hatte ihm sein Vater ein kleines Auto geschenkt und ihn zum ersten Mal auf den Schoß genommen. Das war für den Buben, der von seinem Vater bislang eher Ablehnung erfahren hatte, ein großartiges und wunderschönes Ereignis. Wenige Tage danach verließ sein Vater unerwartet diese Welt, mit nur zweiundvierzig Jahren.

Wir pflegten zunächst eine Wochenendbeziehung. Und obwohl der kleine Slanger mich von Anfang an mochte und beim Abschied unter Tränen bettelte: „Bleib bei mir! Bleib bei mir!", begrüßte er mich nach einer Woche oftmals mit einem trotzigen „Geh weg! Geh weg!"

War er enttäuscht, dass ich ihn am Sonntagabend verlassen hatte? Oder sah er in mir vielleicht gar einen Rivalen seines verstorbenen Vaters?

In mir kamen tiefe Zweifel hoch, ob ich selbst, der ich ohne Vater aufgewachsen bin, dem kleinen Slanger ein neuer und vor allem guter Vater werden kann.

Sabine verstand meine Zweifel und riet mir sogar zu, meinen eigenen Vater zu suchen. Schon allein, um dieses Kapitel meines Lebens endlich einmal, wenn möglich glücklich, abschließen zu können.

Sollte ich bei Antely Stojan einen zweiten Versuch wagen? Ich hatte mein Schreiben an die Adresse, von der Antely Stojan zuletzt 1958 Briefe an die Braumeisterfamilie geschickt hatte, gerichtet. Zwar hatte ich bislang keine Antwort erhalten, den Brief aber auch nicht als unzustellbar zurückbekommen. Wenn die jugoslawische Post annähernd so zuverlässig arbeitet wie die Deutsche Bundespost, muss mein Brief Antely Stojan oder wenigstens seine Angehörigen erreicht haben. Außerdem hatte ich diesen Brief sogar auf Jugoslawisch geschrieben, so dass der Empfänger ihn bestimmt auch hätte lesen können.

Mir fiel nichts Besseres ein, als an Antely Stojan einfach noch einmal einen Brief zu senden. Mein jugoslawischer Freund Franci übersetzte mein Schreiben in seine Heimatsprache.

Lieber Herr Stojan,
im Februar dieses Jahres habe ich Ihnen einen Brief geschrieben mit der Bitte, mir bei der Suche nach meinem Vater, Herrn Vladimir Novokmet, der mit Ihnen in deutscher Kriegsgefangenschaft war, behilflich zu sein. Da der Brief nicht an mich zurückgesandt wurde, nehme ich an, dass er Sie erreicht hat.
Ich bitte Sie nochmals, mir zu helfen, meinen Vater zu finden. Ich versichere Ihnen, dass ich keinerlei Ansprüche an meinen Vater oder seine Angehörigen stellen werde. Es ist mein größter Wunsch schon seit meiner frühesten Kindheit, meinen Vater persönlich kennenzulernen.
Mit herzlichen Grüßen

Diesen Brief schickte ich dieses Mal – sicher ist sicher – als Einschreiben.

Vier Wochen später fand ich in meinem Postkasten einen Brief aus Jugoslawien mit dem Absender Antely Stojan. Hastig riss ich das Kuvert auf und las von Glück geradezu berauscht in der Mitte des auf jugoslawisch geschriebenen Textes, den ich natürlich nicht verstand, die Adresse von Vlado Novokmet, meinem Vater: Selo Tankosić, SAP. Kosovo, Zadnja Posta Pozarani.

Endlich hatte ich die Adresse meines Vaters schwarz auf weiß. Ein berauschendes Gefühl. Ich war überglücklich. Mag sein, dass ich vor Freude im Flur vor den Briefkästen getanzt und vielleicht auch den Brief geküsst habe. Hoffentlich lebt er! Hoffentlich! Lieber Gott, lass ihn noch leben! Vielleicht wohnt er gar nicht mehr dort, wo ihn Antely Stojan zuletzt kontaktiert hatte. Vielleicht aber habe ich Glück wie mit Antely Stojan, der nach der Rückkehr in seine Heimat den Wohnsitz auch nicht mehr gewechselt hatte. Ich werde nun einen Brief an die von Antely Stojan genannte Adresse schicken, beschloss ich.

Mein Freund Franci übersetzte mir noch am selben Abend Antely Stojans Brief. Herr Stojan entschuldigte sich, solange nicht geantwortet zu haben, und nannte die Adresse, über welche er zuletzt, nämlich vor etwa 20 Jahren, mit Vlado Novokmet in Verbindung stand. Er bat mich, den Braumeistersöhnen die herzlichsten Grüße zu übermitteln und wünschte mir bei der Suche nach meinem Vater alles Gute und viel Glück.

Ich überlegte lange und gründlich, was ich Vlado Novokmet schreiben sollte. Immer wieder fing ich von neuem an, zerknüllte das alte Papier und kaute nervös auf meinem Kuli herum. Ich war mir nicht schlüssig, ob ich mit der Tür ins Haus fallen sollte, so mit „Lieber Papa" oder ähnlich, oder ob ich erst nur kurz danach fragen sollte, ob dieser Vlado Novokmet einmal in deutscher Kriegsgefangenschaft und eventuell in Landshut war. Das aber erlaubte meine Ungeduld nicht. Also schrieb ich direkt und wenig poetisch:

Sehr geehrter Herr Novokmet,
bitte schreiben Sie mir, wenn Sie in deutscher Kriegsgefangenschaft waren und 1944/1945 im Landshuter Brauhaus gearbeitet haben.
Ist dies der Fall, dann sind Sie höchstwahrscheinlich mein Vater, den ich seit langem suche.
Ich versichere Ihnen, dass ich keinerlei Ansprüche an Sie stellen werde.
Ich habe seit meiner Kindheit den innigsten Wunsch, meinen Vater und seine Familie kennenzulernen, und ich würde mich sehr freuen, wenn dieser Wunsch für mich nun endlich in Erfüllung ginge.
Mit den herzlichsten Grüßen

Sehr gelungen war dieser Brief nicht gerade formuliert, dessen war ich mir bewusst. Aber mir fiel zu diesem Zeitpunkt einfach nichts Besseres ein. Meine Gedanken waren vor Spannung und Aufregung völlig durch den Wind. Außerdem wagte ich nicht, einem Fremden, auch wenn er mein Vater sein konnte, meine Gefühle, meine Ängste, meine Befürchtungen und all meine Hoffnungen zu offenbaren.

Ich sprach mit Sabine offen über mein Vater-Thema. Sie verstand mich. Trotzdem genierte ich mich, in meinem Alter noch solche Probleme und Wünsche zu haben. Auch das schien sie zu verstehen. Dass der kleine Slanger mich seit geraumer Zeit Papa nannte, machte mich einerseits sehr glücklich, ließ in mir aber andrerseits immer öfter Zweifel aufkommen, ob ich denn in der Lage sei, ihm ein guter Vater zu sein. Ich hatte doch selbst nie einen solchen erlebt.

Hoffen und Bangen

Ich erinnerte mich an die Worte eines Freundes, eines Psychologen, der mir einmal auf den Kopf zusagte: „Du hast Angst vor Frauen, weil Frauen dich in deiner Kindheit bestraft haben. Mit Verleugnung oder mit Schlägen. Denk an die Kochlöffelerziehung deiner Pflegemutter, als du ins Trotzalter kamst. Noch heute suchst du wie ein Kind den starken Vater, den Beschützer und Erlöser. In Wirklichkeit musst du endlich erwachsen werden, indem du den Mut zeigst, selbst Vater zu werden. Such nicht länger irgendwo den Vater! Werde Vater, lebe und erlebe den Vater durch dich in dir!"

Ein älterer und auf vielen Ebenen des Lebens erfahrener IBM-Kollege, ein Meister der Computertechnik, mit dem ich mich nicht nur über Computer-Themen vortrefflich unterhalten konnte, errechnete einmal spontan mein Horoskop. Er hatte sich diese Fähigkeit selbst beigebracht, nachdem seine Frau, eine Yoga-Lehrerin, die für ihre Schüler astrologische Charakteranalysen erstellte, sein Interesse geweckt hatte. Obwohl ich ihm nie etwas von meinem Vater-Problem erzählt hatte, sagte er zu mir als Ergebnis seiner astrologischen Deutungsarbeit direkt und ohne Umschweife: „Du suchst den Vater."

Sollte das eine Frage oder ein Statement sein?

„Der Vater, den du suchst, ist in Wirklichkeit der himmlische Vater. Und den findest du nur in dir selbst."

Tatsächlich gab es in meiner Kindheit immer wieder Phasen, wo ich ein unbeschreibliches Verlangen, so eine Art Sehnsucht verspürte, wie andere Kinder einen Vater zu besitzen. Während solcher Perioden kam es vor, dass ich mit kindlicher Plumpheit die väterliche Liebe oder wenigstens die freundschaftliche Liebe eines Mannes zu gewinnen versuchte.

Die ersten Monate im Internat waren erfüllt von Heimweh, Traurigkeit und Angst. Besonders die Angst war es, die uns Kinder tagein tagaus, von früh bis spät, begleitete. Die Angst, in der Schule zu versagen. Die Angst, die lateinischen Messgebete nicht auswendig aufsagen zu können. Die Angst vor der Bestrafung. Jedes kleinste Vergehen wurde unerbittlich mit Freizeitsperre oder gar mit dem Rohrstock bestraft. Den bekam man zu spüren, wenn einer es wagte, das Silentium strictissimum zu brechen, wenn einer seinen Schrank nicht ordentlich aufgeräumt oder gar vergessen hatte, seine Schuhe auf Hochglanz zu polieren. Auch wer die Sonntagspredigt im Brief an die lieben Eltern nicht wiederzugeben wusste, konnte mit mindestens vier Schlägen auf die Innenseite der Hände rechnen. Dies alles geschah im Namen und zu Ehre Gottes, des allmächtigen Vaters des Himmels und der Erden.

Wir hatten keine Bezugsperson, an die wir Kinder uns Liebe suchend schmiegen konnten. Es gab nur Präfekten, Aufpasser, die uns, wenn wir gehorsam waren, mit Heiligen- oder Gespenstergeschichten belohnten, und uns für unsere vielen kleinen Sünden hart bestraften.

Unser Präfekt, ein aufrichtiger und ehrfürchtiger Diener Gottes, ein Mann von etwa 40 Jahren, leitete das Internat zusammen mit einem weltlichen Gehilfen, einem derben Bauernknecht, dessen klobige Hände wir in aller Heimlichkeit respektlos mit Klodeckeln verglichen, wenn sie auf unsere Wangen züchtigend einschlugen. Unsere Erziehung war geprägt von dem weisen Spruch „Quem deus amat, eum castigat".

„Wen Gott liebt, den züchtigt er" war auch ein beliebtes Thema in den Predigten unseres hochwürdigen Herrn Präfekten. Und obwohl er sich größte Mühe gab, wenigstens nach außen hin den Anschein zu erwecken, als würde er alle 70 Knaben, die ihm anvertraut waren, gleichbehandeln, gab es doch solche, die er spürbar bevorzugte und solche, denen er ob ihrer Schwächen oder sündhaften Herkunft seine Verachtung und seine Abneigung fühlen ließ. Ich selbst befand mich in der Mitte dieser beiden Extreme. Trotz all seiner gottebenbildlichen Härte und Strenge oder vielleicht auch gerade deswegen begann ich um seine Gunst zu buhlen. Immer stärker erwuchs in mir der Wunsch, er möge mein Vater sein und mich entsprechend wie sein eigen Fleisch und Blut behandeln. Aber auch sein Aussehen machte auf mich mächtig Eindruck. Seine goldblonden, gekräuselten Haare, derentwegen ihn einige ältere Schüler respektlos das Merinoschaf nannten, erinnerten mich an das liebe Jesuskind in der Krippe, für das ich als streng gläubig erzogener Katholik eine besondere Schwäche hatte. Schließlich wollte ich damals noch zusammen mit meinem Klassenkameraden und besten Freund Werner als Missionar nach Afrika auswandern, um die armen Heidenkinder zum Glauben an das liebe Jesulein zu bekehren. Die Heiligengeschichten, die uns während des Essens vorgelesen wurden, inspirierten uns dazu. Das blasse Gesicht von Hochwürden und seine Hände waren von einer edlen Zartheit wie sie der heilige Antonius aus Gips mit dem brennenden Herzen in der Hauskapelle nicht besser darzustellen vermochte.

Ein Besuchssonntag war wieder einmal zu Ende gegangen. Ich beobachtete manch einen meiner Kameraden, wie er von seinem Vater mit einer herzhaften Umarmung oder gar einem Bussi auf Stirn oder Wangen verabschiedet wurde. Diese Geste väterlicher Zärtlichkeit löste in mir den brennenden Wunsch aus, endlich auch einen Vater zu haben. Und dies sollte unser

Herr Präfekt sein. Ich schlich mich in den Studiersaal, setzte mich an mein Pult und schrieb, so schön ich nur konnte, folgende Zeilen:

Lieber Herr Präfekt,
ich habe Sie lieb wie einen echten Vater, aber ich traue es mir Ihnen nicht zu sagen.
Ihr dankbarer Alexander

Wofür ich dankbar sein sollte, wusste ich selbst nicht, aber diese Formulierung, die auch von meiner Pflegemutter hätte stammen können, fand ich irgendwie schmeichelnd.

Die Buchstabenschleifen füllte ich mit bunten Farben aus, und ich malte auch noch eine blaue Kornblume, meine Lieblingsblume, unter den Text.

Zitternd vor Aufregung steckte ich den Brief in einen Umschlag und schrieb darauf:

An den hochwürdigen Herrn Präfekten.

Den Absender ließ ich weg. Ich nahm den Brief an jenem Abend mit ins Bett und legte ihn unter mein Kopfkissen.

Ich hatte mich nicht getraut, ihn dem Herrn Präfekt persönlich zu übergeben. So ersann ich eine kindlich plumpe List, um ihm diesen Brief zuzuspielen. Meine Pflegemutter hätte das nicht besser inszeniert.

Als alle Kinder bereits im Bett lagen, das Licht gelöscht war und die Schritte des Präfekten auf dem endlos langen Gang nur mehr aus weiter Ferne zu hören waren, da weihte ich Wipsi, meinen Freund mit dem schiefen Eckzahn in meinen naiven Plan ein.

„Ich geh jetzt auf die Toilette und verliere davor einen Brief. Wenn ich zurückkomme, gehst du auf die Toilette", flüsterte ich ihm ins Ohr, „hebst den Brief auf. Dann tust du so, als hättest du ihn gerade gefunden und als ob du nicht wüsstest, von wem dieser Brief ist!"

„Aber was soll ich denn mit dem Brief machen?", wollte Wipsi wissen.

„Den Brief gibst du dem Prä und sagst, du hättest ihn gerade gefunden! Verstehst du?"

„Prä" war die ehrfurchtslose Abkürzung für Präfekt.

Der Wipsi aber wollte unbedingt wissen, was in diesem Brief steht und warum ich so geheimnisvoll tue.

Ich verriet es ihm nicht, sondern erklärte streng vertraulich: „Das ist ein Geheimnis, das ich dir später verraten werde."

Wie besprochen, zogen wir das kindische Spiel durch. Ich ließ den Brief vor der Toilettentür fallen und kehrte flugs wieder ins Bett zurück. Ich zitterte vor Aufregung am ganzen Körper, als Wipsi das Zimmer verließ, um den Brief wie vereinbart zu finden und dem Präfekten zu übergeben. Als er endlich zurückkam und mir zuflüsterte, er habe alles erledigt, konnte ich noch lange nicht einschlafen. Wie wird der Herr Präfekt reagieren? Wird er meinen Antrag annehmen? Wird er ab morgen mein Vater sein?

Anderntags wartete ich gespannt auf irgendeine Reaktion des Herrn Präfekten. Der aber tat so, als habe er meinen Brief nie erhalten. So hatte ich meinen ersten Liebesbrief vergebens geschrieben, und diesen nicht einmal an ein Mädchen, wie das für einen Jungen üblich ist, sondern an einen Mann, meinen vermeintlichen Traumvater.

Das Dörfchen Tankosić

Es waren etwa sechs Wochen vergangen, seit ich den Brief an Vlado Novokmet nach Selo Tankosić gesandt hatte, als ich an einem Samstagvormittag vom Stachus zum Sendlingertorplatz schlenderte. In der Mitte der Sonnenstraße stieß ich dabei auf das jugoslawische Fremdenverkehrsamt, das ich dort vorher nie bemerkt hatte.

„Kosovo ist groß und anders als andere Länder, die wir hier so kennen", hatte mein jugoslawischer Freund Franci mir mehr als einmal erklärt. „Dort kommt es schon vor, dass die Namen von Dörfern von heute auf morgen geändert werden. Das hängt ganz davon ab, welcher Held gerade hoch im Kurs steht. Du musst wissen, dass man dort häufig die Dörfer nach irgendwelchen Helden oder Unruhestiftern benennt. Und Helden gibt es gar viele im Kosovo, wo ständig irgendwelche Unruhen unter der Bevölkerung ausbrechen und es ein Leichtes ist, sich als Held zu profilieren."

Entschlossen betrat ich das jugoslawische Fremdenverkehrsbüro, dessen Innenleben ich durch die große Glasscheibe lange genug beobachtet hatte. Hier, dachte ich mir, kann ich bestimmt erfahren, ob es den Ort Selo Tankosić überhaupt noch gibt und, wenn ja, wo er liegt. Zumindest aber hoffte ich, hier zu erkunden, wo Pozarani, das Dorf mit der nächstgelegenen Poststation, zu finden ist.

Obwohl ich zu diesem Zeitpunkt der einzige Kunde war, wurde ich von dem seinen Schreibtisch ordnenden Mann nicht gerade erwartungsvoll empfangen. Es war nämlich schon 11:45

Uhr, also kurz vor Geschäftsschluss. Der war an Samstagen um 12:00 Uhr.

Ich setzte mein freundlichstes Lächeln auf, um die Aufmerksamkeit des hinter dem Schalter hantierenden Beraters zu erlangen, räusperte mich mehrmals und setzte an: „Darf ich Sie etwas fragen? Können Sie mir bitte sagen, wo in Jugoslawien das Dorf Selo Tankosić liegt?"

Der Mann hob seinen Kopf, starrte mich entgeistert an, wahrscheinlich weil ich es gewagt hatte, ihn beim Aufräumen zu stören.

„Selo heißt Dorf", belehrte er mich. „Und Tankosić ist uns nicht bekannt."

Mit uns meinte er sich und seine Kollegin, die gerade das Büro betrat, vom Friseur aufgefrischt für den nahenden Feierabend.

„Selo Tankosić soll im Kosovo liegen", ergänzte ich mutig.

„Nie gehört!", entgegnete er entschlossen, für heute jegliche Art von Beratung einzustellen.

Aber ich ließ nicht locker. „Könnten Sie nicht vielleicht einmal nachsehen, bitte? Steht es nicht in einem dieser Bücher dort?"

Und tatsächlich konnte ich ihn dazu bewegen, ein dickes Buch aus dem Regal zu holen, in welchem er unter dem Buchstaben T nach dem von mir gewünschten Dorf suchte.

„Wie soll das heißen?", hakte er nochmals nach.

„Tankosić, Tankosić mit T."

„Tankosić? Nein, das gibt es nicht", betonte er rechthaberisch und schlug das Buch geräuschvoll wieder zu.

Das drückte ziemlich auf meine Stimmung. Sollte es das Dorf tatsächlich nicht geben? Zurzeit schien mit meiner Vatersuche wieder mal gar nichts voranzugehen.

Aber immerhin hatte Antely Stojan noch vor zwanzig Jahren Kontakt zu Vlado Novokmet. Und damals gab es dieses Dorf. Vielleicht hat sich tatsächlich sein Name geändert, wie Franci befürchtet.

Doch so schnell wollte ich nicht aufgeben.

„Können Sie mir vielleicht sagen, wo Pozarani liegt, bitte".

Nun war die Zeit, die der Berater mir zu widmen gewillt war, wirklich um. Er schob mir einen Prospekt vom Land Kosovo rüber, der es mit seiner schlichten Aufmachung nicht verheimlichen konnte, dass er in einem sozialistischen Land gedruckt worden war, und bemerkte, hier seien alle interessanten Städte, Dörfer und sonstige Sehenswürdigkeiten Kosovos eingetragen. Ich nahm die Karte an mich, bedankte mich und verließ ziemlich niedergeschlagen den Laden. Schließlich war „ich, armer Tor, genau so weit als wie zuvor".

Wie schon so oft, versuchte ich mir auf dem Nachhauseweg noch einmal klarzumachen, wie die Chancen, meinen Vater noch lebend zu finden, wohl stünden. Ich hatte einen Einschreibebrief an Vlado Novokmet nach Tankosić geschickt. Das bedeutet, dass ich den Brief wieder zurückbekommen müsste, wenn der Adressat nicht aufzufinden ist. Den Brief aber habe ich bisher noch nicht wieder zurückbekommen. Also muss ihn jemand in Empfang genommen haben. Und so wartete ich weiterhin geduldig auf eine Nachricht aus dem Dorf Tankosić.

Hat Vlado Novokmet, mein potenzieller Vater, meinen Brief erhalten? Oder seine Kinder oder seine Frau? Wenn ja, wie mag er darauf reagiert haben? Immer wieder beschäftigte mich diese Frage: Ist jener jugoslawische Kriegsgefangene mit dem Namen Vlado oder Vladimir Novokmet tatsächlich mein Vater? Auch wenn dem so wäre, wusste er mit Sicherheit bislang nichts von meiner Existenz. Er ist schließlich schon kurz nach meiner Zeugung nach Jugoslawien, in seine Heimat, zurückgefahren.

Sollte ich die Suche nach meinem Vater nicht doch lieber aufgeben? Wer weiß, was ich mit meinen Nachforschungen so alles anrichten kann? Bring ich gar Unheil in eine Familie?

Besonders verunsichert wurde ich durch ein Telefongespräch mit Anna Plattner, einer ehemaligen Bürokollegin meiner Mutter und Mitarbeiterin meiner Tante Maja im Landshuter Brauhaus. Sie konnte sich nicht an die beiden jugoslawischen Kriegsgefangenen erinnern, da sie erst nach dem Krieg in der Brauerei zu arbeiten begonnen hatte. Aber gerüchteweise habe sie schon einmal gehört, dass mein Vater aus Serbien stamme.

„Forschen Sie lieber nicht nach!", empfahl sie mir eindringlich. Es klang fast wie eine Drohung, was sie sagte. „Sie wissen ja gar nicht, in welches Wespennest Sie da hineinstochern! Vielleicht bringen Sie da Unruhe und Unfrieden in eine Familie hinein. Hören Sie auf mich! Und außerdem wäre dies Ihrer Mutter gar nicht recht, wie ich sie kenne. Die würde sich im Grab umdrehen, wenn Sie wüsste, dass Sie nach Ihrem Vater forschen."

Als ich Anna Plattner offenbarte, dass ich sogar die Absicht hatte nach Jugoslawien zu reisen, um dort meinen Vater aufzusuchen, warnte sie mich noch einmal eindringlich vor diesem Schritt.

„Gehen Sie um Himmelswillen nicht allein dorthin, wenn Sie schon meinen, dass Sie das unbedingt tun müssen!"

Ich war durch dieses Gespräch sehr verunsichert. Sollte diese Frau vielleicht doch mehr wissen, als sie mir gegenüber am Telefon zugeben wollte?

Es war ein herrlicher Sommertag Anfang September. Ich hörte früher als sonst zu arbeiten auf und legte mich im Englischen Garten an den Eisbach. Trotz der vielen Menschen ringsherum, die alle noch etwas von der Sonne abbekommen wollten, fühlte ich mich wieder einmal einsam und verlassen. Solche Stunden seelischen Tiefgangs wiederholten sich in der letzten Zeit immer häufiger. Alle Menschen, die ich liebte, hatte ich verloren. Meine Mutter und meine Tante Maria, die für mich eigentlich meine Mutter war, waren kurz hintereinander gestorben. Mein bester Freund Jan, mit dem ich viele Jahre eine Wohnung geteilt hatte, war ausgezogen, weil er heiratete. Ja sogar die gute alte Katze Mizzi war nach dem Tode der beiden alten Damen vor Kummer eingegangen.

Ich hatte die letzten Jahre der Pflege meiner Mutter und der Tante gewidmet und mich viel zu wenig um mein eigenes Privatleben gekümmert. Ich war jeden Freitag nach Landshut gefahren, um nach dem Rechten zu sehen, Haus und Wohnung auf Vordermann zu bringen, die Waschmaschine anzuwerfen, einzukaufen, Reparaturen vorzunehmen, Mutter und Tante zum Essen auszuführen und am Sonntagnachmittag erschöpft und nicht selten frustriert nach München zurückzufahren. Wie nie zuvor wurde mir meine Einsamkeit und Leere schmerzhaft bewusst. So muss sich wohl auch ein Waisenkind fühlen, das eben seine Eltern verloren hat. Gerade weil ich bereits weit über dreißig Jahre alt war, durfte ich umso weniger Mitgefühl und Hilfe von anderen Menschen erwarten. In meinem Alter hat ein Mann längst selbst eine Familie, um die er sich kümmern muss und die sein Leben ausfüllt.

Zum Glück verstand Sabine meine Situation. Was meine Beziehung zu ihr und dem kleinen Slanger betraf, befielen mich immer wieder Zweifel, ob ich der Richtige für sie bin. Noch war ich viel zu sehr mit meinem eigenen Schmerz und mit meiner

Vergangenheit beschäftigt, als dass ich mich so einfach in eine Partnerschaft und damit in eine neue Abhängigkeit bedenkenlos hätte einlassen können. So grübelte ich erfüllt von Selbstmitleid vor mich hin, bis mir wieder der Gedanke in den Sinn kam, vielleicht doch einen Vater und vielleicht sogar Geschwister und damit eine Familie zu haben, zu der ich gehörte. Warum sollte mein Vater nicht noch weitere Kinder in die Welt gesetzt haben? Es gibt doch gerade in Jugoslawien noch viele kinderreiche Familien. Derartige Gedanken vertrieben meine Traurigkeit. Ich schöpfte neue Hoffnung. Ich bin vielleicht gar nicht allein. Ganz bestimmt nicht! Sicher habe ich noch Brüder und Schwestern. Aber um sie zu finden, müsste ich erst einmal meinen Vater finden.

Warum nur bekomme ich aus Tankosić keine Antwort auf meinen Brief? Vielleicht lebt Vlado Novokmet, mein Vater, gar nicht mehr Aber dann hätten sich doch bestimmt seine Angehörigen gemeldet. All diese Überlegungen bewogen mich, nicht länger dahinzuwarten, sondern wieder einmal aktiv zu werden.

Ich zog mich rasch an und ging zum nächstgelegenen Postamt in Schwabing. Es war damals in einer Holzbaracke nahe der Mandlstraße untergebracht, also unweit vom Englischen Garten. Diesmal wollte ich es mit einem Telegramm versuchen. Bei einem Telegramm war ich mir sicher, dass ich benachrichtigt werden würde, wenn der Empfänger nicht aufzufinden ist. Ich setzte also folgenden knappen Text auf:

Bitte melden Sie sich, wenn Sie meinen Brief vom Juli 1982 erhalten haben. Danke.

Eine sehr freundliche junge Postbeamtin nahm das Telegramm entgegen. Doch die hilfsbereite Dame fand in ihrem schlauen Buch, in dem alle Telegraphenämter Jugoslawiens alphabetisch festgehalten waren, weder das Dorf Tankosić noch

Pozarani, den Ort mit dem nächsten Postamt. Da ich aber mittlerweile wusste, dass Pristina die Hauptstadt vom Kosovo ist, schlug ich ihr vor, das Telegramm dorthin zu senden.

Meine Stimmung hatte sich wesentlich gebessert, da ich wieder einmal auf eine Nachricht von meinem Vater hoffen durfte.

In den nächsten Tagen und Wochen träumte ich immer wieder davon, meinem Vater zu begegnen, der mich wie den verlorenen Sohn aufnimmt. Dabei wurde das Bild aus meinem Volksschulkatechismus, das mich schon als Kind fasziniert hatte, vor meinem geistigen Auge lebendig. Ein nach orientalischer Sitte gewandeter, bärtiger Mann eilt die Stufen seines Hauses herab, mit weit ausgebreiteten Armen seinem in Lumpen gekleideten Sohn entgegen, um ihn an seine Brust zu drücken und ihn schließlich in seinem Haus aufzunehmen. Ich glaubte mich zu erinnern, dass dieser biblische Vater sogar ein Kalb schlachten ließ, um ein würdiges Gelage für seinen verlorenen und zurückgewonnen Sohn auszurichten. So weit hätte mein Vater in meiner Fantasie gar nicht gehen müssen. Mir hätte das Rind auch zu sehr leidgetan.

Mein Traumbild von der ersten Begegnung mit meinem Vater war noch immer, von ihm in die Arme genommen und an die Brust gedrückt zu werden. Genau danach sehnte ich mich seit meiner frühesten Kindheit. Dies mag der Grund dafür gewesen sein, dass sich jenes Bibelbild so tief in mein Herz eingegraben hatte und in meiner Erinnerung lebendig geblieben ist.

Aber all die hoffnungsvollen Gedanken wurden immer wieder von Gedanken des Zweifels und der Angst vor der Enttäuschung durchkreuzt.

Wie werde ich mich mit meinem Vater verständigen können, sollte ich ihm wirklich einmal gegenüberstehen? Wo ich doch kein Wort Jugoslawisch verstehen, geschweige denn sprechen kann! Vielleicht kann er noch aus der Zeit seiner Gefangenschaft ein wenig Deutsch? Immerhin soll er nach den Schilderungen derer, die ihn kannten, ganz gut Deutsch gesprochen haben. Warum aber hat er nach seiner Rückkehr in seine Heimat nichts mehr von sich hören lassen? Antely Stojan, sein Kamerad, hatte immerhin bis 1958 Kontakt zur Braumeisterfamilie gehalten. Also kann es ihm doch gar nicht so schlecht ergangen sein in Deutschland. Hat ihm meine Mutter kurz vor seiner Abreise gestanden, dass sie von ihm ein Kind erwartet? Unfug! Sie hat es doch selbst erst, nachdem die Regel zum zweiten Mal ausgeblieben war, registriert. Da war Vladimir längst zurück in seiner Heimat. Oder waren es die Erlebnisse im Lager Moosburg oder die im Lager davor, die er für immer vergessen wollte? Immerhin war das Leben in den Gefangenenlagern, wie man mir erzählt hatte, so eine Art Vorstufe zu den Konzentrationslagern.

Das Telegramm kam nicht als unzustellbar zurück. Aber es kam auch sonst keine Antwort, weder eine positive noch eine negative. Dies bedeutete für mich, dass zumindest die Adresse stimmte. Ein Beweis dafür, dass Vlado Novokmet, mein Vater, noch lebte, war es jedoch nicht.

Wiener Träume

Es war bereits September, als ich zu einer IBM-Tagung nach Wien reiste. Als konditionierter Pünktlichkeitsfanatiker nahm ich den Flug am Vormittag, obwohl die Eröffnung des Kongresses erst am Abend stattfinden sollte. Nur um nicht zu spät zu kommen. Also hatte ich hinreichend Zeit, um die Innenstadt von Wien zu erforschen. Gleich nach meiner Ankunft im Hilton, einem Hotel im Zentrum Wiens, schlenderte ich durch enge Gassen in Richtung Stephansdom.

Ich blieb vor den Schaufenstern in der Kärntner Straße und vor dem berühmten Hotel Sacher stehen und erreichte schließlich durch eine großzügig angelegte Fußgängerunterführung nahe der Wiener Oper einen Park. Dort ließ ich mich auf einer Bank nieder, um die warme Herbstsonne zu genießen. In unmittelbarer Nähe befand sich ein Spielplatz. Ich beobachtete die Kinder, die unter Aufsicht ihrer Mütter herumtobten. Sie spielten Fangermandl und kletterten fröhlich juchzend über bunte Eisengerüste. Ein kleines, pummeliges Mädchen formte mächtige Sandkuchen, die sie stolz ihrer Mama präsentierte. Mit herabgesenkten Mundwinkeln zeigte die Kleine deutlich ihre Enttäuschung darüber, dass Mama nicht gewillt war hineinzubeißen. Wie ernst Kinder ihr Spiel doch nehmen! Genauso ernst wie wir Erwachsenen unsere Arbeit. Wann ist man eigentlich erwachsen? Wahrscheinlich nie, gab ich mir selbst zur Antwort. Auch wenn einmal der Körper zu wachsen aufhört, so wächst dennoch ständig die Zahl der Erfahrungen, welche uns die Illusionen rauben, die wir Hoffnung, Liebe, Treue und Glaube nennen. Es ist ein mildtätiger Raubzug, den das Schicksal uns beschert; denn mit den Illusionen schwinden auch die Enttäuschungen, die uns so schmerzlich mit der Realität konfrontieren. Wie glücklich diese Kinder auf dem Spielplatz doch sind!

Natürlich hätte ich längst selbst eine Familie und somit Kinder haben können. Aber hierzu hätte mein Leben bislang anders verlaufen müssen. Bei Frauen hatte ich bislang nicht das große Los gezogen. Es war halt nie die richtige dabei, tröstete ich mich.

„Du wirkst irgendwie so unnahbar", meinte eine meiner Verehrerinnen, eine Verkäuferin vom Kepa-Imbiss, die mir in der Mittagspause immer eine besonders große Portion zukommen ließ. „Irgendwie so wie ein Heiliger. Bei dir hat man immer das Gefühl, dass du über der Sache stehst."

Wenn die nur geahnt hätte, wie bodenständig ich mich in Wirklichkeit nach Nähe, Liebe und Zärtlichkeit sehnte!

Da ich keine eigene Familie hatte, blieb mir umso mehr Zeit, um mich um meine Mutter und ihre Schwester, die Tante Maja, zu kümmern, bis sie schließlich in meinen Armen verstarben. In den letzten Wochen vor ihrer Krankheit zeigte sich meine Mutter manchmal bösartig im Ton und ungerecht mir gegenüber. Ihre bissigen Bemerkungen trafen mich jedes Mal wie Peitschenhiebe.

Es war das letzte Weihnachten, das ich mit ihr verbrachte. Ich hatte alles, so gut ich konnte, vorbereitet, um ihr den Tod ihrer Schwester Maria wenigstens für einige Tage vergessen zu lassen. So vermied ich, schwarze Trauerkleidung zu tragen. Sie empfand dies als respektlos und wollte, dass ich wenigstens einen schwarzen Pullover überziehe. Am ersten Weihnachtsfeiertag hatte ich mein Patenkind, den zweijährigen Marcello, und seine Mutter zum Essen eingeladen. Als ich den Kleinen auf den Arm nahm, ihn herzhaft drückte und ihm einen Kuss auf seine kleine Stupsnase setzte, giftete meine Mutter mich an: „Es ist eine Schande, mit andrer Leut Kinder rumzuschmusen. Dass du dich nicht schämst! Du könntest schon längst selbst eigene Kinder haben!"

Warum nur war sie so bös zu mir? War es ihre Krankheit, die sie zu solch bissigen Bemerkungen veranlasste, oder war die Krankheit das Ergebnis ihrer unerfüllten Wünsche und Träume? Eines Lebens, das zuhauf aus Ressentiments und Enttäuschungen bestand und sie dazu verpflichtet hatte, gesellschaftliche Vorschriften einzuhalten. Eine Welt, in der für ein uneheliches Kind kein Platz war. Eine Welt, in der die Liebe zu einem Kriegsgefangen als Rassenschande und als ein Verbrechen galt.

Eine wohlbeleibte Frau mit struppigen, dunklen Haaren zielte mit ihrem Kinderwagen direkt auf mich zu, ließ sich vor Erschöpfung prustend neben mir auf die Bank plumpsen, machte ihren üppigen Busen frei, hob ihr Kind, ein rosiges Prachtexemplar von einem Säugling, aus dem Kinderwagen und legte es zum Stillen an ihre Brust. Gierig saugte sich das Baby an ihrem Busen fest. Ihrem Aussehen und ihrer Kleidung nach konnte sie eine Türkin oder eine Jugoslawin sein. Eine Österreicherin würde ihre Mütterlichkeit bestimmt nicht in einer solchen Natürlichkeit ausleben.

„Ein prächtiges Baby haben Sie da", sagte ich zu ihr und traf damit voll ihren Mutterstolz. „Ist es ein Junge?"

„Ein Junge, ja, ja!" Sie strahlte mich an. Während sie den Wonneproppen an den anderen Busen legte, ergänzte sie noch: „15 Pfund!"

„Woher kommen Sie?", fragte ich weiter.

Und wie es ihr Akzent vermuten ließ, bestätigte sie: „Jugoslawien."

Aus Jugoslawien! Naiv, wie ich war, fragte ich weiter: „Kennen Sie Kosovo?"

Es hätte sein können, dass sie aus dieser Gegend kam und eventuell sogar Selo Tankosić oder wenigstens Pristina kannte.

„Ach, Jugoslawien groß, großes Land", erwiderte sie. „Ich", fuhr sie fort und deutete dabei an jene Stelle ihrer weit ausladenden Brust, wo man das Herz vermuten durfte, „ich komme aus Serbien."

„Mein Vater soll auch aus Serbien stammen."

Damit gewann ich vollends ihre Gunst und Zuneigung.

Sie sagte etwas auf Jugoslawisch zu mir, was ich nicht verstand. Deshalb erklärte ich ihr: „Ich komme aus Deutschland."

Dann unterhielten wir uns über das Baby, ihrem vierten Kind, dem die Muttermilch sichtlich gut bekam.

Ich wollte nichts unversucht lassen, deshalb fragte ich nach einer Weile, ob sie nicht doch Tankosic oder wenigstens Pozarani kenne. Aber ebenso hätte ich einen Deutschen nach Geisenhausen oder Kaltenbrunn in Niederbayern fragen können. Sie kannte weder den einen noch den anderen Ort. Aber sie wollte mir helfen, wo ich doch beinahe ihr Landsmann war.

„Fahren Sie nach jugoslawisches Konsulat!", riet sie mir. „Im dritten Bezirk. Nehmen Sie Straßenbahn!"

„So viel Zeit habe ich gar nicht mehr. Gibt es nicht ein jugoslawisches Fremdenverkehrsamt hier in der Nähe?" Ihr Tipp ließ mich aufhorchen.

Sie nickte und deutete dabei in Richtung Kärntner Straße, von wo ich gekommen war.

Wieder flammte in mir eine neue Hoffnung auf, meinen Vater oder wenigstens den Ort, wo er zuletzt gelebt hatte, zu finden. Am liebsten hätte ich ihr oder dem Baby vor Freude einen Kuss auf die Stirn gedrückt.

Ich verabschiedete mich, drückte ihr die Hand und eilte in die Richtung, die sie mir gezeigt hatte. Ich unterquerte die Straße durch den Fußgängertunnel in Richtung Opernplatz. Doch als ich aus der Unterführung herauskam, fand ich an der Stelle, welche mir die Jugoslawin gezeigt hatte, nicht das Jugoslawische Fremdenverkehrsbüro, sondern das Wiener Fremdenverkehrsamt vor.

Also versuch ich halt hier mein Glück! Ich wartete geduldig, bis ein freundlicher älterer Herr mich bediente.

„Also, ich bin mir nicht ganz sicher, ob ich bei Ihnen hier richtig bin", setzte ich an. „Ich suche ein Dorf in Jugoslawien, das ich bisher auf keiner Karte finden konnte."

„Dann gehen Sie doch am besten gleich zum Jugoslawischen Fremdenverkehrsamt", entgegnete er zuvorkommend, ging mit mir zur Türe und streckte seinen rechten Zeigefinger in die Richtung, die ich hierzu einschlagen sollte.

Ich brauchte nur die Straße zu überqueren, um in der nächsten Seitenstraße gegenüber der Oper zum jugoslawischen Fremdenverkehrsamt zu gelangen. Irgendwie hatte ich das sichere Gefühl, meinem Ziel nun einen wesentlichen Schritt näher zu kommen.

Ich betrat einen Raum, dessen Wände über und über mit Plakaten bedeckt waren, die für die Schönheit Jugoslawiens warben. Sie zeigten Städte wie Belgrad und Zagreb oder Badeorte an der Adria. Nur Pristina, Tankosić oder Pozarani waren nicht zu sehen.

Die Dame am linken Schalter, auf die ich instinktiv zusteuern wollte, bediente bereits einen Kunden. So wandte ich mich, da ich nicht die Geduld zu warten aufbrachte, an die Dame am gegenüberliegenden Schalter. „Können Sie mir bitte sagen, wo Selo Tankosić im Kosovo liegt?"

Die Dame verwies mich mit einer bestimmenden Geste sogleich zurück zu ihrer Kollegin am gegenüberliegenden Schalter. Der Kunde, den jene eben noch bedient hatte, verließ gerade, seinen Hut zum Gruße lüftend, das Büro.

Die Dame hörte mir interessiert zu, als ich bei ihr meine Frage wiederholte, und lächelte mich dabei sehr verständnisvoll an. Sie überlegte einen Moment, ohne ein Wort zu sagen, nickte vielversprechend mit ihrem niedlichen Köpfchen und machte dann eine Geste mit dem Zeigefinger, die so viel bedeutete wie „das haben wir gleich".

Sie holte ein dickes Buch aus der Tiefe ihres Schreibtischs hervor und schlug es sehr gezielt auf. Sie brauchte nur mehr ein wenig zu blättern, um zu der gewünschten Seite zu gelangen. Ihr Zeigefinger sauste behänd von oben nach unten und wieder zurück über die Seite. Dann richtete sich das zierliche Fräulein plötzlich stolz und zufrieden blickend auf und sagt zu mir: „Bitteschön, Tankosić liegt in der Nähe von Uroševac, so zwanzig Kilometer südlich von Pristina."

Sie merkte bestimmt am Leuchten meiner Augen, wie viel Freude sie mir mit ihrer Auskunft bereitet hatte. Am liebsten wäre ich ihr um ihren zarten Hals gefallen, hätte sie gedrückt und geküsst. Wie lange hatte es doch gedauert, bis mir endlich jemand sagen konnte, dass es dieses Dorf Tankosić noch gibt und wo es liegt! Es war wunderbar. Ja, kaum zu glauben.

„Wie komme ich am besten dorthin", fragte ich freudig erregt weiter.

„Hm, wollen Sie mit dem Auto oder mit der Bahn reisen?", wollte das allerliebste Fräulein der Welt von mir wissen.

Auto und Bahn gingen mir zu langsam. „Ich möchte fliegen. Das geht wohl am schnellsten."

„Ja, fliegen Sie am besten nach Belgrad und von dort nach Pristina. Dann ist es nicht mehr sehr weit nach Uroševac bzw. Tankosić. Sie können auch ein Auto mieten. So kommen Sie am schnellsten voran."

Das wird wohl das Beste sein, dachte ich mir und nickte zufrieden mit dem Kopf.

„Wollen Sie dort etwa Urlaub machen?

Sie schien über mein Vorhaben verwundert zu sein.

Nun hatte ich das Gefühl, dass ich ihr, weil sie gar so nett zu mir war, mein größtes Geheimnis anvertrauen musste.

„Nein, ich möchte keinen Urlaub machen. Ich suche meinen Vater", antwortete ich ihr wahrheitsgemäß.

Ihre dunklen Augen verrieten mit einem Leuchten, dass sie meine Auskunft als Belohnung für ihre Hilfsbereitschaft verstand.

„Angeblich soll mein Vater in dem Dorf Tankosić leben oder gelebt haben. Sie glauben gar nicht, welche Freude Sie mir mit Ihrer Auskunft machen!"

Sogleich zog sie eine Landkarte aus ihrem Schreibtisch hervor, ließ ihren zarten Zeigefinger kurz darüber kreisen und tippte dann entschlossen auf einen kleinen roten Punkt, neben dem in fetten Lettern UROCEVAC gedruckt war.

„Und hier ist Tankosić. Genau hier!", sagte sie mit sicherer Stimme und drehte dabei die Karte in meine Richtung. „Sie werden dort nicht sehr viele Touristen antreffen. Kosovo ist ein schönes Land. Sie sollten dort einmal Urlaub machen. Es wird Ihnen bestimmt gefallen."

Ich bedankte mich und verließ in überschwänglicher Freude das Büro. Beim nächsten Blumenladen besorgte ich einen kleinen Rosenstrauß, mit dem ich wie berauscht zum Jugoslawischen Fremdenverkehrsamt zurückschwebte, um ihn dem hilfsbereiten Fräulein als Zeichen meiner Dankbarkeit zu überreichen.

Sie freute sich sehr darüber, roch gefällig an den Rosen und meinte immer wieder, dies sei wirklich nicht nötig gewesen. So etwas schien ihr nicht alle Tage zu passieren. Sie und ihre Kollegin wünschten mir viel Glück und baten mich, doch wieder einmal vorbeizukommen, um ihnen über den Verlauf meiner Suchaktion zu berichten.

Familie Bärlehner mit Vlado und Antely

Verbunden

Gedankenversunken wandelte ich durch die Kärtner Straße. Ich sah nicht mehr all die vielen Läden und Schaufenster, welchen das Interesse der anderen Fußgänger gehörte. Ich lauschte nicht den Straßenmusikanten und nahm auch nicht mehr die Gruppen diskutierender Menschen wahr. Ich befand mich geradezu in einem Rauschzustand, der mich beflügelte, einen nächsten Schritt auf der Suche nach meinem Vater zu unternehmen.

Ich lief gerade direkt auf das Wiener Telegrafenamt zu. Wozu gibt es Telefonbücher!

Gleich am nächsten freien Schalter bat ich um das Telefonbuch von Kosovo in Jugoslawien. Der freundliche Postbeamte händigte es mir bereitwillig aus. Ich nahm es mit zu einem freien Tisch, auf dem ich in Ruhe, zu der ich mich eher zwingen musste, in diesem Buch blättern konnte. Ich suchte nach dem Namen Novokmet unter Uroševac und Pristina. Tatsächlich fand ich den Namen Milenko Novokmet im Teilnehmerverzeichnis von Pristina. Die Anschrift lautete 19. Novembra 1. Das war zwar nicht der Vlado Novokmet, den ich suchte, aber es konnte ja ein Verwandter sein. Vielleicht sein Bruder oder sein Sohn oder sein Neffe?

Sollte ich dort sofort anrufen? Nein! Es kamen Bedenken in mir hoch. Wie sollte ich mich verständigen? Vielleicht würde ich mit einem Anruf jemanden sogar in Schwierigkeiten bringen? Irgendwie mutmaßte ich, niemand aus der Familie meines Vaters würde von meiner Existenz etwas wissen. Wahrscheinlich nicht einmal mein Vater selbst.

Ich hatte Bammel, an diesem sonnigen Herbsttag in Wien noch einen weiteren Schritt zu unternehmen. Man soll die Glücksgötter nicht zu sehr fordern, um nicht ihren Neid zu wecken. So entschied ich mich, erst nach meiner Rückkehr von München aus anzurufen.

Ich fühlte mich nun so richtig wohl in meiner Haut, wie schon lange nicht mehr. Es war ein Gefühl des Glücks. Ich musste Sabine anrufen und ihr erzählen, was ich bisher erlebt und unternommen hatte. Sie freute sich mit mir darüber und bestätigte dies mit einem „Weiter so!".

Gleich nach meiner Rückkehr aus Wien setzte ich mich an meinen Schreibtisch. Es war bereits Abend. In der linken Hand hielt ich den Zettel mit der Telefonnummer von Milenko Novokmet, mit den Fingern der anderen tippte ich die Nummern hastig in die Tasten des Telefons. Doch sobald ich das Klingeln vernahm, machte ich einen Rückzieher. Als hätte ich einen Stromschlag erhalten, legte ich den Hörer wieder auf.

Sollte ich nicht doch lieber meinen Freund Franci bitten, für mich dort anzurufen. Schließlich konnte er die Sprachen dieses Landes, Serbisch, Kroatisch, Albanisch, sprechen oder zumindest verstehen. Bald schon hatte ich diese Idee wieder verworfen. Es war mir peinlich, Franci damit zu belästigen. Immer wieder drückte ich die Taste zur Wahlwiederholung. Lange Zeit war die Verbindung nach Jugoslawien besetzt. Einige Male wollte ich dies schon zum Anlass nehmen, mein Vorhaben wieder aufzugeben. So ganz wohl fühlte ich mich nicht dabei. Das größte Problem sah ich in der Verständigung. Aber ich könnte es ja mit Englisch versuchen, überlegte ich und wiederholte die Anwahl. Schließlich hörte ich in weiter Ferne von vielen Nebengeräuschen begleitet das Freizeichen. Die Verbindung war so schlecht, dass ich den Hörer schon wieder auflegen wollte. Da meldete sich eine Frauenstimme. Ich verstand nicht, was sie sagte. Hätte ich doch lieber den Franci anrufen lassen! Ich war schon wieder nahe daran, auf die Taste zu drücken, um den Anruf abzubrechen, aber etwas in mir war stärker und zwang mich zu sprechen. Zunächst stellte ich mich auf Deutsch vor. Die Dame am anderen Ende der Leitung erwiderte irgendetwas auf Jugoslawisch. So unsinnig mir es in diesem Moment auch vorkam, ich versuchte es noch einmal auf Englisch.

Auf die Frage „Do you speak English?", antwortete sie mit einem klaren „Momenat".

Dann war es für einen Augenblick still in der Leitung. Bald schon meldete sich ein Mann am Telefon, den ich nach seiner Stimme auf etwa dreißig Jahre schätzte. Er sprach tatsächlich ein korrektes Englisch: „Hallo, this is Mister Novokmet. May I help you?"

Ja, und ob er mir helfen konnte! Es fiel mir in diesem Augenblick schwer, meine Gedanken zu sammeln. Also stammelte ich zunächst: „Entschuldigen Sie meine Frage. Kennen Sie einen Mann mit dem Namen Vlado oder Vladimir Novokmet?"

„Das ist mein Onkel", entgegnete er spontan. Und er bestätigte auch, dass dieser Onkel in Selo Tankosić wohnt.

Es ist kaum zu beschreiben, wie ich mich in diesem Moment fühlte. Unzählige Gedanken schossen mir auf einmal kreuz und quer durch den Kopf. Ich war unfähig, mich zu sammeln. Ich bemühte mich, ruhig zu bleiben und sachlich zu erklären, warum ich einen Mann mit dem Namen Vlado Novokmet suchte.

Ich erzählte dem mir Unbekannten am Telefon, dass ich meinen Vater kennenlernen möchte, dass man mir gesagt hat, mein Vater sei in deutscher Kriegsgefangenschaft gewesen und nach dem Krieg wieder in seine Heimat zurückgekehrt. Ich nannte noch einige Fakten und Namen, die mir wichtig erschienen, dass Vlado Novokmet im Lager Moosburg gewesen sei und im Landshuter Brauhaus gearbeitet habe.

Der Mann am Telefon mit der sympathischen Stimme bestätigte, sein Onkel Vlado sei als Soldat im Zweiten Weltkrieg und in deutscher Gefangenschaft gewesen. Er wollte seinen Vater bezüglich der anderen von mir gemachten Angaben noch befragen und bat mich in einem sehr freundlichen Ton: „Rufen Sie mich bitte in einigen Tagen noch einmal an. Dann kann ich bestimmt alle Ihre Fragen beantworten."

Damit beendeten wir unser Gespräch.

Ich konnte es noch gar nicht glauben, dass mein Kindheitstraum nun doch wahr werden sollte. Vlado Novokmet, mein Vater lebt! Er lebt!

Drei Tage später, an einem Samstagabend, rief ich in Pristina wieder an. Ich war zwar weitaus gelassener als bei meinem ersten Anruf, wartete aber dennoch mit großer Spannung darauf, nun endlich zu erfahren, ob die von mir vorgebrachten Angaben bezüglich der Person Vlado Novokmet zuträfen.

Wie bei meinem ersten Anruf, meldete sich zunächst eine freundliche Frauenstimme am Telefon, die sogleich mit dem mir bekannten „Momenat" den Hörer an Herrn Novokmet weiterreichte. Die Stimme des Herrn Milenko Novokmet war mir wohl vertraut. Er sprach ausgezeichnet Englisch.

„Konnten Sie mit Ihrem Vater sprechen? Passt meine Beschreibung auf Ihren Onkel, Vlado Novokmet?", wollte ich wissen.

Er bestätigte, dass alle meine Schilderungen mit der Person seines Onkels Vlado aus Tankosić übereinstimmten.

„Mein Onkel ist in deutscher Kriegsgefangenschaft gewesen", bestätigte er nochmals. „Mein Vater erinnert sich noch sehr gut daran, dass Onkel Vlado nach seiner Rückkehr aus Deutschland, das war Mitte 1945, erzählte, er habe als Gefangener in einer Brauerei arbeiten müssen. Onkel Vlado war damals schon verheiratet und hatte bereits vier Kinder, drei Jungen und ein Mädchen. Heute hat er insgesamt vier Töchter und drei Söhne. Sie sind alle schon erwachsen und haben teilweise bereits selbst wieder Kinder."

„Nach all dem, was Sie mir eben erzählt haben und was ich bisher selbst in Erfahrung bringen konnte, scheint Ihr Onkel Vlado der von mir gesuchte Mann, nämlich mein Vater, zu sein", versuchte ich sachlich ruhig zu antworten.

Meine Freude war so groß, dass ich am liebsten irgendetwas ganz Verrücktes gemacht hätte. Doch der Gedanke, dass ich hier in eine mir fremde Familie Unruhe oder gar Unfrieden hineinbringen könnte, wovor mich Anna Plattner am Telefon so eindringlich gewarnt hatte, veranlasste mich vorsichtig zu fragen: „Glauben Sie, dass es möglich ist, meinen Vater zu sprechen oder vielleicht einmal gar zu sehen? Kann es mit seiner Familie Probleme geben, wenn sie von mir erfährt? Bitte, glauben Sie mir, ich habe keinerlei finanzielle Interessen. Ich stelle auch keine Erbansprüche oder irgend sowas. Ich möchte nur das eine, nämlich meinen echten Vater kennen lernen. Das ist mein größter Wunsch seit meiner Kindheit. Ich möchte wissen, wer mein Erzeuger ist. Wie er aussieht. Was er macht. Was er denkt. Was er fühlt. Können Sie das verstehen?"

Herr Novokmet war ein einfühlsamer und geduldiger Gesprächspartner. Ich hatte das Gefühl, dass er mich verstand; denn er entgegnete spontan: „Kommen Sie doch einfach zu uns nach Pristina. Mein Vater wird ein Treffen mit meinem Onkel Vlado arrangieren."

„Sind Sie sicher, dass durch mein Erscheinen keine Probleme mit seiner Familie entstehen würden?", hakte ich nochmals besorgt nach.

„Machen Sie sich deshalb keine Sorgen!", versuchte er mich zu beruhigen. „Mein Vater wird das schon regeln. Sie werden meinen Onkel, Ihren Vater, hier in Pristina treffen. Also kommen Sie! Kommen Sie bald! Alles geht in Ordnung."

Ich hatte nicht mit so viel Verständnis und Entgegenkommen gerechnet. Herr Novokmet bot mir sogar an, in seinem Hause zu wohnen. Meinen Vorschlag, in einem Hotel in Pristina zu übernachten, wehrte er entschieden ab: „Sie würden uns beleidigen, wenn Sie unsere Einladung nicht annähmen."

Ich freute mich sehr über seine Hilfsbereitschaft und erkundigte mich: „Darf ich Ihnen irgendetwas mitbringen, womit ich Ihnen und Ihrer Familie eine Freude bereiten kann?" Ich konnte mir zwar nicht so recht vorstellen, womit man Menschen in Jugoslawien eine Freude bereiten könnte, aber was Herr Novokmet als Wunsch äußerte, klang für mich doch etwas skurril.

Wie nicht anders zu erwarten, lehnte er zunächst bescheiden alle Geschenkvorschläge vom Kaffee bis zum Cognac ab. Ich war mehr als verblüfft, als er auf mein Drängen hin schließlich die Bitte vorbrachte, wenn möglich, ihm eine Beatle-Schallplatte mit dem Titel „Let it be" mitzubringen.

Ich fand diesen Wunsch nicht ganz passend für einen Mann, der der Stimme nach zu beurteilen, etwa in meinem Alter sein mochte, ganz abgesehen davon, dass die Beatles in den 1960er Jahren, also vor gut zwanzig Jahren, aktuell waren und bei uns mittlerweile AC/DC, Queen und Deep Purple die Charts eroberten. Aber warum sollte solch ein kapitalistisches Machwerk in einem sozialistisch orientierten Land nicht von besonderem Wert sein? Bevor wir unser Gespräch beendeten, vereinbarten wir den 22. Oktober 1982 als den Termin meiner Ankunft in Pristina. Ich versprach, zwei Tage vor meiner Abreise noch einmal anzurufen.

Doch wo sollte ich nun die Beatle-Schallplatte „Let it be"
herbekommen? In München war keine aufzutreiben. Der Zufall
wollte es, dass ich in der darauffolgenden Woche zu einem
Kongress nach London musste, um einen Vortrag über ein
elektronisches Programmiersystem zu halten. So konnte ich die
Gelegenheit nutzen, um bei einem Spaziergang durch Londons
Innenstadt in einem Schallplattenladen an der Oxfordstreet die
gewünschte Beatles-Platte für meinen Freund aus Pristina zu
besorgen.

Der verlorene Sohn
(Luke-book-new-testament-old-19th-century-engraved-illustra-
tion-from-history-of-the-bible-1883)

Schlimmes Omen

Nach meiner Rückkehr aus London buchte ich im ABR-Reisebüro an der Münchner Freiheit meine Reise in den Kosovo. Für den Flug von München nach Belgrad wählte ich die JAT-Maschine um 12:10 Uhr. Die Lufthansa-Maschine um 17:00 Uhr schien mir zu spät, da ich den Flieger von Belgrad nach Pristina, der am Freitag nur für 19:00 Uhr angeboten wurde, unbedingt erreichen wollte. Und weil ich ein konditionierter Pünktlichkeitsfanatiker bin, hatte ich eventuelle Verspätungen oder sonstige Schwierigkeiten voll mit einkalkuliert. Den Rückflug von Pristina über Belgrad nach München buchte ich für den darauffolgenden Mittwoch. Ich wollte wenigstens ein paar Tage in Pristina bleiben, um genug Zeit für meinen Vater zu haben und um auch ein wenig Land und Leute dort kennenzulernen.

Hatte Milenko nicht gesagt, mein Vater habe noch weitere vier Töchter und drei Söhne? Ich habe also noch sieben Halbgeschwister! Ich bin nicht mehr alleine! Sie wissen zwar noch nichts von meiner Existenz, aber vielleicht freuen sie sich, mich, ihren Halbbruder, kennen zu lernen. Ob sie mich, das Kuckucksei, in ihrer Familie annehmen werden?

Unterbrochen von berechtigten Zweifeln malte ich mir in den herrlichsten Farben nicht nur das Zusammentreffen mit meinem Traumvater, sondern zugleich auch mit meinen Brüdern und Schwestern aus. Welch kindischer Einfall! Ich sah vor meinem geistigen Auge meinen Vater, seine Frau und die sieben Kinder, meine Brüder und Schwestern, an einem langen Tisch sitzen. Ich in ihrer Mitte, Papa und Stiefmama mir gegenüber, um mich feierlich in die Familie Novokmet aufzunehmen.

Wenn alles gut ginge, würde ich den Aufenthalt sogar noch um einige Tage verlängern. In der Firma hatte ich vorsorglich bereits bis zum darauffolgenden Sonntag Urlaub angemeldet.

Hartnäckig bestand ich darauf, die Tickets mit meiner Kreditkarte zu bezahlen, um den damit verbundenen Versicherungsschutz in Anspruch nehmen zu können. Dies hatte zur Folge, dass ich die Tickets nicht sofort ausgehändigt bekam. Ich musste wenige Stunden später noch einmal in das Reisebüro zurück, um sie abzuholen. Ich war darüber etwas irritiert, ließ mir aber die gute Laune nicht verderben, die mich schon seit Tagen begleitete, ja geradezu beflügelte. Ich fühlte mich dem Ziel meiner Träume so nah, wie nie zuvor. Und das war gut so; denn ich ahnte zu diesem Zeitpunkt noch nicht im Leisesten, was alles an Herausforderungen in den nächsten Tagen auf mich zukommen würde.

Einen Tag vor meiner Abreise wurde in den Tagesnachrichten bekanntgegeben, in Jugoslawien sei Treibstoff knapp, den Inlandsflugverkehr habe man total eingestellt. Benzin sei rationiert und gebe es nur noch gegen Gutscheine. Ich rechnete zwar mit Schwierigkeiten, die in diesem Zusammenhang auftreten konnten, ahnte aber zum Glück nicht, mit welchen Problemen ich tatsächlich konfrontiert werden würde. Und das nicht nur wegen des Treibstoffmangels.

Vor meiner Abreise rief ich, wie vereinbart, noch einmal in Pristina an. Herr Novokmet meldete sich diesmal gleich selbst am Telefon. Ich teilte ihm mit, dass ich am Freitag nach Belgrad fliege. Meine Ankunft in Pristina ließ ich offen, da ich, nach den Nachrichten zu urteilen, damit rechnen musste, dass der Flug von Belgrad noch Pristina sich verschieben oder gar ausfallen würde. Auch hatte ich keine Garantie dafür, dass ich, abgesehen von der angesagten Benzinknappheit, sofort ein Auto würde mieten können.

Herr Novokmet sagte, er erwarte mich auf alle Fälle in Pristina, und ich sei ein willkommener Gast in seinem Haus.

Als ich ihm mitteilte, ich hätte „Let it be", die gewünschte Schallplatte, besorgt, war er darüber sehr erfreut. Er zeigte dies hörbar mit einem amerikanischen „Wow", dem unmittelbar ein „Great" folgte. Weitere Wünsche hatte er nicht, so sehr ich ihn auch drängte.

„Mein Vater bereitet das Treffen mit meinem Onkel vor. Komm zu uns nach Pristina! Es geht alles in Ordnung", versicherte er mir abschließend.

Ich vereinbarte, mich nach meiner Ankunft in Jugoslawien wieder telefonisch zu melden, wenn ich weiß, wann und wie ich nach Pristina kommen würde.

Noch am selben Abend rief mich mein Freund Franci an. Er wollte mir vor meiner Abreise noch einige gute Ratschläge mit auf den Weg geben. Anschaulich und eindringlich klärte er mich über die Zustände in diesem Land auf, vor allem, was den Kosovo betraf, und über Spielregeln, die ich auf alle Fälle einzuhalten hätte.

Zunächst einmal haben die Leute dort viel mehr Zeit als wir. Darauf sollte ich mich unbedingt einstellen, um nicht einem Nervenzusammenbruch zu erliegen. Franci neigt zu Übertreibungen, so schätze ich seine Ratschläge ein. Weiterhin sollte ich mich auf eine mir völlig fremde Mentalität gefasst machen. Die Menschen im Kosovo seien einerseits sehr gastfreundlich, andererseits aber auch sehr unberechenbar, heißblütig und manchmal sogar nicht ganz ungefährlich, erklärte mir Franci. Er riet mir, vorsichtig an die Sache heranzugehen, um nicht in ernsthafte Schwierigkeiten zu geraten. Nicht umsonst brechen in diesem Landesteil ständig Unruhen aus. Für die jugoslawische Regierung sei es eine der schwierigsten Aufgaben, den Kosovo und seine Bewohner, ein Gemisch aus Albanern und Serben, einigermaßen in Schach zu halten. Was das Geld betraf, so riet mir mein Freund, für alle Notfälle Dollars mitzunehmen. „Man kann dort alles bekommen", meinte er, „wirklich alles, was man braucht, wenn man mit fremder Währung, möglichst mit Dollars, bezahlt."

Noch immer wollte Franci es nicht wahrhaben, dass ich nun doch alleine ohne ihn in den Kosovo reisen würde. Er redete auf mich ein, wenigstens noch ein paar Wochen bis zu seinem nächsten Urlaub zu warten, damit er mich begleiten könne.

„Alexander", warnte er mich wiederholte Male, „fahr nicht alleine! Es ist für dich zu gefährlich. Du verstehst ja nicht einmal unsere Sprache!"

Ich ließ mich von meinem Vorhaben nicht mehr abbringen. Was ich beginne, ziehe ich bis zum Ende durch. Was sollte mir auch schon passieren? Jugoslawien ist ein zivilisiertes Land, in dem jährlich Tausende ihren Urlaub verbringen. Schließlich hatte ich einen Verwandten in Pristina, der mir jederzeit weiterhelfen konnte, sollte ich, warum auch immer, in eine missliche Lage geraten. Mit ihm konnte ich mich auf Englisch hervorragend verständigen.

Trotzdem legte ich den Hörer nachdenklich und mit ein klein wenig Unbehagen auf die Gabel, als ich mich von Franci verabschiedet hatte.

„Komm gesund und wohlerhalten wieder zurück!", meinte er.

Hoffnung

Freitag, der 22. Oktober 1982, sollte neben dem Tag der Heiligen Taufe, der Ersten Heiligen Kommunion, der Firmung und des Abiturs der bislang bedeutendste Tag in meinem Leben werden. Eigentlich. Aber nach dem Motto „Der Mensch denkt, und Gott lenkt" begann jener Tag bereits mit einem weniger erfreulichen Anruf vom Reisebüro. Eine Dame teilte mir mit, der von mir gebuchte Flug von Belgrad nach Pristina sei gecancelt worden. Einen Ersatzflug könne sie mir nicht vermitteln. Sie gab mir den sinnigen Rat, mich in Belgrad gleich nach der Ankunft direkt an die jugoslawische Fluggesellschaft JAT zu wenden. Dort würde man mir bestimmt weiterhelfen. Ich war von dieser Mitteilung nicht allzu sehr überrascht; denn aufgrund der Tagesnachrichten musste ich mit so etwas rechnen.

Bereits um zehn Uhr fuhr ich mit dem Taxi zum Flughafen München-Riem, um mindestens eine Stunde vor Abflug, wie es sich für einen anständigen Fluggast und einen konditionierten Pünktlichkeitsfanatiker gehört, bei der Abfertigung zu sein. Die Maschine nach Belgrad sollte um 12:10 Uhr starten. Am Check-in-Schalter der Fluggesellschaft JAT teilte mir die Dame des Bodendienstes mit, während sie mein Ticket prüfte und meinen Koffer beklebte, der Abflug verspäte sich um etwa 45 Minuten.

Ich ließ mich durch diese Nachricht in keiner Weise erschüttern, sondern nutzte die Zeit, beim gegenüberliegenden JAT-Schalter einen Flug von Belgrad nach Skopje als Ersatz für den Flug nach Pristina zu organisieren. Die Reservierung bestätigte mir der hilfsbereite Herr von JAT für die 22-Uhr-Maschine mit einem Telex.

Skopje liegt etwa 100 Kilometer südlich von Pristina. Es war zwar nicht das Ziel meiner Reise, aber immerhin der Stadt Pristina näher als Belgrad. Außerdem versicherte mir der Herr am JAT-Schalter, hierfür keinen Aufpreis zahlen zu müssen.

„Lassen Sie das Ticket am JAT-Schalter in Belgrad nach Ihrer Ankunft ändern", forderte er mich freundlich auf. „Es geht alles in Ordnung."

Als Bestätigung händigte er mir das Telex aus.

Ich ging geradewegs durch die Pass- und Gepäckkontrolle, da verkündete der Lautsprecher, kaum zu verstehen wie auf allen Flugplätzen, der Flug JU 375 von München nach Belgrad verspäte sich um weitere 30 Minuten. Also hatte ich noch genug Zeit, 1.250 Denare am Bankschalter einzutauschen und den Duty-Free Shop zu besuchen, ehe ich mich mit meiner Umhängetasche, in der vier Dosen Dallmayr-Kaffee als Geschenk für alle Eventualitäten verstaut waren, in die Wartehalle begab.

Es waren nicht viele Leute dort. Die meisten schienen Jugoslawen zu sein. Ich nahm dies aufgrund ihres Aussehens und ihrer Sprache an. Andere Reisende nutzten diesen Flug, um mit JAT über Belgrad billig nach Australien zu kommen.

Ich setzte mich neben eine etwas füllige Jugoslawin reiferen Alters. Sie war reichlich mit Schmuck behängt. Ich schätzte sie als eine erfolgreiche Geschäftsfrau ein. Die Beine hatte sie, soweit es ihre Figur zuließ, elegant übereinandergeschlagen und sie blätterte lässig in einem Magazin. Gegenüber saß ein schlanker junger Mann ganz in Rot gekleidet. Ein Sannyasin. Seine Haltung war aufrecht. Er hatte die Augen geschlossen und schien zu meditieren. Um den Hals trug er eine braune Perlenkette, an der ein kleines rundes Bild hing, das Foto seines Meisters Bhagwan.

Während ich die Mitreisenden mit meinen Blicken abtastete, durchschwirrten allerlei Gedanken der Hoffnung wie auch der

Befürchtung meinen Kopf. Bald schon sollte ich meinem Vater gegenüberstehen. Wie wird er mich aufnehmen? Wird er mich in seine Arme schließen wie den verlorenen Sohn? Werde ich meine Brüder und Schwestern sehen? Wie wird seine Familie reagieren, die drei Brüder und vier Schwestern, wenn sie von meiner Existenz erfahren? Wenn alles gut geht, bin ich schon bald nicht mehr allein. Ich werde wieder zu einer Familie gehören.

Die Dame neben mir brachte mich aus meinen Träumen wieder in die Wirklichkeit zurück, nämlich in die Wartehalle, als sie mich neugierig fragte: „Wollen Sie in Jugoslawien Urlaub machen?"

„Ich reise nur für ein paar Tage in den Kosovo", antwortete ich kurz, da ich nicht erwartete, dass sie wusste, wo Tankosić oder Uroševac liegt. Ich selbst wusste bis vor kurzem nicht einmal, dass es einen Kosovo gibt. Was Erdkunde betraf, war ich in der Schule alles andere als ein Musterschüler.

„Oh", stieß sie hervor. Ihre rauchige Stimme war mit Entsetzen und Mitleid zugleich erfüllt. „Warum fahren Sie ausgerechnet dorthin?" Ohne auf meine Antwort zu warten, fuhr sie fort: „Sind Sie zum ersten Mal in Jugoslawien? Dann gehen Sie doch an die Adria! Bleiben Sie in Zagreb oder meinetwegen in Belgrad. Aber reisen Sie doch nicht in den Kosovo!" Je mehr sie sich als Reiseberaterin ereiferte, umso deutlicher war ihr slawischer Akzent zu hören.

„Sie machen mir ja richtig Angst", entgegnete ich. „Ist es denn dort wirklich so gefährlich?" Ich dachte sofort auch an Francis Warnungen.

„Man muss die Leute im Kosovo kennen, um mit ihnen klarzukommen", erklärte sie. „Die Sitten dort sind anders als hier in Deutschland. Da müssen Sie schon aufpassen, was Sie sagen und was Sie tun. Sprechen Sie oder verstehen Sie Serbokroatisch oder gar Albanisch?"

Ich verneinte dies natürlich. Sie musste mich für verrückt halten. Erst als ich ihr erzählte, dass ich in Pristina von einem Verwandten erwartet werde, beruhigte sie sich und steckte ihre Nase wieder in das Magazin. Dass ich meinen Vater suche, wollte ich ihr nicht verraten.

Endlich wurde unser Flug aufgerufen.

Von außen sah man es der Boeing 737 nicht an, wie sehr sie in ihrem Inneren in die Jahre gekommen war. Die Sitze dieses Gammeljets waren versabbert. Die Rückenlehnen konnten beim besten Willen nicht senkrecht gestellt werden, auch wenn die sanfte Engelsstimme der Stewardess beim Start hierzu auf Deutsch und auf Jugoslawisch darum bat. Beim Start klapperten die Tischchen mit den aufheulenden Turbinen um die Wette. Von der Decke tropfte Kondenswasser. Die Sicherheitsgurte funktionierten. Sie konnten geschlossen werden.

In 8000 Meter Höhe meldete sich der Kapitän mit dem berühmten „Hier spricht der Kapitän ...", wünschte uns einen guten Flug und erklärte ohne Ironie, zu seinem Bedauern uns mitteilen zu müssen, dass wir nicht, wie eigentlich geplant, nach Belgrad, sondern nach Zagreb fliegen. Die Stewardess nannte mir auch den Grund hierfür, als sie bezaubernd lächelnd den bescheidenen Imbiss, Hartwurst mit Büchsenmischgemüse süßsauer, servierte. Wegen der Treibstoffknappheit wurden alle aus dem Ausland kommenden JAT-Flüge nach Zagreb umgeleitet. Dort war geplant, die Fluggäste zu sammeln und mit einer Maschine, die sie einen Sammelflieger nannte, nach Belgrad zu bringen. Mich beunruhigte diese Nachricht nicht sonderlich, da mein Anschlussflug nach Skopje ja erst für 22:00 Uhr festgelegt war.

Neben mir saß der rotgekleidete junge Mann, den ich schon im Warteraum beobachtet hatte und der mich an einen früheren Freund erinnerte. Auch er nahm des Käptens Nachricht gelassen hin. Er zog aus seiner Umhängetasche, die ebenfalls aus einem orangeroten Stoff gefertigt war, eine kleine Holzflöte und begann darauf eine einfache Melodie zu improvisieren. Niemand nahm daran Anstoß, obwohl man so was bei Flügen eigentlich nicht macht. Die in seiner Nähe saßen, lauschten sogar gespannt seiner Musik, soweit dies bei dem donnernden Geräusch der Flugzeugmotoren möglich war.

Mir gefiel die einfache Melodie und ich sagte es ihm, als er wieder einmal die Flöte absetzte, um den Imbiss kritisch zu beschnüffeln. Er freute sich darüber, nicht über den Imbiss, sondern über mein Lob, und wollte wissen, wohin ich fliege. So begannen wir ein Gespräch, bei dem ich erfuhr, dass er ein Sannyasin ist und als Zeichen dafür die rote Kleidung mit der Mala, dem Bild seines Meisters, trägt.

Und ebendieser Meister mit dem provozierenden Namen Bhagwan, was zum Schrecken aller frommen Christen und Moslems Gott heißt, soll ihm den Namen Vinamaro gegeben haben. Was wiederum so viel wie bitterer Wein heißt.

„Ich habe gehört, dass Bhagwan, Euer Guru und Meister, ein Lehrer des Tantra-Yoga ist. Verstehst du diese Theorie oder Philosophie?", fragte ich neugierig. Ich wollte schon lange einmal etwas über Tantra, das pikanterweise auch der Yoga der Sexualität genannt wird, aus berufenem Munde erfahren.

„Ich glaube schon", entgegnete Vinamaro kurz, anscheinend nicht bereit, mehr darüber zu verraten.

Deshalb bohrte ich in meinem Forscherdrang weiter: „Kannst du mir vielleicht etwas mehr darüber sagen? Man bringt doch Tantra immer mit Sex in Verbindung und den Ausschweifungen, die dein Meister angeblich veranlasst oder wenigstens duldet."

„Das ist das dumme Geschwätz von Leuten, die Bhagwan und seine Lehre nicht kennen und schon gar nicht verstehen ", entgegnete er unwirsch. „Darüber möchte ich kein Wort verlieren. Aber zum Tantra kann ich sagen, dass er keine spezielle sexuelle Praktik ist, als welche er hier im Westen oft missinterpretiert wird. Tantra ist, ich glaub so kann man sagen, die Lehre von der Ganzheit."

„Das klingt für mich aber ziemlich abstrakt", meinte ich dazu.

Er gab sich alle Mühe, mir diese Philosophie mit seinen Worten zu erläutern: „Die Welt ist für uns existent, weil wir sie in ihren Gegensätzen erkennen. Zum Hoch gibt es das Tief, zur Wärme gibt es die Kälte, zum Positiven das Negative, zum Nordpol den Südpol, zum Männlichen das Weibliche. Zwischen zwei Gegensätzen, verstehst du, also zwischen zwei Polen, besteht eine Kraft, die wir einmal als Magnetismus, ein andermal als Elektrizität und wieder ein andermal als Liebe erleben. Jeder Teil sehnt sich nach seiner ihn ergänzenden Hälfte. Der Nordpol sehnt sich nach dem Südpol, der Mann nach der Frau. Glück ist, wenn sich zwei gegensätzliche Pole finden und eins werden, wenn Shakti und Shiva, wie es Tantra darstellt, sich vereinigen. Wir Menschen können dieses Glück in der körperlichen Liebe, in der Vereinigung von Mann und Frau, durch die sexuelle Kraft erleben. Für wenige Augenblicke sind wir in der Lage, am Höhepunkt, bei uns besser bekannt als Orgasmus, angelangt, die Dimensionen Zeit und Raum, woran wir Zeit unseres Erdenlebens gebunden sind, zu vergessen, ja sogar zu überschreiten. Für die geistig-seelische Ebene lehrt das Tantra, dass der Mann die Frau braucht, um das Weibliche in sich selbst zu erkennen, die Frau aber den Mann, um den Mann in sich zu finden. Alles, was wir in anderen Menschen und Dingen als Ergänzung zu unserer Person suchen oder ersehnen, müssen wir letztlich in uns selbst finden und leben. Dies den Menschen bewusst zu machen, ist Sinn und Aufgabe des Tantra."

Lange Zeit war ich still. Ich dachte über das nach, was Vinamaro mir eben zu erklären versucht hatte. Ich reflektierte all das Gesagte auf meine augenblickliche Situation. Ich war auf der Suche nach meinem Vater. Suchte ich tatsächlich nach einer lebenden Person oder waren es vielmehr Aspekte, welche dem Idealbild eines Vaters zugeschrieben werden, die ich zu finden hoffte? Habe ich mich nicht schon seit frühester Kindheit nach Sicherheit, Geborgenheit, nach väterlicher Liebe, nach Führung und Erlösung gesehnt? Nach Erlösung vom „versteckt werden", nicht da sein zu dürfen. Nach der Erlösung aus der mit Angst und Traurigkeit verbundenen Internatserziehung. Nach der Erlösung von fordernden und strafenden Frauen und Priestern. Solange ich zurückdenken konnte, spielte der Vater in meiner Fantasie stets die Erlöserrolle. Initiiert wurde dieser Gedanke in mir durch meine Pflegemutter.

Meine Mama war eine einfache Frau. Sie verdiente ihr Geld als Putzfrau. Wir mussten zwar nie hungern, aber es fehlte doch immer das nötige Geld, um sich einmal irgendetwas Besonderes leisten zu können. Neun Jahre war ich bei ihr, ehe ich ins Internat gesteckt wurde. Sie war streng und erzog mich nach dem Sprichwort „Biegen oder Brechen". Dennoch liebte ich sie, als wäre sie meine eigene Mutter. Und sie liebte mich wie ihr eigenes Kind. Aus ihren Reden bekam ich schon sehr früh mit, dass es uns viel besser ginge, wenn nur mein Vater, ein vornehmer und reicher Mann, endlich auftauchen würde.

Eines Morgens erzählte sie mir: „Ich habe letzte Nacht geträumt, dass dein Vater zu uns gekommen ist. Ganz plötzlich stand er in der Tür. Er war ein großer, stattlicher Mann. Er war, sehr reich. Und stell dir vor, er hatte eine große Villa mitten in einem Park. Er hat gesagt, dass er uns schon lange gesucht hat und dass er uns für immer in sein Haus aufnehmen möchte. Da bin ich plötzlich aufgewacht."

Ich war schwer beeindruckt von diesem Traum meiner Pflegemutter. Und da sie für mich meine richtige Mutter war, war es selbstverständlich, dass mein Vater sie und mich in sein Haus aufnehmen wollte. In meiner kindlichen Fantasie sah ich statt einer Villa ein Schloss, abgesehen davon, dass ich mir unter einer Villa nichts Rechtes vorstellen konnte. Auch die Beschreibung, mein Vater sei stattlich, wusste ich nicht zu deuten. Ob ihm wohl eine ganze Stadt gehört, wie einem König? Immer wenn mich die kindliche Sehnsucht nach einem Vater befiel, stellte ich mir einen wunderschönen Königssohn vor, edel, groß und stark so wie im Märchenfilm „Schneeweißchen und Rosenrot". Ich war geradezu verliebt in den wunderschönen, verzauberten Prinzen, mehr als in Schneeweißchen und Rosenrot, als ich als kleiner Junge einmal im Kino diesen Märchenfilm sehen durfte.

Jetzt war ich altersmäßig, weiß Gott, erwachsen und suchte doch noch immer wie ein kleiner Junge den Vater, den Helfer, den Retter, den Erlöser. Ich erinnerte mich an die Worte meines Kollegen, der mir das Horoskop berechnet hatte: „Der Vater, den du suchst, ist in Wirklichkeit der himmlische Vater. Und den findest du nur in dir selbst."

Konnte es sein, dass ich diese Reise nach Jugoslawien gar nicht unternahm, um einem Menschen, einem Mann, meinem Vater, zu begegnen, sondern um ein Prinzip, eine Kraft, eine Liebe kennen zu lernen, die ich letztlich in mir selbst finden und ausleben muss?

Die Zeit verging im wahrsten Sinne des Wortes wie im Flug. Wie bereits angekündigt, landeten wir nicht in Belgrad, sondern in Zagreb. Die zarte Stimme der unsichtbaren Stewardess forderte uns auf, das Flugzeug zu verlassen und uns umgehend in den Warteraum zu begeben. Dem Personal des Flughafens sei Folge zu leisten. Wir gingen zu Fuß über die Rollbahn zum Flughafengebäude. Dort kontrollierten Zollbeamte am Eingang unsere Pässe und dirigierten uns sodann in einen nüchternen Warteraum. Es gab genug Plastikstühle für die wenigen Fluggäste, die hier auf den Anschluss nach Belgrad warteten. Dennoch hockte sich Vinamaro fast etwas provozierend auf den Boden und begann sogleich wieder seine schlichten Weisen auf der Flöte zu blasen. Wieder nahm niemand daran Anstoß. Besorgt verfolgte ich mit meinen Augen einen der bewaffneten Flughafenpolizisten, der zielstrebig auf den rotgewandeten Sannyasin zukam und sich breitbeinig vor ihm aufstellte. Wird er ihm das Musizieren untersagen? Oder ihn wegen seiner auffälligen Kleidung überprüfen? Ihn gar festnehmen? Der Soldat aber war nur gekommen, um seiner Melodie zu lauschen. Nach einer Weile verschwand er wieder hinter einer Tür, die er hörbar von außen verschloss. Nun war niemand mehr zu sehen, der uns sagen konnte, wie und wann es weitergehen würde. Es gab für uns keine Möglichkeit, den Warteraum zu verlassen. So konnte ich auch nicht die Zeit nutzen, um Geld zu wechseln, was ich gerne getan hätte, zumal mich plötzlich panikartig die fixe Idee ergriff, mit den wenigen in Deutschland eingetauschten Denaren im Ernstfall nicht sehr weit zu kommen.

Über den Eingängen zu den einzelnen Flugsteigen hingen schwarze Anzeigetafeln von der Decke, wie man sie auf allen Flughäfen der Welt vorfindet. Sie waren allerdings nicht in Betrieb.

Was haben die nur mit uns vor, überlegte ich. Auch den anderen Fluggästen schien die Lage nicht geheuer zu sein. Ich hätte besser mit der Nachmittagsmaschine der Lufthansa fliegen sollen, dachte ich, als wir nach einer Stunde noch immer dasaßen und sich keiner um uns kümmerte.

Ich wurde innerlich immer unruhiger. Vinamaro schien dies zu spüren. Jedes Mal, wenn er die Flöte für eine Weile absetzte, zwinkerte er mir mit einem Auge zu, als wollte er mich zu Geduld ermutigen.

Gegen 17:00 Uhr betraten endlich zwei Zollbeamte durch eine Seitentür den Warteraum. Hoffnungsvoll wandten sich ihnen alle Blicke zu. Sie forderten uns mit steriler Freundlichkeit auf, noch einmal die Pässe vorzuzeigen. Sie durchsuchten das Handgepäck, inspizierten aufmerksam die Pässe und ließen sich zu allem viel, viel Zeit. Meinen rot gekleideten Freund musterten sie besonders kritisch. Vinamaro nahm dies gelassen hin.

Niemand konnte uns sagen, wann und an welchem Flugsteig wir nach Belgrad weiterfliegen würden.

Durch eine automatische Schiebetür kamen wir in die große Abflughalle, die für westliche Touristen bestimmt war. Dort gab es Souvenirläden, Schalter, an denen man Autos mieten konnte, und eine Bank. An der großen Anzeigetafel mit den vielen kleinen Buchstaben- und Zahlenplättchen, die ständig ratternd sich drehten, war noch kein Flug nach Belgrad angekündigt. So nutzte ich die Zeit, um noch schnell Geld zu wechseln und mich am Schalter der Autofirma Hertz nach der Möglichkeit, in Skopje ein Auto zu mieten, zu erkundigen. Eine Reservierung wollten die beiden Herren nicht entgegennehmen. Sie empfahlen mir, in Skopje direkt im Hotel Intercontinental ein Auto zu mieten.

Es war nicht einfach, den richtigen Flugsteig direkt zu finden. Die Anzeigetafeln funktionierten nicht und Auskunft konnte auch niemand geben. Viele Fluggäste drängten sich mittlerweile durch die Halle. Überall war Hektik und Nervosität zu verspüren. Endlich nannte eine verhallte Frauenstimme über stimmenverzerrende Lautsprecher, kaum verständlich, auf Jugoslawisch und auf Englisch den Flugsteig für den Abflug nach Belgrad. Daraufhin eilten alle Reisenden wie auf ein Kommando in die angesagte Richtung. Noch einmal wurden Pässe und Handgepäck ausgiebigst kontrolliert. Es vergingen noch einige lange Minuten, bis uns endlich Busse zum Flugzeug brachten.

Um 17:40 Uhr saß ich in einer nagelneuen Boeing 737 auf dem Flug nach Belgrad. Vinamaro, mit dem ich mich gerne noch unterhalten hätte, saß einige Reihen vor mir auf der rechten Seite. Kurz vor dem Einsteigen hatte er mir noch erzählt, dass er nach Australien weiterfliegen würde. Es war Klaus, mein Saunakumpel, an den mich Vinamaro erinnerte. Eigenartig, dass mir das nicht gleich eingefallen ist!

Klaus

Klaus war ein Freund, den ich insgeheim bewunderte und verehrte. Er sah gut aus, hatte unwahrscheinliche Chancen bei den Frauen und im Gegensatz zu mir auch dementsprechend viele Erfahrungen mit ihnen. Er war 30, ich 23, als wir uns in München wieder trafen. Als erfolgversprechenden Werbefachmann hatte ihn seine Firma nach München geholt. Hier lebte er für ein halbes Jahr allein, da seine Braut Anja erst später den Arbeitsplatz wechseln konnte. Ich war stolz und glücklich, einen älteren Freund zu haben. Er war für mich bestimmt so eine Art Ersatzvater, den ich unbewusst suchte. Wir trafen uns wenigstens einmal in der Woche, gingen zum Schwimmen oder in die Sauna und zum Essen. Manchmal besuchten wir auch ein Kino oder ein Theater und diskutierten anschließend dann bis in den Morgen. Ich genoss es, wenn Klaus meine Meinung zu irgendeinem Thema, über das wir sprachen, für guthieß und wenn er für meine meist zu idealistischen Ideen, wie weltfremd sie ihm auch erscheinen mochten, Worte der Anerkennung fand. Ich fühlte mich glücklich, wenn er spontan seinen Arm um meine Schulter legte und mich dabei kurz an sich drückte, begleitet mit spaßig gemeinten Worten wie „Träumer", „Weltverbesserer" oder „Kindskopf". Er war für mich wie ein Vater oder wie ich mir in meiner Kindheit einen Vater gewünscht hätte.

Eigentlich wollte ich diesmal nach dem Kino gleich nach Hause gehen, um mich einmal wieder richtig auszuschlafen. Ich hatte in der letzten Zeit zu viele Nächte am Computer verbracht, da die Abgabetermine für die neuen Statistikprogramme drängten und der Großrechner nur nachts für ausgiebige Programmtests zur Verfügung stand. Von dem neuen Rolf Thiele Film erhoffte ich eine angenehme Entspannung mit dem anspruchsvollen Niveau früherer Thiele Filme. Aber diese Parodie auf die Märchen der Gebrüder Grimm, empfand ich als einen billigen Aufguss dessen, was der Regisseur einmal wirklich an Kunst zu bieten hatte. Selbst die Filmkritik meinte dazu: „Ein unter der Hand Thieles total missglückter Versuch aus Grimms Märchen Sex- und Horror-Rummel zu parodieren."

Auch Klaus war von dem Film enttäuscht und schwärmte auf dem Weg zu seinem Auto von den alten Filmen Thieles, das Mädchen Rosemarie und Moral 64.

„Komm doch noch mit zu mir nach Haus!", schlug Klaus spontan vor, nachdem wir schon längere Zeit vor seinem Wagen gestanden hatten. „Dann können wir uns noch bei einem Glas Wein weiter unterhalten. Mir wird es, ehrlich gesagt, zu kalt hier. Also was ist? Kommst du mit?"

Von allen Themen, die uns gemeinsam interessierten, nahm der Film die erste Stelle ein. Ich überlegte daher nicht allzu lange. Auf der Stelle vergaß ich den guten Vorsatz, einmal früher ins Bett zu gehen, und stieg in seinen roten BMW.

„Ich nehm den letzten Bus zurück", sagte ich, bevor wir starteten.

„Oder den ersten", scherzte Klaus.

Es war das erste Mal, dass ich Klaus zuhause besuchte. Seine Wohnung lag im Erdgeschoß eines Neubaus. Sie war mit modernen Möbeln aus weißem Holz und Plastik ausgestattet. An den Wänden hingen kolorierte Stiche, Städteansichten von Merian und Michael Wening. Auf dem Schreibtisch stand ein goldgerahmtes Foto von Anja, seiner Lebensgefährtin.

„Was für eine schöne Frau!", sagte ich und dachte dabei etwas wehmütig, wenn sie nach München kommt, wird Klaus für unsere Freundschaft nicht mehr viel Zeit haben. Ich mochte Klaus, empfand aber meine Beziehung zu ihm in keiner Weise etwa als homophil. So etwas gehörte für mich zu den schlimmsten Vergehen, die es auf dieser Welt gibt. Bedingt durch meine Erziehung kam so etwas, das noch dazu unter Strafe stand, für mich nicht einmal im Traum in Frage.

Klaus brachte zwei Gläser und eine angebrochene Flasche Rotwein aus der Küche.

„Setz dich doch und steh nicht rum!", forderte er mich auf.

Er zündete Kerzen an, die im Wohnzimmer verteilt auf Regalen und Tischen standen, löschte das Licht und setzte sich zu mir auf die Couch. „Du wirkst so nachdenklich. Gefällt es dir hier bei mir nicht?", wollte Klaus wissen.

„Ich finde es sehr gemütlich hier, vor allem, nachdem du die Kerzen angezündet hast", entgegnete ich recht sachlich. „Ich konnte mir gar nicht vorstellen, dass eine moderne Wohnung auch gemütlich sein kann."

Ich sagte nicht, was ich wirklich in diesem Moment empfand. Es hätte lauten müssen: Es ist schön, mit dir hier zusammen zu sein. Ich bin glücklich, dich als Freund zu haben. Deshalb bin ich nachdenklich. Du musst wissen, dass ich mir seit meiner frühesten Kindheit einen väterlichen Freund wie dich gewünscht habe.

Es gibt Gedanken, die unter Männern nie ausgesprochen werden dürfen, da Männer sonst untauglich für die kleinen und die großen Kriege würden, die sie zum Vorteil anderer auszufechten haben. Ein Mann, der für einen anderen Mann so etwas wie Liebe empfindet, ist für den Kampf nicht geeignet und somit schädlich für all jene, die mit Waffen ihre Geschäfte betreiben.

Klaus und ich unterhielten uns weiter über das unverfängliche Thema Film und kamen zu der Übereinstimmung, dass Rolf Thiele zu den bedeutendsten Regisseuren der Welt oder mindestens Deutschlands zählte, dass er der deutsche Fellini sein könnte, wenn man in unserem Land den Film ebenso fördern würde, wie es die Italiener und die Franzosen tun.

Klaus holte eine neue Flasche Wein aus der Küche und setzte sich wieder neben mich. Er legte seine linke Hand auf meine Schulter und bewegte dabei seinen Körper so weit von mir zurück, dass sein ausgestreckter linker Arm uns verband und dennoch trennte. Er überlegte einen kurzen Augenblick, hob dann entschlossen seinen Kopf, blickte mir fest in die Augen und fragte: „Sag mal, Alex, warum hast du eigentlich keine Freundin? Du bist doch ein ganz fescher junger Mann. Eigentlich müsstest du doch..." Er registrierte wohl, wie sehr er mich mit seiner Frage in Verlegenheit brachte.

„Ich hatte schon ein paar Freundinnen, die letzte während meiner Militärzeit. Emmi hieß sie. Sie war Bedienung in einem Café in Dinkelsbühl. Ich mochte sie sehr. Sie hatte so etwas Mütterliches an sich. Aber nach meiner Wehrdienstzeit haben wir uns aus den Augen verloren."

Ich erzählte nicht, dass Emmi mich geliebt hatte und mich eigentlich heiraten wollte, dass es mit dem Sex nicht so ganz toll geklappt hatte, weil wir beide noch recht unerfahren und verklemmt waren, dass meine Tante Maja einen von Emmis Briefen gelesen hatte und mir daraufhin eine fürchterliche Szene machte, weil ich mich ihrer Meinung nach nicht standesgemäß mit einer Bedienung eingelassen hatte. In Wirklichkeit war es ihre Eifersucht auf jede Frau, die in meine Nähe kam.

„Ich glaube, ich habe einfach kein Glück bei den Frauen", sagte ich. Klaus zog meinen Kopf für einen kurzen Augenblick gewollt unsanft an seine Schulter, so dass unsere Wangen sich wie zufällig flüchtig berührten, und streichelte mein Haar, als wollte er sagen: Mach dir mal keine allzu großen Sorgen deshalb. Es wird schon noch klappen.

Dann schaute er plötzlich auf seine Armbanduhr und meinte: „Dein letzter Bus ist wohl schon weg. Am besten, du bleibst hier über Nacht. Musst halt doch den ersten Bus nehmen. Du kannst bei mir im Bett schlafen, wenn es dir nichts ausmacht, neben einem Mann zu liegen. Platz ist genug für uns beide. Anja hält es ja auch mit mir aus."

Ich war seit meiner Kindheit gewohnt, alleine in einem Bett zu schlafen, aber für eine Nacht sollte mir dies kein Problem sein. Dies war die sachliche Feststellung, die mir meine Erziehung zu machen erlaubte. Das Gefühl des Glücks, welches in mir aufzukommen drohte, weil ich zum ersten Mal im Leben neben einem Freund schlafen durfte und weil dies für mich das lang ersehnte Gefühl der Geborgenheit in Aussicht stellte, ließ meine Erziehung und die geltende Gesellschaftsordnung, der ich mich fügte, erst gar nicht frei werden.

Klaus hatte sogar ein eigenes Bad. Ich selbst wohnte zur Untermiete bei einem älteren Ehepaar am Pündterplatz. Das Bad durfte ich nur zum Waschen mit kaltem Wasser benutzen und keinesfalls zum Duschen oder gar Baden. Deshalb traf ich mich mit Klaus auch einmal die Woche zum Schwimmen oder Saunen. Meistens am Mittwoch. Am Wochenende fuhr ich nach Hause, nach Landshut. Da konnte ich mich dann duschen und baden.

Als ich endlich frisch geduscht neben Klaus im Bett lag und die Augen schloss, hatte ich das Gefühl, ich läge auf einer sich immer schneller drehenden Scheibe. Mit Sicherheit hatte ich zu viel vom Rotwein getrunken. Ich dachte an das Teufelsrad auf dem Oktoberfest. Es war schön für mich, jetzt nicht alleine zu sein. Ich hörte den ruhigen, gleichmäßigen Atem meines Freundes. Wie oft hatte ich mir als Kind gewünscht, so neben meinem Vater zu liegen, seine Nähe und seinen Schutz zu spüren.

Lange Zeit sprach keiner von uns ein Wort. Und doch fühlte ich in dieser Stille eine unbeschreibliche Spannung, die zwischen uns beiden lag. Ich fand es geradezu erlösend, als Klaus sachte meine Hand berührte. Der Wein hatte die beengenden Grenzen üblicher Moralvorstellungen bereits gelockert. Trotzdem blieb ich ruhig liegen, ohne mich zu bewegen. Mein Herz begann heftig zu pochen. Ich zog meine Hand nicht entrüstet zurück, was mir meine Erziehung in diesem Augenblick eigentlich gebieten wollte, sondern duldete die zarte Berührung. Klaus begann sacht meinen Arm zu streicheln. Auch das ließ ich geschehen, obwohl in meinem Inneren ein Kampf zwischen meinem Verstand und meinen Gefühlen tobte. Ich lag wie erstarrt neben ihm und wagte mich nicht zu bewegen. Durfte ich mir eingestehen, dass es nicht unangenehm war, von meinem Freund, einem Mann, Zärtlichkeiten entgegenzunehmen?

Langsam richtete Klaus seinen Oberkörper auf, um sich mir zuzuwenden. Seine Finger ertasteten vorsichtig meinem Körper. Noch nie zuvor hatte mich ein Mensch so zärtlich berührt. Er konnte an meiner Reaktion erkennen, wie sehr ich dies genoss. Ich hielt die Augen geschlossen, als er sich über mich beugte, um mir sachte die Stirn zu küssen und dann mit einem flüchtigen Kuss den Mund zu berühren. Ich gab jeden inneren Widerstand auf und ließ mich dahingleiten auf den Wogen eines Wohlgefühls, das seine Zärtlichkeiten hervorriefen. Klaus hielt einen Moment inne und fragte: „Magst du das? Hast du das gern?"

Er wartete meine Antwort erst gar nicht ab, sondern fuhr fort, meinen Körper zu küssen. Er ließ dabei keinen Zentimeter aus. Es war wundervoll, so geliebt zu werden. Nie zuvor in meinem Leben hatte irgendjemand, auch keine Frau, meinem Körper so viel Aufmerksamkeit und Zärtlichkeit geschenkt. Zum ersten Mal in meinem Leben hatte ich das einzigartige Gefühl, jemandem etwas zu bedeuten, als Mann und Mensch voll und ganz akzeptiert zu werden.

Es war dies die erste und einzige Nacht mit Klaus und überhaupt mit einem Mann. Ich ließ es sein, ihm am nächsten Morgen zu gestehen, wie sehr ich seine Nähe genossen hatte. Ich verabschiedete mich von ihm ohne Frühstück mit einem schlichten Danke. Es war dies ein Abschied für immer.

Zwischenlandung

Wir landeten kurz vor halb Sieben in Belgrad. Ein langer Tunnel führte vom Flugzeug zu einer Rolltreppe, an deren unterem Ende eine nicht zu übersehende Dame in einer dunkelblauen Uniform eine gebieterische Haltung einnahm. Ihre Aufgabe, die sie sichtlich sehr ernst nahm, bestand darin, den ankommenden Fluggästen den Weg in die richtige Richtung zu weisen.

„Fluggäste aus Zagreb, bitte nach links", kommandierte sie. Weiterreisenden nach Australien wies sie den Weg nach rechts. Da ich aus Zagreb kam, ging ich ihrer Aufforderung gehorchend nach links, nicht ahnend, in welche Schwierigkeiten ich dadurch kommen würde. Ich gelangte direkt in die Gepäckausgabe. Es beunruhigte mich zunächst nicht, dass noch kein Gepäckstück auf dem Rollband zu sehen war. Die Gepäckhalle war nach kapitalistischem Vorbild ausgestattet, konnte aber gewisse sozialistische Mängel nicht verbergen. So fehlte bei jeder Plastiksitzgruppe jeder dritte Stuhl. Ähnlich verhielt es sich mit den plexiglasbehaubten Telefonzellen. Hier war nur jede zweite tatsächlich mit einem Telefonapparat ausgestattet.

Es dauerte noch ziemlich lange, bis das Fließband endlich grummelnd in Schwung kam und die ersten Koffer daher schaukelten. Wie üblich drängelten sich die Leute um das Förderband, um rasch nach dem ersehnten Gepäckstück zu grabschen.

Ich blieb gelassen etwas abseits stehen und beobachtete das hektische Treiben. Ich hätte bei diesem Gedränge meinen Koffer ohnehin nicht erspähen können. Ziemlich rasch löste sich die Menschentraube auf. Die Anzahl der über das Band schwankenden Taschen und Koffer verringerte sich zusehends. Meinen blauen Koffer aber erblickte ich noch immer nicht.

Nicht länger mehr hielt ich durch, die angemessene Lässigkeit zu demonstrieren, wie es sich für einen flugerfahrenen Reisenden gehört. Nervös lief ich von Laufband zu Laufband hoffend, meinen Koffer zu erspähen. Der aber war nirgends zu sehen. Gebannt beobachtete ich weiterhin das mit schwarzen Gummilappen verdeckte Loch an der Wand, das noch immer in Abständen vereinzelt Gepäckstücke auf das Band spie. Aber auch der letzte Koffer, der herauspurzelte, war nicht meiner. Da ergriff mich leichte Panik. Ich eilte zu der Glastür zurück, durch die uns die resolute Dame vorher hierhergeschickt hatte. Die Türe ließ sich jedoch nicht öffnen. Auch war die Dame nicht mehr zu sehen. Ihren Platz hatte jetzt ein schon etwas älterer Herr in Uniform eingenommen, dem ich durch wildes Gestikulieren zu verstehen geben wollte, er möge mir die Glastür öffnen. Als er mich endlich zu sich vorließ, sagte ich ihm auf

Deutsch und auf Englisch, dass ich meinen Koffer nicht erhalten habe. Er verstand mich nicht. Ich sah schon voraus, diese Nacht in Belgrad verbringen zu müssen. Zum Glück hatte ich für diesen Fall genug Geld bei mir. Natürlich auch Dollars, wie mir mein Freund Franci geraten hatte.

Ich eilte wieder zurück in die Gepäckhalle und traf dort auf ein jugoslawisches Ehepaar, das ebenfalls seine Koffer vermisste. Wir hatten noch eine Gemeinsamkeit, sie kamen wie ich aus München und sprachen Deutsch. Sie gingen nun mit mir zu dem Beamten an der Rolltreppe und machten ihm auf jugoslawisch unser Problem verständlich. Und schon konnte der Verbleib unserer Koffer geklärt werden. Die Dame hätte nicht nur die nach Australien Reisenden, sondern alle aus dem Ausland Anreisenden den rechten Weg, nämlich den Weg nach rechts statt nach links, weisen sollen. In der Gepäckhalle, in der wir auf unsere Koffer gewartet hatten, wurden nur Inlandsflüge bedient.

Die für uns passende Gepäckausgabe befände sich ein Stockwerk tiefer, erklärte der Beamte dem Ehepaar. Er schickte uns zum Ausgang der Inlandsgepäckausgabe. Und das war wieder die falsche Richtung; denn als wir die Halle verlassen hatten, befanden wir uns außerhalb des Ankunftsbereichs.

Es gab keine andere Möglichkeit, ein Stockwerk tiefer zu kommen, als die Rolltreppe, die sich aufwärts bewegte, abwärts zu laufen. Um hierbei zum Erfolg zu gelangen, mussten wir mindestens immer zwei Stufen auf einmal nehmen. Ich kam mir vor wie in einem Dick und Doof Film. Die uns entgegenkommenden Reisenden waren darüber sehr verwundert und missbilligten unser Handeln mit einem mitleidigen Lächeln oder einem verächtlichen Kopfschütteln.

Als wir endlich unten angekommen waren, hatten wir das nächste Hindernis zu bewältigen. Eine breite Panzerglaswand versperrte uns den Zutritt zu der Gepäckhalle, in der wir unsere Koffer vorzufinden erhofften. Drinnen drängten sich Hunderte von Reisenden, die sich alle, nachdem sie ihr Reisegepäck erheischt hatten, in endlos langen Reihen zur Pass- und Zollkontrolle anstellten. Vor den Ausgängen standen bewaffnete Soldaten. Sie drehten uns den Rücken zu und beobachteten die geduldig wartenden Passagiere.

Ich traute meinen Augen kaum. Auf dem langen Fließband ganz rechts schaukelte mein blauer Koffer daher. Aber was sollte ich nur machen, um an ihn heranzukommen?

Das jugoslawische Ehepaar hatte bereits aufgegeben und war mit der Rolltreppe wieder nach oben gefahren. Ich habe die beiden danach nicht wiedergesehen.

Ich muss unbedingt da reinkommen, dachte ich mir und klopfte gegen die Glasscheibe, hinter der ein Soldat stand. Trotz des hohen Geräuschpegels bemerkte er mich. Er wehrte aber entschieden ab, mich hineinzulassen. Ich zeigte ihm mit Armen und Händen, dass ich zu meinem Koffer wollte, was er zunächst logischerweise auch gar nicht verstehen konnte. Wie sollte auch einer, der da draußen steht, drinnen einen Koffer haben? Ich hörte nicht auf, ihm meinen Wunsch durch Zeichen so lange verständlich zu machen, bis er sich schließlich doch erweichen ließ. Er stampfte mit einem bestiefelten Bein einmal, etwas kräftiger als eigentlich von Nöten, auf den Boden und brachte dadurch die gläserne Schiebetür dazu, sich zischend zu öffnen. Dass ich geradewegs auf mein ersehntes Gepäckstück stürzte, verhinderte er, indem er sich breitbeinig vor den Eingang postierte.

„Do you speak English", setzte ich an. Mein Koffer drehte gerade die dritte Ehrenrunde auf dem Kofferkarussell.

Natürlich verstand er mich nicht. Auch die Frage, ob er Deutsch verstünde, war völlig überflüssig. Also verwendete ich eine in dieser Notsituation erfundene Zeichensprache. Mit Armen und Händen zeichnete ich die Umrisse meines Koffers in die Luft und verfolgte diesen selbst mit meinem Zeigefinger auf seiner vierten Fließbandrunde.

Der Soldat schien mich nun tatsächlich zu verstehen. Er nickte verständnisvoll, lächelte ein wenig, wahrscheinlich über meine eigenartige Zeichensprache, und gab mir schließlich auf Jugoslawisch zu verstehen, dass ich meinen Koffer holen dürfe, mich aber unversehens mit diesem in die Reihe der vor der Zollkontrolle Wartenden einzugliedern habe. Leider konnte ich mit Worten gar nicht zum Ausdruck bringen, wie dankbar ich ihm für seine Hilfe war.

Mein blauer Koffer brauchte nur mehr eine halbe Runde zu drehen, dann endlich konnte ich ihn an mich reißen. Diesmal wartete ich erst gar nicht, bis die um das Laufband drängelnde Masse sich lichtete.

Ich stellte mich sogleich an das Ende einer langen Menschenschlange und beobachtete argwöhnisch und mit einem gewissen Unbehagen, wie genau es die diensteifrigen Zöllner an diesem Abend mit den Kontrollen nahmen. So mancher Reisende musste den gesamten Inhalt seines Gepäcks vor aller Augen aus- und wieder einräumen.

Du lieber Himmel, dachte ich mir, hoffentlich bekomme ich hier keine Schwierigkeiten! Immerhin hatte ich in meinem Koffer einige Pfunddosen Dallmayr-Kaffee verstaut, die ich als Geschenke mitbringen wollte. Zwei Dosen hatte mir Sabine, meine allerliebste Freundin und heutige Ehefrau versandfertig verpackt. Sie waren für Antely Stojan bestimmt als kleines Dankeschön dafür, dass er mir die Anschrift meines Vaters verraten hatte.

Es war ziemlich beunruhigend zu sehen, was die dienstbeflissenen Zöllner so alles aus Wäschestücken hervorzuzaubern imstande waren. Da kamen Zigarettenstangen, Cognacflaschen, Kaffeedosen und viel anderes mehr zutage. Oh je, dachte ich mir, wenn die erst meinen Koffer durchsuchen! Mir wurde übel bei diesem Gedanken.

Endlich war ich an der Reihe. Und es geschah ein Wunder! Der große, stattliche Zollbeamte, der aussah wie ein Nachfahre Goliaths, Modell Bud Spencer, warf einen Blick in meinen Pass und entließ mich mit einer freundlichen Geste, ohne meinen Koffer und meine Umhängetasche auch nur eines Blickes zu würdigen. Er wünschte mir sogar einen schönen Aufenthalt in Jugoslawien.

Kein Anschluss

Als sich die automatische Schiebetür zischend hinter mir schloss und ich mich mit dem Koffer endlich außerhalb des Zollbezirks befand, hatte ich das Bedürfnis, mich wenigstens für einen kurzen Augenblick auf eine der Sitzbänke niederzulassen, um etwas zu verschnaufen und mich zu beruhigen.

Schilder zeigten den Weg von der Halle für Auslandsflüge, in der ich mich befand, durch einen Verbindungsgang hin zur Halle für Inlandsflüge. Es war ein schönes Stück Weges dorthin, der mir schier endlos lange vorkam, zumal ich den großen Koffer und die Umhängetasche mitzuschleppen hatte. In der Halle für Inlandflüge ging es zu, als wollten alle Menschen auf einmal Belgrad verlassen. Vor den Check-in-Schaltern standen die Leute dicht gedrängt in langen Schlangen. Mindestens vier Schalter waren alleine für die Gepäckaufnahme und die Abfertigung von Passagieren nach Skopje in Betrieb. Auf der großen schwarzen automatischen Anzeigetafel ratterten unaufhörlich die Buchstaben- und Zahlenplättchen, die es kaum noch schafften, die sich laufend ändernden Flugziele und Abflugzeiten anzukündigen.

Der nächste Flug nach Skopje war von den emsigen kleinen Ratterplättchen gerade auf 19:00 Uhr festgelegt worden. Meine Armbanduhr zeigte 18:50 Uhr. Vor dem Abfertigungsschalter standen aber noch so viele Passagiere, die alle mit der 19-Uhr-Maschine mitfliegen wollten, dass ich mir gute Chancen ausrechnete, vielleicht doch noch mitzukommen.

Entschlossen, mein Glück zu versuchen, steuerte ich den nächsten JAT-Flugkartenschalter an, mit der Absicht, meinen Flug von 22:00 Uhr auf die 19-Uhr-Maschine umzubuchen. Außerdem musste ich, wie mir am JAT-Schalter in München mitgeteilt worden war, meine Flugänderung von Pristina nach Skopje anhand des Telexes hier in Belgrad noch bestätigen lassen.

Niemand stand vor dem Schalter an. Welch ein Glück! Die korpulente Dame hinter dem Panzerglas schien mich gar nicht wahrnehmen zu wollen. Sie telefonierte gerade, wobei sie bequem in ihrem Stuhl lag. Ihren Gesten war zu entnehmen, dass es sich hierbei nicht um ein Dienstgespräch handelte. Für sie war ich Luft. Erst als ich zum wiederholten Male zu einem „Entschuldigen Sie, Madam" ansetzte, war sie gewillt, mir mit einem Kopfnicken, welches ihr Doppelkinn verdreifachte, anzudeuten, dass ihr Gespräch nicht mehr allzu lange dauern würde. Aber es verstrichen noch weitere lange Minuten, bis sie endlich Zeit für mich fand. Neben mir standen mittlerweile noch einige andere Fluggäste, die ebenfalls darauf warteten, von Madam bedient zu werden.

Und tatsächlich kam der Zeitpunkt, da sie mit einem Ausdruck der Zufriedenheit schließlich doch noch den Hörer auf die Gabel legte. Aber ihre Aufmerksamkeit gehörte jetzt keineswegs uns, den wartenden Passagieren, für die jede Minute wichtig war. Sie hatte noch wichtigeres zu erledigen. Gewissenhaft und bestimmt vorschriftsmäßig begann sie Listen und Zettel zu ordnen, die ihren Schreibtisch bedeckten. Sie warf mir dabei hin und wieder einen Blick zu, der mich unmissverständlich zu Geduld mahnen sollte. Es war für sie gewiss von Vorteil, dass ich ihrer Sprache nicht mächtig war.

Endlich drehte sie die Masse ihres Körpers in meine Richtung, um mir zuzuhören.

„Kann ich noch mit der 19-Uhr-Maschine mit nach Skopje fliegen?", fragte ich sie und fiel damit gleichsam mit der Tür ins Haus.

Sie verneinte dieses mein Ansinnen ganz entschieden und deutlich. Um dies zu kapieren, waren meinerseits keinerlei Sprachkenntnisse erforderlich.

Ich schob ihr mein Telex zu und versuchte ihr auf Englisch meine Situation zu erklären: „Eigentlich habe ich einen Flug nach Pristina gebucht. Die Flüge dorthin sind jedoch, wie Sie ja sicher wissen, gestrichen worden. Das hat man mir jedenfalls in München gesagt. Deshalb wurde dort von JAT für mich ein Flug nach Skopje reserviert. Wären Sie so freundlich, mir diesen Flug zu bestätigen?" Ich schob ein „Bitte" nach.

Sie nahm mein Ticket, das ich ihr durch einen Schlitz in der Glaswand zuschieben musste, drehte und wendete es und sagte dann etwas von einem Aufpreis, den ich zu zahlen hätte. Auch das Telex, auf das ich nochmals verwies, konnte sie von ihrer Forderung nicht abbringen. Ich sah nicht ein, für ein Flugziel, das ich gar nicht erreichen wollte, mehr zu bezahlen.

„Ich möchte eigentlich nach Pristina und nicht nach Skopje", versuchte ich klarzumachen. „Ich habe den Flug nach Pristina bereits bezahlt. Dass ich nun nach Skopje fliegen muss, ist nicht meine Schuld. Ihre Gesellschaft hat den Flug nach Pristina gestrichen. Können Sie mir den Flug nicht einfach umbuchen?"

Sie dachte scharf nach. Ihr Blick zur Decke gab mir Hoffnung. Sollte ich bei ihr doch Erfolg haben?

Sie wandte ihre kleinen Kulleraugen wieder mir zu, begleitet von einem „Moment mal."

Dabei drückte sie verschiedene Tasten ihrer Gegensprechanlage, wobei sie, immer wenn sie eine Taste gedrückt hatte, einen Augenblick gespannt aufhorchte. Ihr Kopfschütteln verriet, dass sie nicht den gewünschten Erfolg hatte. Sie bewegte die Masse ihres Körpers wieder in meine Richtung und sagte: „Sie müssen sich an den diensthabenden Flughafenleiter Mr. Jelic wenden. Wenn er hier unterschreibt, brauchen Sie keinen Aufpreis zu bezahlen." Dabei deutete sie an eine Stelle meines Tickets und schob es mir mitsamt dem Telex wieder zurück.

„Und wo, bitte, kann ich Mr. Jelic finden?", fragte ich etwas beunruhigt, da ich bemerkte, dass die neben und hinter mir wartenden Passagiere ungeduldig wurden.

Wieder drückte sie die Knöpfe ihrer Wechselsprechanlage, und dies wiederum ohne Erfolg. Sie sprang sogar von ihrem Stuhl auf, stellte sich auf ihre armen kleinen Zehenspitzen, um diese für einen kurzen Moment durch die Last ihrer Körperfülle für mich zu knechten, und reckte ihren Hals über die Glasscheibe hinaus, wobei sie in Richtung der Abfertigungsschalter für Skopje spähte. Sie gab sich jetzt echt Mühe. Und es tat mir schon fast leid, sie anfangs im Geiste zum Kuckuck gewünscht zu haben.

Sie schüttelte ihr Haupt und sagte: „Ich kann Mr. Jelic nicht sehen. Es tut mir leid. Aber sie werden ihn in der Halle für Auslandsflüge finden."

Dass es ihr leidtat, ging mir fast zu Herzen. Ich bedankte mich für ihre Hilfe und pirschte mit meinem Gepäck in die empfohlene Richtung. Der Weg zurück, woher ich gekommen war, kam mir diesmal wesentlich länger vor.

Mr. Jelic und zurück

Schon von weitem sah ich den vielversprechenden Willkommen-Schalter der Fluggesellschaft JAT. Klingt gut, dachte ich mir, und ging direkt zum JAT-Welcome-Desk, wo ich mich entsprechend der Aufschrift willkommen hoffte. Doch weit gefehlt! Ich hatte eher das Gefühl, die kichernden Damen bei ihrer angeregten Unterhaltung nur zu stören. Als sich endlich eine von ihnen mir zuwandte, konnte sie mir auch nicht sagen, wo der von mir gesuchte allmächtige Mr. Jelic sein könnte.

Sie gab mir mit einem freundlichen Lächeln den Rat: „Gehen Sie doch zum Abfertigungsschalter für Auslandsflüge gleich dort drüben und fragen Sie dort einmal nach Mr. Jelic. Vielleicht wissen die, wo Mr. Jelic sich augenblicklich befindet. Bei uns geht nämlich heute alles drunter und drüber, weil einige Flüge ausfallen."

Der empfohlene Schalter lag genau schräg gegenüber beim Eingang, von wo ich eben gekommen war.

Ich bedankte mich, entschuldigte mich für die Störung und schleppte mein Gepäck und mich, nunmehr schon nicht mehr ganz so taufrisch, zu ebendiesem Schalter. Meine Gepäckstücke wurden immer schwerer und meine Arme immer länger. Ich hatte Hunger und vor allem Durst, ein Gefühl, welches bei mir nicht den Verstand klärt, sondern was mich nervös und muffig macht. Außerdem fühlte ich mich unbehaglich, weil ich verschwitzt war und mich selbst nicht mehr riechen konnte.

Reiß dich zusammen, ermutigte ich mich. Ich versuchte ein freundliches Gesicht zu machen, soweit ich dazu noch imstande war.

„Ihre Flugkarte bitte", sagte der Mann am Schalter, als ich endlich an der Reihe war.

„Ich möchte gar nicht fliegen, also jedenfalls nicht ins Ausland", stotterte ich überrascht von dieser Aufforderung. „Ich suche Mr. Jelic. Können sie mir bitte sagen, wo ich ihn finden kann?"

Er schien über diese Frage sehr verwundert zu sein, als hätte ich nach der Dauer des dreißigjährigen Kriegs gefragt. Nachdenklich schaute er seine hübsche, immer freundlich lächelnde Kollegin an. Dann sagten beide fast gleichzeitig, was ich in diesem Moment beinahe schon befürchtete: „Mr. Jelic ist jetzt nicht hier."

Als ich ihnen erklärte, warum ich unbedingt Herrn Jelic brauchte, fragte mich der junge Mann: „Wann fliegen Sie ab?"

„Mein Flug soll um 22:00 Uhr gehen", entgegnete ich.

Er versuchte mich zu beruhigen: „Wenn Sie eine halbe Stunde vor Abflug in der Abfertigungshalle für Inlandsflüge sind, werden Sie bestimmt Mr. Jelic antreffen."

Das konnte ich nicht glauben; denn warum sollte Herr Jelic gerade dann am Abfertigungsschalter stehen, wenn ich abfliege, wo er doch jetzt vor dem Abflug der 19:00-Uhr Maschine dort auch nicht zu sehen ist.

Die junge Dame bekräftigte nochmals: „Sie werden bestimmt Mr. Jelic vor dem Abflug nach Skopje in der Inlandsflughalle finden." Dabei kicherte sie, als würde sie jemand mit einem Federkiel an den Fußsohlen kitzeln.

Ich sah ein, dass es keinen Sinn machte, weiter zu fragen. Erschöpft, lustlos, verschwitzt, hungrig, durstig und mit einer Wut im Bauch, schleppte ich mich mit meinem Gepäck wieder zurück ans andere Ende des Flughafengebäudes. Von weitem schon sah ich die Dicke, die mich auf diese unsinnige Reise geschickt hatte, hinter ihrem Schalter thronen. Sie bearbeitete gerade mit einer Feile ihre Fingernägel.

Wenn ich Hunger habe, werde ich im Geiste nicht klar und rein, wie es von Asketen und Jogis als besonderer Fastenerfolg immer wieder beschrieben wird, sondern eher gereizt bis wütend. Am liebsten hätte ich die dicke Flunder in der Luft zerrissen. Ich ging geradewegs auf sie zu.

Laut und deutlich für alle Umstehenden vernehmbar, ohne auf ihre Schönheitsreparaturen Rücksicht zu nehmen und ohne auf ein Zeichen ihrer Sprechbereitschaft zu warten, sagte ich: „Ich habe jetzt überall versucht, Mr. Jelic zu finden. Ich bin von einem Ende der Flughalle zum anderen gelaufen, und das mit Gepäck. Ich bitte Sie jetzt nochmals, mir den Flug nach Skopje umzubuchen, und zwar ohne Aufpreis. Ansonsten verlange ich mein Geld zurück und nehme ein Mietauto."

Wenn ich glaubte, mit meiner Drohung etwas bewirken zu können, so befand ich mich wirklich auf dem hölzernsten aller Holzwege.

Sie sagte ziemlich gelassen nur: „Moment!"

Dabei tauschte sie die Nagelfeile gegen einen Kugelschreiber aus, mit dem sie nun wieder einmal die Tasten ihrer Gegensprechanlage drückte, wahrscheinlich um die fein zurechtgemachten Fingernägel zu schonen.

Blöde Kuh, dachte ich grimmig und verließ den Schalter, ohne auf weitere Empfehlungen zu warten.

Ich überlegte, Mr. Jelic ist Flughafenleiter, also ein Manager. Und wie sieht ein Manager aus? Er muss korrekt gekleidet sein oder eine Uniform mit mehr Abzeichen tragen als andere Bedienstete. Außerdem tut ein Manager nichts. Er managt. Das heißt, er gibt Anweisungen und beobachtet, ob diese auch richtig ausgeführt werden. Genau nach so einem Mann hielt ich jetzt gezielt Ausschau. Ich ließ meinen Blick über die Abfertigungsschalter schweifen und sah tatsächlich einen Mann, der meinen Vorstellungen von einem Flughafenleiter ziemlich entsprach, hinter einem der Schalter stehen. Er trug eine schwarze Hose und ein weißes Hemd mit Krawatte. Er stand da, mit in den Hüften abgestützten Armen, wie ein richtiger Manager, und beobachtete, was seine lieben Mitarbeiter. die an jenem Abend alle Hände voll zu tun hatten, um dem Ansturm der Passagiere Herr zu werden, so alles trieben.

Das ist er, schoss es mir durch den Kopf. Ich ging direkt auf ihn zu. „Entschuldigen Sie bitte meine Frage. Sind Sie Mr. Jelic?"

„Ja, das bin ich", entgegnete er. „Kann ich Ihnen irgendwie behilflich sein?"

Und ob er das konnte! Ich schilderte ihm meine Situation. Er hörte mir geduldig zu. Er verkörperte geradezu Hilfsbereitschaft und Höflichkeit.

„Wollen Sie noch mit der 19:00-Uhr-Maschine mitfliegen? Der Abflug ist auf 19:30 Uhr verschoben worden."

„Haben Sie denn noch einen Platz frei?" Ich konnte es gar nicht glauben, da doch die Dicke gesagt hatte, der Flug sei restlos ausgebucht.

„Gewiss!", entgegnete er. „Geben Sie mir bitte Ihr Ticket."

Er schrieb etwas auf den Flugschein und bat mich dann, ihm meinen Koffer zu reichen, wobei er mich zu einem der unbesetzten Schalter dirigierte. Mir war das schon fast peinlich; denn ich wollte mich nicht vor all die anderen wartenden Passagiere drängen, die diesen Vorgang natürlich mitbekamen.

Herr Jelic gab mir die Tickets zurück, drückte mir die Hand, wünschte mir eine gute Reise und zeigte mir auch noch den Weg, den ich nun weiterzugehen hatte. Ich hätte ihm aus Dankbarkeit und Freude um den Hals fallen können.

Nun ging es mir gleich viel besser. Froh gelaunt, ja beschwingt, schwebte ich hin zu der Treppe, die zum Flugsteig nach Skopje hinaufführte. Die Zahlen- und Buchstabenblättchen der großen, schwarzen elektronischen Anzeigetafel ratterten, um den Abflug nach Skopje um weitere 20 Minuten zu verschieben. Die grünen Lichter, welche das Boarding ankündigten, blinkten bereits so heftig, dass ich flugs die Stufen hinaufstürmte und dabei sogar eine Imbissstube, wenn auch schweren Herzens und mit deutlich hörbar knurrendem Magen, links liegen ließ.

Ich dachte schon, ich würde der letzte Fluggast sein, der durch die Sicherheitskontrolle ging. Als ich den Wartesaal oben betrat, musste ich feststellen, dass noch alle Passagiere der 19-Uhr-Maschine nach Skopje geduldig auf den Aufruf ihres Fluges warteten.

Festnahme

Ich ließ mich auf einen letzten freien Stuhl nieder, streckte meine Beine aus und genoss meinen kleinen Erfolg und die Gelegenheit, mich ein wenig zu entspannen. Immer wieder war das Rattern der Anzeigetafel zu hören, was jedes Mal eine weitere Verschiebung des Abfluges um mindestens fünf bis zehn Minuten bedeutete.

Nun hatte ich Zeit. Mein Flug nach Skopje war gesichert. Und die Nacht würde ich ohnehin in Skopje verbringen müssen. Dort ein Hotel zu finden, schien mir kein allzu großes Problem zu sein. Man hatte mir in Zagreb wegen der Möglichkeit, ein Auto zu mieten, das Intercontinental empfohlen.

Ich saß lässig auf dem Plastikstuhl in der Wartehalle. Draußen war es schon dunkel. Ich träumte vor mich hin. Es kamen mir dabei Erlebnisse aus meiner Kindheit in Erinnerung.

Ich nahm auch wieder die Begegnung mit meinem Vater in den schönsten Farben vorweg. Dabei tauchte in mir das Bild aus meinem Kinderkatechismus auf, wo der gütige Vater seinem verlorenen Sohn entgegeneilt, um ihn in seine Arme zu schließen. Ja, so etwa stellte ich mir auch das Zusammentreffen mit meinem Vater vor! Eine Woge des Glücks durchströmte mich bei diesem Gedanken.

Eigentlich könnte ich all das, was ich bisher auf dieser Reise erlebt habe, auf mein Taschendiktiergerät sprechen. Ich holte den handlichen Recorder, den ich auf Reisen stets bei mir hatte, aus meiner Umhängetasche. Dabei ahnte ich nicht im Geringsten, in welch missliche Situation mich diese Idee bringen sollte.

Ich bemerkte zunächst gar nicht, dass zwei junge, bewaffnete Soldaten mein Tun argwöhnisch beobachteten. Sie rätselten, welches, die Sicherheit gefährdende Instrument es wohl sein mochte, das ich so dicht vor meinen Mund hielt. Etwa ein Sender, mit dem ich die geheimsten Geheimnisse einem geheimen Geheimdienst übermittelte? Oder gar die Fernsteuerung für eine Bombe? Sie mussten der Sache auf den Grund gehen!

Ich hatte noch keine drei Sätze auf das Band gesprochen, da fühlte ich zwei kräftige Hände auf meinen Schultern. Eine links und eine rechts. Erschreckt drehte ich mich um. Die beiden Soldaten standen hinter mir, in strammer Haltung Respekt gebietend, und forderten mich höflich, aber bestimmt auf, ihnen unverzüglich und ohne Widerstand zu folgen. Ich tat dies denn auch, obwohl ich mir nicht erklären konnte, was sie von mir wollten. Ich konnte nur ahnen, was sie sagten, da ich ihre Sprache nicht verstand. Hätte ich doch nur auf meinen Freund Franci gehört!

Die Blicke aller wartenden Passagiere waren mit einem Mal auf mich gerichtet. Gewiss hielten sie mich für einen lange gesuchten Terroristen, einen gefährlichen Verbrecher oder gar einen Spion, der eben entlarvt worden war. Ich verspürte ein sehr unangenehmes Gefühl in meiner Magengrube.

Die Soldaten führten mich in die Wachstube, die unmittelbar neben der Sicherheitskontrolleinrichtung zum Durchleuchten des Handgepäcks lag, und schlossen hinter sich die Tür. Da stand ich nun wie ein mit einem Kübel Wasser begossener Pudel. In diesem Augenblick fielen mir all die Schauergeschichten ein, die ich gelesen und im Kino oder im Fernsehen gesehen hatte und welche die Behandlung westlicher Agenten im östlichen Lager so dramatisch drastisch schilderten.

Ich sah mich schon auf der Streckbank liegen oder mindestens von grellen Leuchten bestrahlt, die mich dazu zwingen sollten, mich und alle meine Geheimnisse preiszugeben.

Was haben die mit mir vor? Zu dumm, dass ich mich nicht verständigen kann! Hätte ich doch nur auf meinen Freund Franci gehört! Oft genug hatte er mich davor gewarnt, ohne ihn in dieses Land zu reisen.

Einer der Soldaten deutete auf mein Diktiergerät. Seinen Gesten konnte ich entnehmen, dass diesem sein besonderes Interesse galt. Also sah ich nun meine Aufgabe darin, ihnen klarzumachen, dass es sich hier weder um ein Funkgerät, über das ich Nachrichten an verbündete Agenten senden wollte, noch um eine Fernsteuerung zur Zündung einer Bombe handelte.

Ich gab mir alle Mühe, ihnen die Funktion meines Diktiergeräts zu veranschaulichen. Ich öffnete den Kassettendeckel, nahm die kleine Bandkassette heraus, legte sie auch wieder ein und übergab einem der beiden Soldaten zuversichtlich das Gerät.

Sie prüften es auf ihre Art sehr kritisch, indem sie es drehten und wendeten, es ans Ohr hielten und dabei auch ein wenig schüttelten. Aber zufrieden schienen sie mit ihren Untersuchungen dennoch nicht zu sein. Da nahm ich das Diktiergerät wieder an mich, drückte die Aufnahmetaste und zählte laut auf Englisch ins Mikrophon von eins bis zehn. Dann spielte ich ihnen das eben Gesprochene wieder vor.

Jetzt schien es ihnen allmählich zu dämmern, worum es sich hier handelte. Sie ließen mich deshalb aber noch lange nicht frei. Einer der Soldaten nahm das Diktiergerät und probierte selbst, was ich vorher demonstriert hatte, wobei er sehr heftig mit seinem Kollegen diskutierte.

Ich befürchtete schon, dass ich an diesem Abend eher ins Gefängnis als nach Skopje kommen würde. Koffer ade, dachte ich resignierend. Da erschien plötzlich und unverhofft wie bei der klassisch griechischen Tragödie der Deus ex Machina in Gestalt des wachhabenden Offiziers.

Dieser wohlgenährte Mann in den besten Jahren mit dem treuen Blick eines Dackels sollte mein Retter sein.

Zackig machten die beiden Soldaten Meldung und berichteten, was vorgefallen war. Er hörte ihnen geduldig zu, sagte irgendetwas in einem sehr väterlichen Ton und wandte sich dann mir zu.

Er begrüßte mich sehr freundlich, indem er mir seine Hand entgegenstreckte, um mir mit einem kräftigen und schmerzvollen Händedruck einen „good evening" zu wünschen. Dann nahm er das Tonbandgerät, inspizierte es kurz, aber gründlich und gab es mir verständnisvoll lächelnd zurück.

„Entschuldigen Sie, es ist wegen der Sicherheit", sagte er und entließ mich ohne weitere Fragen und Erklärungen nach draußen in den Wartesaal, indem er mir die Tür öffnete und meine Hand nochmals so kräftig drückte, als wollte er eine Zitrone auspressen.

„Gute Reise", rief er mir noch nach. Und er meinte dies gewiss nicht ironisch.

Draußen standen die Passagiere nach Skopje bereits vor der Gepäck- und Sicherheitskontrolle. Nur wenige bemerkten meine Rückkehr in die Freiheit. Ein elegant gekleideter Herr mit Anzug und Mantel nickte mir zu und zwinkerte dabei mit den Augen, als wollte er sagen: „Da haben Sie aber Glück gehabt!"

Als wir die Sicherheitskontrolle passiert hatten, mussten wir in einem anderen Warteraum, wie schon der Name des Raumes zum Ausdruck bringt, noch einmal warten, bis wir endlich durch einen langen, spärlich beleuchteten Gang das Flugzeug betreten durften.

Ich fand gleich in der ersten Reihe einen freien Platz neben dem Herrn, der mir bei meiner Entlassung so ermutigend zugenickt hatte. Erschöpft ließ ich mich auf den Sitz fallen, gurtete mich an und schloss sogleich die Augen, um ein wenig zu schlafen. Trotz aller Müdigkeit war ich in diesem Augenblick zufrieden. Zufrieden, nicht im Gefängnis zu sitzen, und zufrieden damit, meinem Ziel einen weiteren Schritt näher zu sein.

Markt in Skopje 1982

Abgehoben

Die Stewardess reichte mir einen Plastikbecher mit Orangensaft. Ein Luftloch, welches das Flugzeug im selben Moment abrupt absacken ließ, war Ursache, dass das Getränk überschwappte und beinahe auf die Hose meines Nachbarn tropfte, hätte jener nicht geistesgegenwärtig seine langen Beine gespreizt, um das Unheil von selbigen abzuwenden. Dies war Anlass, mit ihm ein Gespräch zu beginnen. Ich erfuhr, dass er von Beruf Flugtrainer für die Piloten der JAT war. Er arbeitete in Belgrad, lebte aber in Skopje bei seinen Eltern. Dorthin flog er nun, um das Wochenende bei ihnen zu verbringen.

Auch er empfahl mir das Hotel Intercontinental und das aus zwei Gründen. Erstens könne ich dorthin mit dem Flughafenbus fahren und zweitens sei in diesem Hotel eine Autovermietung. Ich erinnerte mich, dass ich auch im Flughafen Zagreb die Auskunft erhalten hatte, im Intercontinental eine Hertz-Autovermietung vorzufinden. Ich hoffte, nach all den Problemen, mit denen ich den ganzen Tag über zu kämpfen hatte, auch ein Zimmer in dem empfohlenen Hotel zu bekommen.

Der Flughafen von Skopje war ein wenig anders als all die anderen Flughäfen auf dieser Welt, wo sich Touristen tummeln. Er ist klein und wird nur etwa eine Stunde vor Ankunft oder Abflug eines Flugzeugs geöffnet. Das Gepäck wird nicht etwa auf Fließbändern dem Passagier entgegengebracht, sondern auf Karren geworfen, von wo sich ein jeder den zu ihm passenden Koffer aussuchen kann. Kommt ein Flugzeug an, was pro Tag nicht sehr häufig geschieht, stürzen sich die Taxifahrer wie wilde Aasgeier auf die ahnungslosen Fluggäste und reißen ihnen das Gepäck geradezu aus den Händen, ehe diese sich überhaupt dazu entscheiden können, ein Taxi zu nehmen.

Ich wollte kein Taxi und musste daher dem aufdringlichen Taxifahrer meinen Koffer mit Gewalt abringen. Der Fluglehrer, der diese Szene beobachtet hatte, unterstützte mich dabei und half mir auch noch den Bus zum Hotel zu finden. Dies war nicht einfach; denn selbst er, der Landessprache mächtig, wurde vom ersten bis zum letzten Bus und schließlich wieder zurückgeschickt. Ohne ihn hätte ich nie den richtigen Bus gefunden. Er verabschiedete sich von mir und wünschte mir alles Gute und einen schönen Urlaub.

Im Bus saßen die Menschen nicht nur auf den Sitzen, sondern dichtgedrängt auch auf dem Boden. Es waren viele Soldaten unter ihnen. Einige der Mitreisenden unterhielten sich angeregt. Andere stierten stumm vor sich hin. Ich brauchte mich nicht einmal irgendwo festzuhalten, da ich so zwischen den Fahrgästen eingekeilt war, dass ich erst gar nicht umfallen konnte. Viele der Mitreisenden schienen, ihrem Gepäck nach zu urteilen, von weither zu kommen. Sicherlich wollten sie das Wochenende zu Hause bei ihren Familien oder Angehörigen hier in Skopje verbringen. Andere kamen gerade von der Arbeit. Sie benutzten den Flughafenbus, um auf schnellstem Weg in die Stadt zu kommen. Die schwermütigen Klagelieder des Sängers im Radio, der wohl schlimmstes Liebesleid erfahren haben musste, schienen die Herzen der müden Männer und Frauen hier im Bus nicht sonderlich zu berühren, entführten mich aber in eine mir bislang fremde Welt.

Neben mir saß eine vermummte Frau mit einem Baby auf dem Arm. Drei andere Frauen, ebenfalls mit viel Stoff verdeckt, saßen ziemlich weit vorne und ratschten laut miteinander. Menschen mit orientalischen Gesichtern sind immer schön, finde ich, auch wenn sie müde wirken und ärmlich gekleidet sind. Jeder der hier Anwesenden könnte mein Bruder oder meine Schwester sein, überlegte ich. Dieser Gedanke versetzte mich in eine Stimmung, in der ich jeden und jede von ihnen hätte umarmen und an mich drücken können.

Der Bus hielt direkt vor dem Intercontinental. Ich war der Einzige, der hier ausstieg. Es war stockdunkel draußen. Nur vom Eingang her fiel spärliches Licht auf den Weg, der zum Hotel führte. Beinahe wäre ich in der Dunkelheit mitsamt meinem Gepäck in einem Graben gelandet, der vor dem Hotel ausgehoben, aber nicht abgesichert war. Nur ein kräftiger Schwung nach rückwärts mit dem Koffer konnte meinen Sturz gerade noch verhindern. Das Hotel war ein schlichter Betonkasten kapitalistischen Stils. Es sollte wohl betuchten Gästen aus westlichen Ländern ebenso wie treuen Parteifunktionären einen Hauch von Luxus vermitteln.

Gewiss zählte man mich bei meiner Ankunft im Hotel nicht zu den feinen Gästen, da ich nicht mit einem Auto vorfuhr, wie es sich für einen Kapitalisten gehörte, und noch dazu meinen Koffer selbst vom Bus zum Hotel schleppte. An der Rezeption verlangte ich ein Einzelzimmer, erhielt jedoch ein Doppelzimmer, welches entgegen meiner Befürchtung tatsächlich anderntags als Einzelzimmer abgerechnet wurde.

Mein Zimmer lag im fünften Stock. Etwas zu hoch, um die Treppe mit dem Gepäck hinaufzusteigen. Lustlos und müde wartete ich mit vielen anderen auf den einzigen von dreien noch funktionierenden Aufzügen.

Der einstige Glanz, den mein Zimmer wohl einmal ausgestrahlt haben mag, war schon ziemlich verblasst. Die für sozialistische Verhältnisse einst komfortable Einrichtung zeigte deutliche Spuren mutwilliger Zerstörung. Gewisse Dinge, wie zum Beispiel Griffe von Schranktüren waren abmontiert. Sie waren wohl anderweitig gebraucht worden oder dienten jemandem als Souvenir. Im Bad fehlten die Abflussstöpsel von Waschbecken und Badewanne. Vom Waschbecken war ein Eckstück abgeschlagen. Die Badewanne hatte an einigen Stellen schon die Beschichtung verloren. In der Kloschüssel rauschte ständig das Wasser und hinterließ eine rostbraune Spur. Nur der Bettbezug aus Damast erinnerte noch an den für dieses Hotel einst geplanten vornehmen Anstrich.

Ich nahm zunächst einmal eine Dusche und fühlte mich danach wie neugeboren. Ja, ich war sogar wieder richtig gut gelaunt, trotz all der zurückliegenden Herausforderungen dieses Tages. Um die Stadt zu besichtigen, war es schon zu spät. Auch wagte ich nicht, zu vorgerückter Stunde in Pristina bei Milenko Novokmet anzurufen, um meine Ankunft anzukündigen. Ich beschloss, dies gleich am nächsten Morgen zu tun, und ging in das noble Restaurant des Hotels, da sich in der nächsten Umgebung keine Gaststätte fand, die nach 22.00 Uhr noch geöffnet war. Der große Speisesaal war voll besetzt. Die Luft war erfüllt von Essensdüften und Rauch, und vor allem von einem mächtigen Stimmengewirr. Einige der Gäste schienen hier ein Fest zu feiern, einen Geburtstag, ein Wiedersehen oder was sonst Menschen Anlass dazu geben mag, in einem Restaurant gehobener Klasse zu dinieren.

Ich saß alleine abseits an einem Tisch, welchen mir der Ober zugewiesen hatte, und beobachtete mit ein klein wenig Wehmut, wie die Menschen um mich herum sich angeregt unterhielten und sich ausgelassen zuprosteten. Nicht weit von meinem Tisch entfernt, begannen einige Gäste fröhlich klingende Lieder zu singen. Zu gerne wäre ich an ihrem Tisch gesessen, um mit ihnen als einer der ihrigen, der ich doch dank meines Vaters zu sein glaubte, zu plaudern und zu feiern und um ihre Sitten und

Gebräuche kennenzulernen. All die Menschen hier sind auch meine Landsleute, empfand ich etwas überschwänglich.

Ich hatte einen Bärenhunger. Vom Durst gar nicht zu reden! Das Schaschlik schmeckte vorzüglich. Vom Bier wurde ich so müde, dass ich mich schon bald auf mein Zimmer zurückzog und ins Bett fiel.

Beim Einschlafen malte ich mir in den schönsten Farben die Begegnung mit meinem Vater aus, dem ich schon am nächsten Tag gegenüberstehen sollte.

Meine Gedanken waren auch bei Sabine und meinem kleinen Slanger. Vielleicht sollten wir doch bald zusammenziehen und eine Familie werden. Kurz vor meiner Abreise hatte mich der Kleine gefragt: „Papi kommst du wieder?" Dabei schaute er mich so flehentlich an, dass ich am liebsten bei ihm geblieben wäre.

Ich glaube, der Kleine hat mich sehr lieb. Ob auch Sabine mich liebt? Irgendwie war ich mir bei Frauen nie so sicher. Solche Gedanken begleiteten mich, bis ich endlich mit dem Bild vom verlorenen Sohn in einen tiefen Schlaf fiel.

Unterbrochen

Schon um sieben Uhr sandte die Sonne ihre kräftigen Strahlen durch die Gardinen auf mein Bett, um mich aus meinem tiefen und erholsamen Schlaf zu kitzeln. Ausgeschlafen, froh gelaunt und zu neuen Taten bereit sprang ich aus den Federn. Ich hatte mir für diesen Tag viel vorgenommen. Es sollte der bedeutendste Tag in meinem Leben werden. Bald schon würde ich meinem Vater, meinem Traumvater, gegenüberstehen! Ein Wunsch, der mich seit meiner frühesten Kindheit verfolgte, sollte nun endlich wahr werden. Trotz all der widrigen Umstände und der Herausforderungen des Vortags fühlte ich mich in jeder Beziehung in einem solchen Hoch, dass ich die ganze Welt hätte umarmen können.

Mein Plan war, zunächst einmal in Pristina anzurufen, um, wie vereinbart, Milenko Novokmet meine Ankunft mitzuteilen. Dann wollte ich ein kleines Auto mieten und, ehe ich nach Pristina startete, ausgiebig frühstücken mit Spiegelei und Speck, um für den Höhepunkt meines Lebens in jeder Beziehung gerüstet zu sein.

Wie schön war doch die Welt! Die Sonne schien mittlerweile noch intensiver in ihrem herbstlichen Gold. Außerdem ist doch die Vorfreude die schönste aller Freuden. Ich ahnte nicht im Geringsten, als ich mit einem Lied auf den Lippen die heißen und kalten Schauer der Dusche genoss, was dieser Tag alles an Überraschungen für mich bereithalten würde.

Ich wartete lange und, weil gut gelaunt, geduldig, bis ich endlich den einzigen noch funktionierenden Aufzug erwischte. An jenem Morgen schien es wohl keiner lange im Bett auszuhalten.

Es herrschte dichtes Gedränge vor und im Lift, der natürlich in jedem Stockwerk anhielt und geräuschvoll die Türen beiseite zog, um all den anderen Frühaufstehern in aller Deutlichkeit zu demonstrieren, dass für sie kein Platz mehr war.

Auch an der Rezeption, wo ich ein Ferngespräch nach Pristina vermitteln lassen wollte, musste ich mich in Geduld üben. Das Hotelpersonal war über und über beschäftigt mit den Leuten vom Film. Peter Ustinov drehte gerade in der Gegend um Skopje einen neuen Film. Die Wünsche der Filmschaffenden schienen schier unendlich zu sein. Der eine wollte telefonieren, ein anderer das Zimmer tauschen, wieder ein anderer suchte einen Platz, um die nicht benötigten in Aluminiumkoffern verstauten Filmgeräte vor Zugriffen sicher abzustellen. Das Scriptgirl flirtete, unverkennbar dem Bett jüngst enthüpft, mit zerzaustem Haar und ungeschminkt, laut vernehmlich mit dem Kassierer, einem bildhübschen jungen Mann mit Lockenkopf und Schnauzbart, der es bei so viel Schönheit verdient hätte, in Ustinovs Film die Hauptrolle zu bekommen. In der Hotelhalle ging es zu wie auf dem Jahrmarkt oder eben wie beim Film.

Endlich war ich an der Reihe. Ich bat den Herrn an der Rezeption, der sich mir zum Sprechen ermutigend zuwandte: „Wären Sie bitte so freundlich, mich mit folgender Nummer in Pristina zu verbinden."

Ich nannte ihm die Telefonnummer von Milenko, die ich von einem Zettel ablas. Er schrieb sie wiederum auf ein kleines Blatt Papier. Ich hatte nicht das Gefühl, dass er sich für meinen Wunsch besonders interessierte; denn noch während er die Nummer notierte, die ich auf Englisch diktierte, wandte er sich bereits dem nächsten Gast zu. Und was ich fast schon befürchtete, trat ein. Er vermittelte mir kein Gespräch nach Pristina, obwohl ich meinen Wunsch danach noch einmal schüchtern wiederholte. Er bediente alle anderen Gäste, die sich vor der Rezeption drängten, vor allem aber die Leute vom Film.

Irgendetwas mache ich falsch, dachte ich mir. Es kann doch nicht an meinem Englisch liegen. Das nächste Mal, wenn er wieder in meine Richtung blickt, werde ich meine Bitte anders formulieren. Da ich bemerkt hatte, dass er sich gerne unterhielt, sagte ich diesmal: „Entschuldigen Sie, können Sie mir bitte helfen? Ich habe da ein Problem. Ich muss unbedingt einen Verwandten in Pristina sprechen. Der wartet schon seit gestern auf meinen Anruf. Könnten Sie vielleicht, freundlicherweise, …?"

Ich brauchte den Satz gar nicht mehr zu Ende zu sprechen, schon war er bereit, mir auf der Stelle zu helfen.

Ich merkte mir diese Zauberformel sehr gut. Will ich hier etwas erreichen, darf ich nicht einfach nur darum bitten. Ich muss vielmehr dem anderen die Gründe für meine Bitte nennen, ihn sozusagen vollkommen in mein Problem mit einbeziehen. Das ist ganz einfach, wenn man es weiß.

Weiterhin sollte man ein Problem so dramatisch wie nur möglich schildern. Die Menschen dort wollen plaudern und in die Welt des anderen mit einbezogen werden. Eigentlich fand ich dies großartig im Gegensatz zu unserer direkten Art der Kommunikation, bei der das Hintergründige meist viel zu kurz kommt.

Er wies mir die Telefonzelle direkt neben dem Empfang zu und bat mich, auf das Klingelzeichen zu warten und dann erst den Hörer abzunehmen. Während ich in der Telefonzelle auf eben dieses Klingelzeichen wartete, klopfte mein Herz vor Aufregung wie dereinst vor einer Lateinschulaufgabe. Irgendwie fühlte ich ein unbeschreibliches Unbehagen in der Magengegend. Ich wusste nicht warum; denn eigentlich sollte ich mich ja freuen, bald schon meinen Vater und meine Verwandten zu sehen. War es die düstere Vorahnung dessen, was alles auf mich an diesem Tage zukommen sollte?

Die Telefonklingel schrillte einmal auf. Ich hob sofort den Hörer von der Gabel und meldete mich: „Hallo, hier Alexander."

Die mir vertraute Frauenstimme sagte wie jedes Mal: „Momenat."

Nach einer kurzen Pause kam Herr Novokmet an den Apparat. Auch seine Stimme schien mir vertraut. Er meldete sich jedoch nicht wie gewohnt auf Englisch, sondern auf Jugoslawisch. Ich war viel zu aufgeregt, um diesem Umstand sogleich die notwendige Aufmerksamkeit zu schenken.

Unbeirrt stellte ich mich auf Englisch vor: „Hallo! Hier ist Alexander. Ich bin gestern nicht, wie ursprünglich geplant, in Pristina, sondern in Skopje angekommen."

Herr Novokmet sagte wieder etwas auf Jugoslawisch, was ich natürlich nicht verstand. Etwas eigenartig kam mir das nun doch vor.

„Ich werde jetzt ein Auto mieten und direkt nach Pristina fahren", fuhr ich fort. „Dort werde ich am frühen Nachmittag ankommen, so alles gut geht. Darf ich dich dann besuchen?"

Herr Novokmet antwortete konsequent auf Jugoslawisch, was ich wiederum nicht verstand. Das ist aber sehr eigenartig, dachte ich mir und wiederholte noch einmal auf Englisch, was ich eben gesagt hatte. Herr Novokmet schien urplötzlich kein Englisch mehr zu verstehen und schon gar nicht ein solches zu sprechen, obwohl er es bei allen meinen früheren Telefonaten doch so perfekt beherrscht hatte.

Das gibt's doch nicht, überlegte ich und geriet dabei schon fast in Panik. Was soll das bedeuten? Ich konnte es nicht fassen, dass Herr Novokmet über Nacht alle seine Englischkenntnisse verloren haben sollte. Deshalb stellte ich die in diesem Moment die völlig überflüssige Frage: „Sprechen Sie Englisch?"

In diesem Moment knackste es in der Leitung. Die Verbindung war schlagartig unterbrochen.

Das gibt es doch nicht! Mir wurde fast übel. Die Hotelhalle erlebte ich aus der Perspektive eines sich drehenden Karussells. Mir war zum Heulen zumute. Aber ich schaffte es nicht. Ich war wie gelähmt.

Mein Gott, jetzt wo es ernst wird, versteht Milenko auf einmal kein Englisch mehr! Ja, er unterbricht sogar das Gespräch. Ich war mir sicher, die wollten mich gar nicht sehen. Vielleicht hatte mein Vater Schwierigkeiten gemacht und mit Konsequenzen gedroht. Oder es ist irgendetwas anderes Schlimmes vorgefallen. Was aber könnte es gewesen sein? Bestimmt verstehe ich auch nicht die Mentalität dieser Menschen hier. Hätte ich doch nur auf Franci gehört! Mein ganzer Mut und all mein Hoffen hatten mich in diesem Augenblick verlassen.

Aufgeben?

Sollte ich nun alle meine Hoffnungen, meinen Vater einmal lebend zu sehen oder gar zu sprechen, mit einem Male fahren lassen? Sollte die lange Reise hierher tatsächlich ein unsinniges und nutzloses Unternehmen gewesen sein? Warum bin ich nur so kindisch und blöd und suche mit 36 Jahren noch meinen Vater! Wo doch zuhause ein Kind auf mich wartet, ihm Vater zu sein. Ich ärgerte mich über mich selbst.

Es ist wohl das Beste, ich fliege mit der nächsten Maschine zurück nach Belgrad und von dort direkt nach München. Dort gibt es Menschen, die auf mich warten, die mich lieben und die mich brauchen. Aber vielleicht muss mir das passieren, damit ich endlich merke, wohin mein Weg mich führt.

Ich ließ mich auf einem der roten Kunstledersessel in der Eingangshalle des Hotels nieder und versuchte mich zu sammeln. Tatsächlich glaubte ich nach einer Weile, neue Kräfte in mir zu verspüren.

Nein, ich geb jetzt nicht auf! Jetzt bin ich so viele Kilometer gereist. Da will ich wenigstens meinen Vater sehen! Und wenn auch nur aus der Ferne!

Schon schmiedete ich einen neuen Plan. Mit einem Mietauto wollte ich nun direkt nach Selo Tankosić fahren, um vor Ort auszukundschaften, wo mein Vater lebt. Nur aus der Ferne wollte ich ihn beobachten. Zum Beispiel, wenn er sein Haus verlässt. Er sollte mich nicht bemerken, gar nicht mitbekommen, dass ich ihm gegenüberstehe. Ich könnte nach Uroševac fahren und dort übernachten, um für die Umsetzung meiner Idee genügend Zeit zu gewinnen.

Ich war begeistert von diesem Einfall, was mir neue innere Kräfte verlieh. Entschlossen ging ich sogleich direkt zum gegenüberliegenden Schalter der sozialistischen Vertretung der kapitalistischen Autovermietung Hertz, in der festen Überzeugung, hier ohne weiteres ein Auto mieten zu können.

Der wohlgenährte Herr, der hier eigentlich Autos vermieten sollte, hing am Telefon. Seinem Minenspiel war zu entnehmen, dass er nicht gerade ein Gespräch mit seinem Chef oder seiner Ehefrau führte. Es schien, als wolle er nie mehr den Hörer auf die Gabel zurücklegen. Als er dies überraschenderweise irgendwann doch tat, hoffte ich vergebens, er würde sich nun mir widmen, der ich doch als erster und einziger Kunde direkt vor seinem Ladentisch stand. Doch weit gefehlt! Seine Aufmerksamkeit gehörte nunmehr einzig und allein den Leuten vom Film, die vor seiner Theke einen Karren mit Kameras, Stativen, Filmbüchsen, Kabeln und Scheinwerfern beluden. Als die Filmschaffenden endlich den Karren aus dem Hotel schoben, ging der Autovermieter wieder ans Telefon, wahrscheinlich, um mit seinem Schatz das Gespräch fortzusetzen. Hierzu machte er es sich dieses Mal besonders bequem auf seinem Schreibtischsessel. Immer wieder setzte ich hoffnungsvoll zum Sprechen an. Für ihn aber war ich überhaupt nicht existent. Ich war im wahrsten Sinne des Wortes Luft für ihn. Zum Glück fiel mir mein Zauberspruch ein: „Entschuldigen Sie bitte, dass ich Sie störe. Aber ich habe da ein Problem."

Er hob tatsächlich den Kopf, legte den Hörer beiseite und blickte gütig zu mir.

Ich fuhr fort: „Ich muss noch heute nach Tankosić. Dort lebt mein Vater. Können Sie mir bitte ein Auto vermieten."

Ich musste den richtigen Ton getroffen haben; denn er erhob sich schwerfällig von seinem Sessel und ging auf mich zu. Vorher hauchte er noch etwas in die Sprechmuschel, das sich als ein „Warte einen Augenblick, mein Täubchen" interpretieren ließ.

Er legte mir mit einer gönnerhaften Geste eine Preistabelle mit verschiedenen Autotypen vor. Ich fragte, ob ich den kleinsten Wagen, eine Ente, haben könnte. Er bestätigte dies und verlangte von mir meinen Pass, meine Kreditkarte sowie die Anschrift meines Arbeitgebers, die ich zum Glück mit einer beeindruckenden Visitenkarte nachweisen konnte.

„Waren Sie schon frühstücken? ... Nein? Dann gehen Sie ruhig erst einmal frühstücken!", meinte er. „Ich erledige in der Zwischenzeit alle Formalitäten."

Eigentlich doch ein ganz netter Herr, dachte ich in diesem Moment.

Der Frühstückssaal lag im ersten Stock des Hotels. Es ging dort zu wie in einer Bahnhofshalle. Alle redeten laut durcheinander. Geschirr und Bestecke klapperten und klirrten, wenn die Servicemädchen sie in die fahrbaren Aluminiumkörbe schmissen. Die Ober und Serviererinnen sausten Saal auf, Saal ab. Obwohl ich bekam, was ich zum Frühstück am liebsten mochte und normalerweise in fast unbegrenzten Mengen verschlingen konnte, nämlich Spiegelei mit Speck, schmeckte mir das Frühstück nicht sonderlich. Ich war viel zu angespannt, um es genießen zu können. So fand ich, dass der Tee wie aufgewärmtes Spülwasser schmeckte, obwohl ich ein solches noch nie zuvor gekostet hatte, die Butter ranzig roch und Eier und Speck vor Fett nur so trieften.

Nach dem Frühstück, das ich kaum angerührt hatte, ging ich sogleich zum Büro der Autovermietung Hertz hinunter. Zu meiner großen Freude sah ich den Mietvertrag unterschriftsbereit auf dem Tresen liegen.

Alle schlechten Eigenschaften, die ich dem Autovermieter, zuvor zugeschrieben hatte, weil er mich anfangs so schleppend bedient hatte, wollte ich in diesem Augenblick endgültig widerrufen. Aber gerade noch rechtzeitig, ehe ich meine Unterschrift unter den Vertrag setzte, bemerkte ich anhand des Mietpreises, dass mir der nette Herr Autovermieter, dieses Schlitzohr, gar kein Entchen, wie ich es in Auftrag gegeben hatte, vermieten wollte, sondern der Versuchung erlegen war, mir auf geschickte Art und Weise einen stattlichen Ford unterzuschieben. Ich beanstandete dieses Missverständnis und erregte damit seinen Missmut. Er war sichtlich sehr verärgert über meine Forderung und bestrafte mich mit einem Telefonat von mittlerer Dauer.

Wegen der Benzinrationierung und auch weil ich befürchtete, ein großes Auto könnte mir eher als ein kleines gestohlen werden, bestand ich hartnäckig weiterhin darauf, einen kleineren Wagen zu mieten. Außerdem mutmaßte ich, ich würde mit einem großen Schlitten nur die Leute hier provozieren. Dem Autovermieter gefiel mein Aufbegehren in keiner Weise. Obwohl ich seine Position nicht so recht einzuschätzen vermochte, setzte ich ihn schließlich doch noch unter Druck, indem ich fragte: „Kann ich bitte Ihren Chef sprechen?"

Mit dieser Drohung konnte ich ihm zwar kein Entchen, aber wenigstens doch einen kleinen Fiat aus dem Kreuz leiern. Missmutig und schnaubend, um den zusätzlichen Aufwand, den er für mich hiermit betreiben musste, deutlich zu machen, änderte er den Mietvertrag und schob ihn mir zur Unterschrift hin. Ich gab mich zufrieden und setzte schwungvoll meine Unterschrift unter den Vertrag. Geradezu erleichtert sagte ich zu ihm: „Danke sehr!"

Nun erwartete ich, dass er mir Schlüssel und Autopapiere aushändigen würde. Dem aber war nicht so!

„Haben Sie Benzingutscheine?", fragte er mich mit einem etwas provozierenden Unterton.

Natürlich hatte ich keine und dies gestand ich ihm auch direkt.

„Dann kann ich Ihnen kein Auto vermieten", meinte er daraufhin triumphierend und zog den Vertrag, der noch vor ihm auf dem Tisch lag, wieder zurück.

Dies war wieder eine Situation, wo ich mich wie vom Schlag getroffen fühlte. Ich musste mich zusammenreißen, um nicht die Beherrschung zu verlieren. Es war mir schon fast zum Heulen zumute.

„Wie und wo kann ich denn Benzingutscheine bekommen?", fragte ich ihn dennoch höflich.

Er gab mir wie selbstverständlich zur Antwort: „Wenn Sie ein Auto haben."

Sollte dies die uns fremde Denkweise sein, von der mein Freund Franci gesprochen hatte? Ich bekomme also kein Auto, weil ich keine Benzingutscheine habe. Und Benzingutscheine bekomme ich nicht, weil ich kein Auto habe, dachte ich nochmals scharf nach. Oder ich bekomme ein Auto, wenn ich Benzingutscheine habe. Und Benzingutscheine erhalte ich, wenn ich ein Auto habe. Was ist das nur für eine Logik? Ich war in einer Gedankenschleife, aus der ich unbedingt wieder rauskommen musste.

Recht viel Glück schien mir dieser Tag nicht gerade bescheren zu wollen! Erst die Pleite mit Milenko! Und jetzt auch noch die Schwierigkeiten mit dem Auto und dem Benzin! Ich bin vielleicht nicht sehr stark, aber ziemlich zäh. Und das war schon in der Schule für die anderen Grund genug, mit mir nicht zu raufen. Eben diese Zähigkeit veranlasste mich, ihm vorzuschlagen: „Geben Sie mir bitte die Autopapiere! Ich überlasse Ihnen dafür einstweilen meinen Pass und meine Kreditkarte. Mit den Autopapieren müsste ich doch eigentlich Benzingutscheine bekommen?"

„Hm, Autopapiere ... Benzingutscheine?" Er dachte angestrengt und laut über meinen Vorschlag nach.

Fast verzweifelt schob ich nach: „Bitte, helfen Sie mir! Ich möchte noch heute nach Tankosić zu meinem Vater."

Er blickte mich etwas misstrauisch an. Wie konnte ich hier einen Vater haben, wo ich doch kein Wort Jugoslawisch spreche? Er überlegte nochmals und schrieb sodann auf den Rand einer Zeitungsseite in für mich unlesbaren Zeichen, nämlich kyrillisch, die Adresse eines Touristenbüros, wo ich seiner Meinung nach Benzingutscheine kaufen konnte. Ich versuchte erst gar nicht, ihn zu einer Übersetzung in mir lesbare Buchstaben zu überreden, sondern verließ sofort mit den Autopapieren das Hotel.

Letzter Versuch

Es war immerhin schon 9:00 Uhr vorbei. Ich zeigte dem erstbesten Taxichauffeur, der vor dem Hotel parkte, den Zettel, auf den der Autovermieter die Adresse geschrieben hatte, bei der ich Benzingutscheine bekommen sollte. Er nahm ihn in die Hand, drehte und wendete ihn, zuckte mit den Achseln und gab ihn dann einem anderen Taxifahrer. Es gesellte sich noch ein dritter hinzu und so entbrannte unter ihnen eine heftige Diskussion. Ich vermutete, dass sie sich, nachdem einer die Schrift entziffert hatte, darum stritten, wo dieses Touristenbüro, bei dem man Benzingutscheine kaufen konnte, zu finden sei und wer von ihnen mich dorthin fahren würde. Um dem Streit ein Ende zu setzen, setzte ich mich in das erste Taxi. Mit dem Chauffeur handelte ich einen festen Preis von 200 Denaren für die Fahrt vom Hotel zu dem gesuchten Touristenbüro aus. Er war überaus freundlich und erklärte mir während der Fahrt, was vom Auto aus von Skopje alles zu sehen war.

Ich konnte nur vermuten, was er kommentierte. Dabei gewann ich den Eindruck, dass in sozialistischen Ländern moderne Betonbauten als wertvoller und schöner bewertet werden als alte Gebäude. Über den Basar hätte er kein einziges Wort verloren, wenn ich ihn nicht mit meinem rechten Zeigefinger dorthin deutend hartnäckig darauf aufmerksam gemacht hätte.

Wir fuhren durch den alten Teil der Stadt und erreichten schon bald ein völlig neu errichtetes Stadtviertel, das aus einer Anhäufung monotoner Betonbauten bestand. Man hatte sie nach dem großen Erdbeben, bei dem fast die ganze Stadt zerstört worden war, rasch hochgezogen, um für die vielen Obdachlosen neue Wohnungen zu schaffen.

Eigentlich vermutete ich, das Touristenbüro würde an einer Hauptstraße liegen. Der Fahrer aber steuerte den Wagen von der Hauptstraße weg auf eine Seitenstraße und von dieser auf eine weitere Nebenstraße, bis wir endlich auf einem Hinterhof inmitten von scheckig bemalten Mietskasernen anhielten.

Hier ist nie und nimmer ein Touristenbüro! Bin ich in eine Falle geraten? Hatte Franci mich nicht hinreichend ermahnt!

Der Fahrer stieg aus dem Wagen und forderte mich freundlich, aber bestimmt auf, ihm zu folgen. Was sollte ich anderes tun? Ich stieg dem Schicksal ergeben ebenfalls aus dem Auto und folgte ihm. Ich überlegte, ob es für mich nicht besser sei, einfach davonzulaufen. Noch war die Gelegenheit dazu günstig!

Zielstrebig ging der Taxifahrer auf eine Betontreppe zu, die außen an einem Haus angebracht war und die schmalen Terrassen der einzelnen Stockwerke miteinander verband. Über diese engen, offenen Gänge konnte man die einzelnen Appartements erreichen.

Wir stiegen in den ersten Stock hinauf. Mein Begleiter pochte an die erste Wohnungstür. Sie wurde sogleich von innen geöffnet. Wir betraten ein kleines Büro, in dem sich drei Männer aufhielten. Einer von ihnen saß hinter einem verkratzten, hellen Schreibtisch. Die beiden anderen standen links neben ihm. Wie Bodyguards. Sie blickten uns an, als hätten sie uns schon seit langem erwartet. Sehr Vertrauen erweckend wirkten sie nicht gerade. Ich hatte den Eindruck, dass die drei hier in dieser Wohnung irgendwelche dunklen Geschäfte betrieben. Mein Gott, wo bin ich da hineingeraten! Hoffentlich komme ich hier lebend wieder heraus!

Mein Begleiter redete mit dem Mann, der hinter dem Schreibtisch saß. Mit großer Skepsis verfolgte ich eine jede seiner Gesten. Wenn ich nur verstehen könnte, was sie sagen!

Nun mischten sich auch die beiden anderen in das Gespräch ein. Es entstand eine heftige Diskussion. Dabei sahen sie mich immer wieder an.

Ich hatte das Gefühl, dass jeden Augenblick irgendetwas Schlimmes passieren würde. Um fortzulaufen, war es nun endgültig zu spät.

Aber es passierte nichts. Der Taxifahrer hatte anscheinend dieses kuriose Hinterhofbüro für die Zentrale zur Vergabe von Benzingutscheinen gehalten und mich deshalb hierhergebracht. Ich verstand zwar nicht, was die Männer sprachen, ihren Gesten aber glaubte ich ablesen zu können, dass sie sich über den Weg zum richtigen Touristenbüro unterhielten.

Mir fiel ein Stein vom Herzen, als wir endlich wieder auf der Straße standen und ins Taxi stiegen, um beinahe den halben Weg, den wir gekommen waren, wieder zurückzufahren.

Hinter grünen Büschen und Bäumen versteckt lag direkt neben der Hauptgeschäftsstraße das gesuchte Touristenbüro. Der Taxifahrer stieg mit mir aus und begleitete mich bis in den Schalterraum. Dort gab er mir zu verstehen, er wolle auf mich warten, um mich zum Hotel zurückzubringen. Ich sah, dass schon etwa zwanzig Leute vor mir auf Benzingutscheine warteten. Und obwohl ich zu diesem Zeitpunkt noch nicht wusste, wie lange ich dort tatsächlich auszuharren hatte, tat ich gut daran, sein Angebot auszuschlagen.

Ich dankte ihm für seine Hilfsbereitschaft und gab ihm noch reichlich Trinkgeld, worüber er sich sichtlich freute.

Das Reisebüro war geräumig. Eine hölzerne Theke an der Längsseite und eine breite Glaswand an der Stirnseite trennten die Kunden von den Angestellten. An den Wänden warben bunte Plakate für Länder und Städte, in die von den hier Anwesenden ohnehin kaum einer reisen würde. Die farbigen Bilder verliehen diesem Institut ein gewisses Flair von Weltoffenheit.

Die dicke Glasscheibe war von einer ebenfalls gläsernen Flügeltür durchbrochen. Sie war von innen verschlossen. Davor warteten all jene Leute, die wie ich darauf hofften, bald schon Benzingutscheine kaufen zu können.

Benzingutscheine sollten nur gegen reine Dollars zu erwerben sein, darüber klärte mich die Dame am Schalter auf, ehe sie mir einen kleinen Zettel mit der Nummer 22 von einem Block abriss, um ihn mir mit einer gönnerhaften Geste zu überreichen. Gutscheine gebe es augenblicklich noch nicht.

Ich solle bei den anderen Wartenden Platz nehmen, riet sie mir in einem guten Englisch. Damit gedachte sie mich eigentlich zu entlassen, um sich dem nächsten Kunden zuzuwenden. Ich aber entschloss mich im selben Augenblick, die Wartezeit zu nutzen, um meinen Rückflug von Skopje nach Belgrad umzubuchen, und zwar wieder, ohne einen Zuschlag zu bezahlen. Schließlich war es nicht meine Absicht, hier nach Skopje zu fliegen. Aber auch diese Dame wollte wie ihre Kollegin in Belgrad eine Umbuchung nur gegen einen Aufpreis in barer Münze vornehmen, so sehr ich mich auch dagegen wehrte. Als ich mich weiterhin standhaft weigerte, mehr zu bezahlen, brach sie die Diskussion geschickt ab, indem sie mir empfahl, mich in diesem Falle direkt an das JAT-Büro zu wenden. Sie sei, so versicherte sie mir, auf keinen Fall befugt, diese Umbuchung, ohne eine weitere Zahlung, zu erledigen. Als ich sie nach dem JAT-Büro fragte, beugte sie sich, soweit sie es vermochte, über die Theke und erklärte mit dem ausgestreckten rechten Arm, dass ich dieses gleich am Ende der zum Fenster parallel verlaufenden Straße finden würde.

Da es noch immer keine Benzingutscheine gab, hatte ich genug Zeit, um in die genannte Richtung zu gehen. Doch so sehr ich mich auch bemühte, ich sah nirgends in dieser Straße einen Hinweis, der die Existenz eines JAT-Büros verriet. Ich ging die Straße wieder zurück, schaute nach links und nach rechts, um sicher zu gehen, dass ich nicht doch irgendwo den Eingang übersehen hatte. Ich fragte einige Passanten, von denen ich glaubte, sie würden mein bescheidenes Englisch verstehen, sah aber auf meine Frage nach dem JAT-Büro nur verblüffte Gesichter. Nun versuchte ich es mit meiner Zeichensprache hoffend, damit mehr Erfolg zu haben.

„Ich", sagte ich und pochte dabei mit dem Zeigefinger der rechten Hand wiederholte Male gegen mein Brustbein. Dann mimte ich mit Zeigefinger und Mittelfinger kleine rasche Schritte. Das Wort „JAT" sprach ich nicht nur aus, sondern unterstrich seine Bedeutung, indem ich meine Arme seitwärts anhob, was mich unverkennbar in ein Flugzeug verwandelte. Ich wurde zwar jetzt anscheinend verstanden, aber jeder, den ich um Auskunft bat, wollte mich in eine andere Richtung schicken. Ich eilte straßauf, straßab, mal nach links, dann wieder mal nach rechts, bis ich schließlich schon gar nicht mehr wusste, wo ich mich eigentlich befand.

Fernab der Hauptstraße traf ich endlich einen jungen Mann, der so freundlich war, mich zum JAT-Büro zu begleiten. Aber auch er führte mich zunächst einmal in die falsche Richtung. Erst als er schließlich selbst einige seiner Landsleute zu Rate gezogen hatte, gelangten wir über eine Baustelle mit tiefen Erdaushüben zu dem gesuchten JAT-Büro.

Ich erzählte der jungen Dame am Schalter der JAT-Flugge-sellschaft von meiner Irrfahrt und wie sehr ich mir eigentlich nichts lieber gewünscht hätte als direkt in Pristina statt in Skopje zu landen. Ich hoffte gar sehr, ihr hinter dem strammen Busen verstecktes Herz zu rühren, befand mich aber in dieser Beziehung wieder einmal auf dem Holzweg. Sie holte keck eine Dienstvorschrift unter ihrem Ladentisch hervor und verwies gnadenlos auf die dort festgehaltenen Regeln und Paragrafen.

„Sie können ja von Pristina aus nach Belgrad fliegen", meinte sie etwas schnippisch.

„Kann ich eben nicht, weil zurzeit alle Flüge von und nach Pristina gestrichen sind, entgegnete ich. „Außerdem bin ich dabei, so Gott will, hier ein Auto zu mieten, das ich wieder hierher nach Skopje zurückbringen muss."

Sie blieb hart und verlangte stur einen Aufpreis.

Heute scheine ich nicht gerade meinen Glückstag zu haben! Ich gab es auf, noch weiter mit ihr zu verhandeln. Zur Strafe aber bezahlte ich in Denaren und nicht mit Dollars, wie sie es gerne gehabt hätte. Nachdem sie nun mein Flugticket gütigst geändert hatte, eilte ich zum Touristen-Büro zurück, um nicht zur Verteilung der Benzingutscheine zu spät zu kommen.

Ich lebte in der irren Vorstellung, als Nummer 22 müsste ich längst an der Reihe sein. Aber weit gefehlt! Das Touristenbüro war nunmehr bereits von mindestens vierzig Leuten belagert, die alle auf die Ausgabe von Berechtigungsscheinen für Benzin warteten. Viele standen vor dem Laden auf dem Bürgersteig. Es könnte sein, dass der Verkauf schon läuft, spekulierte ich. Und um dies zu erkunden, drängte ich mich an der Schlange der Wartenden vorbei hinein in den Schalterraum, nicht ohne hin und wieder ein freundliches, aber dennoch überflüssiges „Excuse me" zu hauchen.

Ich fragte die Dame, die mich vorher schon bedient hatte: „Welche Nummer wurde eben aufgerufen?"

Sie schien über meine Frage verwundert. Mit der Stimme und dem Blick eines unschuldigen Engels entgegnete sie: „Der Verkauf ist noch nicht eröffnet, mein Herr."

„Wann gibt es denn die Benzingutscheine?", fragte ich beharrlich weiter.

„Es kann noch dreißig Minuten dauern. Der hierfür zuständige Herr ist eben zur Bank gegangen", erwiderte sie mit der Ruhe eines Stoikers.

Geduldsprobe

Bank! Das war das Stichwort, das mich auf die Idee brachte, abermals die Zeit zu nutzen, um wieder einmal Geld zu tauschen. Ich hatte auf meinen Irrwegen zum JAT-Büro eine Wechselstube direkt an der Hauptstraße entdeckt. Diese steuerte ich zielstrebig an.

Ich brauchte nicht lange zu warten. Außer mir war nur noch ein älterer Herr in dem kleinen Raum. Er wurde gerade bedient. Ich füllte an einem kleinen Tisch unter Marschall Titos gütigem Blick, der von einem Foto an der Wand wohlwollend auf mich herabsah, einen Euro-Scheck aus, welcher von der Dame am Schalter anschließend äußerst kritisch geprüft wurde.

Sehr Vertrauen erweckend musste ich auf sie nicht gerade gewirkt haben. Sie drehte und wendete den Scheck, kontrollierte alle auf ihm befindlichen Nummern und hielt ihn schließlich sogar gegen das Sonnenlicht, das durch das breite Fenster über ihren hellbraunen Schreibtisch strich, von hinten ihre goldenen Haare mit einem Heiligenschein umrahmte und die über ihrem Haupt wirbelnden, winzigen Staubfäden sichtbar machte.

„Ihre Scheckkarte, bitte!", forderte sie mich auf. Ich hatte doch tatsächlich vergessen, ihr mit dem Scheck die Scheckkarte zu überreichen. Ich kramte in meiner Umhängetasche und fand, wie erwartet, die Scheckkarte in meiner Geldbörse. Ich übergab ihr dieses Dokument mit einem „Entschuldigen Sie bitte!"

Nun begann sie den Scheck mit der Karte zu vergleichen. Sie tat dies ebenso gründlich, wie sie vorher den Scheck begutachtet hatte. Ich musste schon sehr verwegen ausgesehen haben; denn sie gab sich noch immer nicht zufrieden. Sie guckte mich streng an und sagte: „Ihren Pass, bitte!"

Im selben Augenblick fiel mir siedend heiß ein, dass ich ja gar keinen Pass bei mir hatte. Mein Pass lag auf dem Tresen beim Autovermieter im Hotel. Dort hatte ich ihn mitsamt meinem Führerschein und der Kreditkarte gelassen. Oh Gott, was mache ich jetzt, überlegte ich halb in Panik. Hoffentlich sind mein Pass, mein Führerschein und meine Kreditkarte noch da, wenn ich ins Hotel zurückkomme!

„Ihren Pass, bitte", wiederholte die Dame. Sie musste gemerkt haben, dass mit mir irgendetwas nicht in Ordnung war. Zum Glück hatte ich noch meinen Personalausweis in der Geldbörse bei mir.

„Ich habe meinen Pass im Hotel. Im Hotel Intercontinental", versuchte ich zu erklären. „Genügt Ihnen vielleicht auch mein Personalausweis? Den habe ich bei mir."

Die Frau Zahlmeisterin musterte mich nochmals sehr genau, ehe sie zu meiner Erleichterung meinem Angebot zustimmte. Besonders sorgfältig verglich sie das Foto auf dem Ausweis mit meinem Konterfei. Und natürlich bemerkte sie sofort den kleinen Unterschied. Das Gesicht auf dem Foto war ohne Schnauzbart. Das Gesicht der vor ihr stehenden Person hatte aber einen nicht zu übersehenden Schnäuzer.

„Das Foto ist schon etwas älter", erklärte ich und versuchte dabei etwas zu lächeln, in der Hoffnung, dadurch dem jugendlichen Glanz des Portraits ähnlicher zu werden. Es war mir gelungen, sie von der Identität zu überzeugen. Sichtlich mit sich selbst zufrieden gab sie mir Scheckkarte und Ausweis zurück und zählte sodann die Denare auf den Tisch, die ich erleichtert einschob.

Wieder kehrte ich zum Touristenbüro zurück. Nun standen dort mindestens schon sechzig Leute um Benzingutscheine an. Und bisher war noch kein einziger zum Kauf vorgelassen worden. Anscheinend war der hierfür zuständige Mann noch immer nicht von der Bank zurückgekommen.

Ich hatte ein Päckchen mit zwei Dosen Dallmayr-Kaffee bei mir, die für Antely Stojan gedacht waren als Dank für seine Hilfe bei der Suche nach meinem Vater. Diesmal wollte ich die Zeit nutzen, um mit dem Päckchen zum Postamt zu gehen.

Auf Anhieb fand ich dieses, einen gewaltigen Rundbau aus Beton mit vielen Eingängen. Ich lief einmal um das Gebäude herum, bis ich endlich den richtigen Eingang fand. Drinnen ging ich gleich zum ersten Postschalter, der gerade frei wurde, um mein Päckchen für Antely Stojan aufzugeben. Nie im Leben hatte ich gedacht, welch schwieriges Unterfangen es sein kann, ein Päckchen zu verschicken. Meine teuerste Freundin und heute herzallerliebste Ehefrau Sabine hatte in ihrer liebenswürdigen Art das Päckchen für mich nicht nur ordentlich verpackt und verschnürt, sondern auch, was ich besonders zu schätzen wusste, gleich mit Anschrift und Absender beschriftet. Als Absender hatte sie meine Münchner Adresse auf den Paketschein geschrieben. Und genau dies sollte nun zum Stein des Anstoßes werden.

Die etwas pummelige Postbeamtin weigerte sich strikt, eine Sendung entgegenzunehmen, deren Absender eine andere Stadt als Skopje nannte. Es dauerte einige Zeit, bis ich dies kapierte. Ich verstand kein Jugoslawisch und sie kein Wort Englisch.

Über ihre Stirne liefen mindestens vier Wellen parallel, als sie mit großer Skepsis mein Päckchen musterte. Sie hob es hoch, schüttelte es und ihren rotblonden Lockenkopf und redete auf mich ein. Erst als sie mit ihrem Zeigefinger bedeutungsvoll auf jene Stelle klopfte, wo der Absender zu lesen war, fiel bei mir der Groschen. Was sie störte, war „München".

Nun begann ich unter Einsatz meines ganzen Körpers und all seiner Gliedmaßen die Situation zu erklären. „Ich", sagte ich und pochte dabei mit dem Finger gegen meine Brust. Dann verwandelte ich mich in ein Flugzeug, indem ich die Arme ausbreitete und ergänzte „Skopje".

„Hotel Intercontinental", fuhr ich fort, wobei ich mein Haupt seitwärts auf die gefalteten Hände legte, um zu demonstrieren, wo ich die letzte Nacht verbracht hatte und die nächste nicht zu verbringen gedachte.

Meine Darbietung schien sie echt zu beeindrucken. Sie hob bedeutungsvoll ihren rechten Zeigefinger, drehte sich sodann zu ihrer Kollegin am nächsten Schalter um und überreichte dieser das Päckchen. Das Fräulein von Schalter Zwei hob es ebenfalls in die Luft, schüttelte es, als gelte es seinen Inhalt zu erraten, schüttelte ebenfalls den Kopf, als sie den Absender las, und gab sodann das Päckchen mit einigen erklärenden Worten, die ich natürlich wieder nicht verstand, an den nächsten Schalter weiter.

Mein Päckchen wanderte auf diese Art und Weise vom ersten Schalter rund durch die Posthalle bis zum letzten Schalter und wieder zurück. Jeder der Postangestellten gab irgendeinen Kommentar dazu. Ich hatte das Gefühl, dass alle Anwesenden, egal ob Postbeamte oder Postkunden, sich einzig und allein für mein Kaffeepäckchen interessierten.

Als die Postbeamtin von Schalter Eins das Päckchen endlich wieder in ihren zartgliedrigen Händen hielt, stellte sie es behutsam beiseite, zog ein Formular aus ihrem Schreibtisch, reichte es mir und deutete dabei auf eine Stelle, die ich ausfüllen sollte.

Ich schrieb meinen Namen und „Hotel Intercontinental Skopje" in das freie Feld. Damit war sie zufrieden. Für die weitere Bearbeitung des Vorgangs setzte sie Marken, Stempel und Kugelscheiber ein. Daraufhin hatte ich umgerechnet etwa 55 Pfennige zu bezahlen. Das Päckchen warf sie schließlich respektlos in einen Postsack. Ob es den Ort seiner Bestimmung je erreichte, habe ich nie erfahren.

Ich hatte lange Zeit im Postamt verbracht und beeilte mich nun, zum Touristenbüro zurückzukommen. Dort hatte sich eine dichte Menschenmenge vor dem Eingang versammelt. Noch immer gab es keine Gutscheine. Mittlerweile war es schon fast 11:00 Uhr. Die Sonne brannte vom Himmel herab, so dass ein jeder der Wartenden einen Platz im Schatten suchte, wodurch sich alle unmittelbar vor den Fenstern drängten.

Ich wollte an jenem Samstag unbedingt noch nach Tankosić kommen. Deshalb musste ich möglichst bald erfahren, wie es mit der Ausgabe der Benzingutscheine weitergehen sollte. Durch die Fenster war nichts zu sehen, da sie von den Wartenden verdeckt wurden. Ich zwängte mich durch die Eingangstür, wobei ich vorsichtshalber einige Male „Excuse me" wiederholte. Keiner der Wartenden nahm mir mein Vordrängen übel.

Drinnen wandte ich mich an den Angestellten, dessen Theke als nächste frei wurde, und fragte, ob ich die Benzinscheine auch mit American Express Dollar-Schecks kaufen könne, da ich nur solche und keine Dollars bei mir hatte.

„Nein, das glaube ich nicht", sagte er, nicht ahnend, welchen Schrecken er mir dadurch versetzte. Da er sich nicht sicher zu sein schien, wandte er sich einem forsch auftretenden Herrn zu, der unschwer als Chef des Unternehmens zu erkennen war und gerade hinter der Theke an uns vorbei in sein Büro gehen wollte. Der Herr blieb sogleich stehen, hörte ihm zu, wobei er mich musternd betrachtete. Er bemerkte sehr rasch, dass ich von anderwärts kam, und wusste somit auch, wie er mich zu behandeln hatte. Liebe Leute aus dem Westen, die gewillt sind ihre Dollarchen hierzulassen, dürfen mit jeder Hilfe rechnen. Der Herr streckte mir seine Hand entgegen und begrüßte mich, so als hätte er schon lange auf mich gewartet. Zu meiner Überraschung fragte er mich äußerst höflich: „Kann ich Ihnen behilflich sein?"

Ich erklärte ihm, dass ich mit Dollar-Schecks Benzingutscheine zu kaufen beabsichtigte, sein Mitarbeiter aber der Meinung sei, Benzingutscheine gebe es nur gegen bare Dollars.

„Kommen Sie bitte mit mir", forderte er mich auf. Er öffnete die Glastür, vor der so viele seiner Landsleute warteten, und ließ mich als einzigen in sein Büro eintreten. Mir war das richtig peinlich den anderen gegenüber. Sie lächelten mir aber alle freundlich zu. Keiner meckerte über meine bevorzugte Behandlung. Hier erkannte ich wieder einen wesentlichen Unterschied zu unserer Mentalität.

Ich kaufte für fünfzig Dollar Benzingutscheine. Der zuvorkommende Herr brauchte hierfür die Autopapiere und meinen Pass, den ich nicht bei mir hatte.

Ich sagte ihm, dass ich meinen Pass bei der Autofirma als Pfand zurückgelassen hatte. Als ich ihm meinen Personalausweis zeigte, gab er sich damit zufrieden. Er verabschiedete sich von mir, indem er mir wie einem guten alten Bekannten die Hand schüttelte und mir eine gute Reise wünschte.

Die Leute vor der Glastür beobachteten uns mit Interesse. Als ich durch ihre Reihen ging, schauten sie mich keineswegs böse an. Einige nickten mir sogar verständnisvoll zu.

Nun wollte ich nicht noch mehr Zeit verlieren, sondern auf dem schnellsten Weg ins Hotel zurückkehren. Ich hielt nach einem Taxi Ausschau, konnte aber nirgends eines sehen. Der nächstbeste Fußgänger, den ich nach einem Taxistand fragte, schickte mich zunächst in die verkehrte Richtung. Ein anderer brachte mich dann selbst zu einem Taxi und sprach mit dem Fahrer. Die Rückfahrt kostete 100 Denare mehr als die Fahrt in die Stadt. Auch hierfür fand ich keine logische Erklärung.

Ich drückte dem Taxifahrer einige Scheine in die Hand, etwas mehr als er eigentlich wollte. Ich war unbeschreiblich erleichtert, endlich Besitzer von Benzingutscheinen zu sein. Vor allem aber wollte ich meinen Pass, meinen Führerschein und meine Kreditkarte wieder haben. Da ich mit zu viel Schwung aus dem Auto stieg, blieb ich mit der Umhängetasche an der geöffneten Autotür hängen und hätte bestimmt die Träger der Tasche abgerissen, wäre ich nicht reflexbedingt zurückgefedert, wobei mein linker Ellbogen empfindlich an die Türkante schlug.

Nach Tankosić

Ich hörte nicht mehr den Kommentar des Taxifahrers, sondern stürzte in Sorge um meine Papiere und die Kreditkarte in die Empfangshalle des Intercontinental. Schon beim Eingang fiel mein Blick auf den Schalter der Autovermietung Hertz. Dort war niemand zu sehen.

Verdammt, jetzt bin ich meine Papiere los! Aber ich habe die Autopapiere und die Benzingutscheine, beruhigte ich mich. Es ist wohl das Beste, ich gehe an die Hotelbar, von wo aus ich die Hotelhalle überblicken kann, und warte, bis der Autovermieter zurückkommt. Die Hitze hatte mich durstig gemacht. Ich vermochte kaum noch zu schlucken, so trocken waren Mund und Kehle. Auf dem Weg zur Bar, hielt mich ein Hoteldiener an. Er deutete mit gestrecktem Zeigefinger zum Hertz-Büro hin und sagte: „Your passport, Sir!"

Wie aufgeschreckt rannte ich zum Schalter. Auf der Theke lagen für jedermann greifbar mein Pass, mein Führerschein und meine Kreditkarte. Erleichtert steckte ich die Papiere in die Tasche, ging dann hinauf in den ersten Stock und setzte mich dort an die Bar. Ich ärgerte mich über mich selbst, weil ich ohne Grund wieder einmal in Panik geraten war. Mir war jetzt eher nach einem Wodka zumute, aber in Anbetracht der Tatsache, dass ich noch mit dem Auto nach Tankosić fahren wollte, entschied ich mich meinem Durst entsprechend für ein großes Glas Limonade. Ich schüttete das eiskalte Getränk hastig in mich hinein und bestellte zur Überraschung des Barkeepers gleich ein zweites Glas. Statt mich abzukühlen, begann ich tüchtig zu schwitzen.

Um nur nicht die Rückkehr des Autovermieters zu verpassen, schaute ich immer wieder hinüber zum Hertz-Schalter. Ich hatte kaum das zweite Glas in mich hineingeschüttet, da sah ich den Herrn Autovermieter sich hinter den Schalter seines Büros bewegen. Er hob zu diesem Zweck die Klappe an der Theke hoch und zwängte sich durch den schmalen Eingang. Dies schaffte er nur mühsam, indem er den Bauch einziehend seitwärts die Hürde nahm. Der Barkeeper, der diese akrobatische Leistung bestimmt schon oft verfolgt hatte, lachte zu mir herüber, während er ein Pils zapfte.

Ich bezahlte und stieg dir breite Treppe hinab zum Hertz-Büro. Der dicke Herr saß nun bereits wieder hinter seinem Schreibtisch und telefonierte, wie es nicht anders zu erwarten war. Da bis zur Mittagsstunde nur noch wenige Minuten fehlten und ich nun endlich in ein Auto steigen wollte, um nach Selo Tankosić zu fahren, wagte ich es, sein nie enden wollendes Gespräch durch ein lautes „Da bin ich wieder", dem ich ein kräftiges Räuspern voranstellte, zu unterbrechen.

Er war sichtlich verwundert, mich so bald schon wieder zu sehen, was er mit „Ah, Sie sind schon da!", kommentierte.

Ich musste ihm die eben erworbenen Benzingutscheine vorlegen. Dann rief er seinen Gehilfen herbei, den er bisher in einem nicht einzusehenden Büroraum versteckt gehalten hatte. Der junge Mann begleitete mich auf Geheiß seines Chefs hin zum Auto, einem roten Ford Fiesta mit einem österreichischen Kennzeichen.

Eine normalerweise mir nicht eigene Skepsis trieb mich dazu an, einmal um den Wagen herumzugehen, um ihn zu inspizieren. Dabei stellte ich fest, dass der Wagen hinten unter dem Kofferraumdeckel leicht eingedrückt war. Als ich meinen Begleiter darauf hinwies, winkte dieser nur lässig ab, so als habe dies nichts zu bedeuten. Was sollte ich nun lange diskutieren.

Ich hoffte, wenn ich den Wagen zurückbringe, nicht für den Schaden aufkommen zu müssen. Der junge Mann zeigte mir, wie ich das Auto zu bedienen habe. Er schaltete die Lichter ein und aus, betätigte die Blinker und die Scheibenwischer und demonstrierte den Umgang mit Kupplung und Gangschaltung. Das alles praktizierte er in Sekundenschnelle. Schon seit über zehn Jahren hatte ich keinen Wagen mit Gangschaltung mehr gefahren. Dies verursachte bei mir ein unangenehmes Gefühl in der Magengrube.

Ich schaffe das, ermutigte ich mich selbst und hoffte, dass der junge Mann nicht stehen blieb, um mir beim Anfahren zuzuschauen. Ich wollte mich erst in Ruhe auf dem Parkplatz mit der Handhabung von Gang und Kupplung vertraut machen. Ich war erleichtert, als er mir endlich mit einem ermutigenden Lächeln die Autoschlüssel übergab und sich verabschiedete, um in sein angenehm kühles Büro zurückzukehren.

Wieder veranlasste mich eine innere Stimme, was ich sonst bestimmt nie getan hätte, den Kilometerstand des Autos mit dem auf dem Mietschein angegebenen zu vergleichen.

Ich stellte eine Differenz von etwa 500 Kilometern fest, natürlich zugunsten der Autofirma. Da ich laut Vertrag jeden Kilometer zu bezahlen hatte, lief ich dem jungen Mann nach und beanstandete, noch ehe er sich vor der brennenden Sonne in die Hotelhalle retten konnte, den Kilometerstand auf dem Mietvertrag. Der Gehilfe erklärte, er könne da nichts machen, ich solle ihm zum Büro folgen. Der Dicke, sein Chef, zeigte sich darüber nicht erfreut. Er bestrafte mich für meine Beanstandung mit einem extra langen Telefongespräch. Als ich mit meiner Forderung, den Eintrag zu korrigieren, nicht lockerließ, beauftragte er schließlich missmutig seinen Adjutanten den Kilometerstand im Vertrag abzuändern.

Ich hatte sogar noch den Nerv, ihn nach einer Straßenkarte zu fragen. Natürlich wollte ich eine solche gegen Bezahlung erwerben. Aber mit einer Karte vom Kosovo konnte die Autovermietung nicht dienen. Auch an der nächstgelegenen Tankstelle, wo ich von einem überaus freundlichen Tankwart den fast leeren Benzintank füllen ließ, war keine Straßenkarte zu haben.

Und schon war ich mit einer neuen Herausforderung konfrontiert. Wie sollte ich ohne Straßenkarte durch ein Land fahren, dessen Sprache ich nicht beherrschte und dessen kyrillische Schriftzeichen ich zu lesen nicht imstande war? Wenigstens hatte ich schnell begriffen, mit der Technik des Wagens zurecht zu kommen. Ich brauchte auf dem Parkplatz wider Erwarten gar nicht lange zu üben. Dieses Erfolgserlebnis gab mir mein angeknackstes Selbstvertrauen wieder zurück.

Ich verließ mich vollkommen auf die Wegebeschreibung des Tankwarts, der mir mit heftigen Armbewegungen die Richtung nach Pristina aufgezeigt hatte. Seiner Luftzeichnung folgend kam ich tatsächlich vorbei am alten Basar auf die Hauptstraße, die von Skopje nordwärts über Uroševac nach Pristina führt.

Genau dort, wo der Weg von Skopje heraus in die Hauptstraße mündet, hockten entlang der Fahrbahn Männer, die geduldig darauf warteten, von einem der wenigen Autos, die an diesem Tage vorbeifuhren, mitgenommen zu werden. Die Sonne brannte unbarmherzig auf die Erde nieder. Das kleine Käppchen, das ein jeder der wartenden Männer auf dem Kopf trug, bot nur wenig Schutz vor der Mittagsglut. Entlang der Straße war kein schattenspendender Baum. Es waren größtenteils alte Männer, die auf dem Markt in Skopje für ihre Familien Nahrungsmittel eingekauft hatten. Aus ihren weiten Strohtaschen schauten Salatstauden, Lauchstängel und dicke runde Brotlaibe.

Als ich die alten Leute am Straßenrand kauern sah, kam mir der Gedanke in den Sinn, einer von ihnen könnte mein Vater sein. Ich bremste spontan den Wagen ab, ließ ihn ausrollen und fuhr dann einige Meter zurück, um einen alten Mann mitzunehmen, der mir bittend zugewunken hatte und der irgendwie besonders mein Mitleid erregte. Seinem Aussehen nach hatte er mindestens schon achtzig Jahre auf dem Buckel. Sein Körper wirkte ausgemergelt, jedoch keineswegs gebrechlich. Sein Gesicht war zerfurcht, die Haut von der Sonne ausgedörrt. Ich brauchte ihn gar nicht erst zu fragen, ob er mitfahren wollte. Er erhob sich, so schnell es sein alter Körper zuließ, als ich anhielt und die Beifahrertüre von innen öffnete, und humpelte mit seiner schweren Strohtasche auf mich zu.

„Uroševac?", fragte der Alte und strahlte mich dabei mit einem hoffnungsfrohen Lächeln an.

Ich nickte.

Zufrieden ließ er sich auf dem Beifahrersitz nieder. Seine mit Gemüse und Brot gefüllte Strohtasche schob er zwischen seine krummen Beine. Ich stieg aus, um seine Tür von außen zu schließen, da ich bemerkte, wie schwer es ihm fiel, sie zuzuziehen. Seine lebendigen Augen blickten mich dankbar an. Er redete unentwegt mit seinem fast zahnlosen Mund auf mich ein. Und obwohl ein jeder von uns beiden des anderen Sprache nicht verstand, konnten wir uns dennoch mit Hilfe der Zeichensprache und weil unsere Herzen offen waren, gut verständigen. Ich erklärte ihm das Ziel meiner Fahrt, und er zeigte mir mit seinen knorrigen Armen und Händen, dass Uroševac links und Tankosić rechts von der Hauptstraße liegt.

Es trifft sich gut, dass er nach Uroševac muss, denn dort muss ich nach Tankosić abbiegen. Also kann ich die Ausfahrt gar nicht verfehlen.

Der alte Mann war bestimmt mindestens doppelt so lange auf dieser Welt als ich. Sein zerfurchtes Gesicht zeugte von einem harten und arbeitsreichen Leben. Sein zufriedenes Lächeln strahlte Güte und Demut zugleich aus. Könnte er mein Vater sein? Eine Vorstellung wie aus einem Heimatfilm oder Groschenroman.

Immer wenn ich zu ihm blickte, lachte er freundlich zurück. Sein Mund war eingefallen. Wenn er redete, waren nur noch wenige Zähne sichtbar. Und doch war dieser alte Mann irgendwie schön. Er strahlte Weisheit und Güte aus und zeigte eine kindliche Naivität und Einfalt, die ihm das harte Leben in und mit der Natur zum Überleben geschenkt haben mag. Natürlich sagte mir mein nüchterner Verstand, dass er gar nicht mein Vater sein kann, weil er nicht nach Tankosić, sondern nach Uroševac will.

Die Straße nach Norden war nur wenig befahren. Dies war bestimmt durch die aktuelle Benzinrationierung bedingt. Ich ließ mir Zeit und genoss die freie Bahn. Nur selten kam uns ein Wagen entgegen. Ab und zu musste ich einen alten, klapprigen Lastwagen überholen, um nicht länger den stinkenden Qualm aus dem Auspuff einzuatmen.

Eine lange Strecke fuhren wir durch eine biblische Landschaft, die mich lebhaft an die Bilder aus meinem Kinderkatechismus erinnerte. Wir wurden von grünen Bergen begleitet, auf deren Hängen Rinder und Ziegen grasten. Auf der linken Seite folgten wir einem schmalen Fluss, der sich entlang der Straße durch die Berge fraß und sich von uns trennte, als der Weg steil den Berg emporstieg.

Die Sonne brannte vom Himmel herab, dessen tiefes Blau keine Wolke zu trüben wagte. Von den Bergen her drang frische, würzige Luft durch das offene Seitenfenster. Ich fühlte mich in diesem Moment glücklich. Es war die Landschaft, die

Sonne und auch der alte Mann, die all meine Sorgen, Befürchtungen und Enttäuschungen mit einem Mal vergessen ließen. Ich glaubte, nun alle Schwierigkeiten überstanden zu haben. Fröhlich summte ich alle Melodien, die mir so in den Sinn kamen, vor mich hin. Angefangen von „Hänschen klein" bis hin zu „Lässt sich Armor bei euch schauen", ein Lied, das ich bei der Abiturprüfung zum Besten gegeben hatte.

Dem alten Mann schienen meine Lieder zu gefallen. Er lachte zu mir rüber und nickte dabei ermunternd mit dem Kopf. Nur allzu gerne hätte ich von ihm erfahren, wie alt er ist, wo er wohnt und ob er eine Familie und Kinder hat.

Immer höher wand sich die Straße in die Berge hinauf. Der Fluss, der uns so lange begleitet hatte, fiel dagegen immer tiefer hinab, in die Schluchten und Täler des Gebirges, und nahm schließlich endgültig von uns Abschied.

Die Rettung

Mein Wohlgefühl war so mächtig angewachsen, dass ich mir wieder einmal in den schönsten Farben die Begegnung mit meinem Vater ausmalte. Ich träumte vor mich hin und erlebte dabei, wie mich mein gutes altes Väterchen in seine Arme schließt und wie mich meine Halbgeschwister erfreut über mein so unerwartetes Erscheinen umringen. Die biblische Landschaft sowie die nach orientalischer Sitte gekleideten Männer und Frauen dieses Landes beflügelten geradezu meine Fantasie und ließen in mir das Bild von der Rückkehr des verlorenen Sohnes aus meinem Kinderkatechismus lebendiger als je zuvor in allen Farben und dreidimensional erblühen.

Wir fuhren durch dichte, kühle Nadelwälder, ehe wir die Berge hinter uns ließen. Vor uns öffnete sich eine schier unendlich weite Ebene.

Ein umgekippter Lastwagen, der sicherlich schon seit einigen Tagen neben der Fahrbahn gelegen hatte, ermahnte mich, besser auf den Weg zu achten, der sich nun wieder steil abwärts in die vor uns liegende Ebene schlängelte.

Zwischen den Wäldern lag eine kleine Ortschaft, die der Staub eines Zementwerks in ein graues, steinernes Denkmal verwandelt hatte. Häuser und Bäume und auch die Wiesen waren mit einer dicken, grauen Staubschicht überzogen. Selbst die wenigen Menschen, die sich draußen bewegten, erschienen wie steinerne Grabfiguren. Es war ein gespenstischer Anblick, vor dem sogar die Sonne für einen Augenblick ihr Antlitz verhüllte.

Das versteinerte Dorf und der zementbestäubte Wald lagen bereits wieder einige Kilometer hinter uns, da sehe ich am Straßenrand einen Mann auf dem Boden kauern. Er hält ein dickes Stoffbündel in seinem Arm. Heftig gestikulierend winkt er uns zu. Er braucht Hilfe! Ich bremse den Wagen ab. Mein Begleiter sagt etwas, das ich zwar nicht verstehe, aber als eine Aufforderung zum Anhalten interpretiere. Ich stoppe den Wagen unmittelbar vor dem Mann und sehe, dass er ein in Decken gewickeltes Kind in seinen Armen hält.

Ich steige vorsichtig aus dem Auto, zögere einen Augenblick. Eine Falle? Der Mann mit dem Kind im Arm erhebt sich schwerfällig, als seien seine Beine eingeschlafen. Vorsichtig gehe ich auf ihn zu. Ich denke in diesem Moment an all die Warnungen, die mir mein Freund Franci und die Dame vor dem Abflug in München Riem mit auf den Weg gegeben hatten. Sie waren mir voll präsent.

Der Mann war schlank. Er mochte etwa Mitte Dreißig sein. Sein dunkelblauer Arbeitsanzug ließ mich vermuten, er sei ein Landarbeiter. Das weiße, gehäkelte Käppchen auf seinem Hinterkopf kennzeichnete ihn als einen Albaner. Seine schwarzen Haare waren kurz geschnitten und umrankten wie Tannennadeln seinen Kopf. Er redete und deutete dabei auf das Kind, das aufgrund der ebenfalls kurz geschorenen Haare als ein Junge zu erkennen war.

Der sieht nicht aus, als wollte er betteln oder mich gar in eine Falle locken. Irgendetwas schien dem Jungen passiert zu sein. War er krank oder gar verletzt? Mir war klar, dass er dringend Hilfe benötigte.

„Sprechen Sie Deutsch oder Englisch?", fragte ich den Mann, den ich als den Vater des etwa sechs Jahre alten Jungen einschätzte.

Er antwortete: „Français. Oui?"

Er stand nun direkt vor mir.

„Nein, ich spreche nicht Französisch. Nur ein wenig. Ich kann ein wenig verstehen", antwortete ich.

Er schien ziemlich verzweifelt. Er deutete immer wieder auf den kleinen Jungen und wiederholte dabei: „Malade, tres malade!"

Der Junge fieberte. Er lag wie leblos in den Armen seines Vaters. Ich berührte sacht seine Stirn. Sein Kopf glühte. Er hatte bestimmt vierzig Fieber.

Mit dem wenigen Französisch, das der Mann sprach, erklärte er mir, dass er schon seit Stunden hier am Straßenrand saß. Da es keinen Treibstoff gab, fuhren so gut wie keine Autos vorbei. Der Busverkehr war eingestellt. Der Junge fieberte schon seit zwei Tagen.

Das Kind stirbt, wenn du nicht sofort etwas tust! Der Junge braucht dringend eine ärztliche Versorgung.

„Wo ist das nächste Krankenhaus?", frage ich den Vater, „Hospital?"

Er zeigt mit einer Hand in die Richtung, aus der wir gekommen sind. Ich reiße die Autotür auf, helfe dem alten Mann aus dem Wagen, damit der Vater sein krankes Kind auf den Rücksitz legen kann. Er selbst setzt sich neben seinen Jungen. Der Alte steigt ebenfalls, so schnell er kann, wieder in den Wagen. Dann fahre ich mit Vollgas zurück in das versteinerte Dorf.

Wir brachten Vater und Sohn zu einer Sanitätsstation. Der diensthabende Arzt sprach Englisch und erklärte, dass der Junge wahrscheinlich an einer schweren Lungenentzündung leidet. Es sei höchste Zeit für das Kind gewesen.

Der besorgte Vater war sichtlich erleichtert. Als ich mich von ihm verabschiedete, drückte er mir zum Zeichen des Dankes kräftig die Hand. Auch der Alte bedankte sich bei mir, indem er mir väterlich auf die Schulter klopfte.

Ich ahnte zu diesem Zeitpunkt noch nicht, dass diese Aktion der eigentliche Sinn und Zweck dieser meiner Reise zum Vater war. Ich hatte dem Jungen wahrscheinlich das Leben gerettet.

Selo Tankosic 1982

Dem Ziel nahe

Wir fuhren zurück auf die Straße nach Uroševac. Je näher ich dem Ziel meiner Reise kam, umso mehr beschäftigte mich die Frage, ob ich nicht doch lieber den Plan, direkt nach Tankosić zu fahren, um dort meinen Vater zu sehen, fallen lassen sollte. All die Mahnungen, die man mir auf diesen Weg mitgegeben hatte, fielen mir dicht geballt wieder ein. Wie sollte ich nur vorgehen, wo ich doch weder die Sprache dieses Landes noch die Sitten und Gebräuche seiner Menschen kannte? Meine Zweifel wurden von der bangen Sorge genährt, die Begegnung mit meinem Vater könnte durch ein falsches und unbedachtes Handeln anders als erhofft ausfallen.

Mit einem Mal verließ mich mein Mut, direkt nach Tankosić zu fahren. Sollte ich nicht doch zuerst Pristina ansteuern? Mir kamen gute Gründe in den Sinn, die dafürsprachen, den Kontakt zu meinem Vater doch besser über die Verwandten in Pristina herzustellen. Und es war nicht nur das Problem mit der Verständigung. Was würde passieren, wenn ich ohne Ankündigung, so mehr zufällig, meinem Vater begegnen würde. Anna Plattners warnende Worte kamen in mir hoch: „Sie wissen ja gar nicht, in welches Wespennest Sie da eventuell hineinstochern!"

Vielleicht war das heute Morgen am Telefon alles nur ein Missverständnis. Es kommt doch immer mal vor, dass eine Telefonverbindung durch einen technischen Defekt unterbrochen wird. So etwas passiert doch sogar bei uns gelegentlich mal. Reagiere ich aufgrund all der vorangegangenen Probleme vielleicht doch etwas zu überspannt?

Während ich den Wagen durch die weite Ebene Kosovos lenkte, reifte in mir der Entschluss, nicht direkt nach Tankosić zu fahren, sondern zuerst nach Pristina, um dort wie ursprünglich vereinbart, mit Milenko Novokmet Verbindung aufzunehmen. Ein Versuch wäre es wert.

Auf dem Telegrafenamt in Wien hatte ich damals nicht nur die Telefonnummer von Milenko, sondern auch seine Adresse notiert: Pristina, 19. Novembra 1. Es dürfte doch kein allzu großes Problem sein, diese Straße zu finden!

Als wir an die Kreuzung kamen, wo links die Straße nach Uroševac und rechts nach Tankosić und Požaranje verzweigt, gab mir der alte Mann ein Zeichen, dass er hier aussteigen wollte. Ich hielt an und half ihm aus dem Wagen.

Er erklärte mir noch gestenreich, wie ich nach Tankosić zu fahren habe. Ich ließ es sein, ihn in meinen neuen Plan einzuweihen. Er winkte mir nach und war sichtlich verwundert, dass ich nicht nach rechts abbog, wie er es mir vorgegeben hatte.

Ich fuhr nach Norden weiter, nach Pristina. Nur noch zwanzig Kilometer hatte ich zurückzulegen. Schon von weitem war die Silhouette einer aschgrauen Betonstadt zu erkennen: Pristina das Aushängeschild Kosovos, des ärmsten und problematischsten Landesteils Jugoslawiens.

Die Hauptstadt Kosovos wird von den Politikern mit ganz besonderer Hingabe bedacht, um den aufgebrachten Einwohnern dieses Landes zu zeigen, wie wichtig und ernst sie von ihren politischen Vertretern genommen werden, hatte ich vor meiner Reise in einer Zeitung gelesen. Und unter Hingabe war das Hochziehen von hässlichen Wohnsilos, die man als modern bezeichnete sowie die Eröffnung von Supermärkten, in deren Schaufenster mehr Ware zu sehen war, als man innen tatsächlich bekam, zu verstehen. Auch ein Luxushotel westlichen Stils gehörte zum sozialistischen Erfolgsimage, wenngleich nur hohe

Funktionäre und Besucher aus dem Westen das Geld hatten, in einem solchen abzusteigen. Triste Wohnhochhäuser bilden das Tor zur Stadt und begleiten den Besucher bis zu deren Mitte. Es gilt hier der Grundsatz: Was modern ist, ist auch schön. Und der Sozialismus alleine ist schon modern und schön.

Ich stellte den Wagen auf einem öffentlichen Parkplatz ab. Ehe ich mich auf die Suche nach der Straße 19.Novembra Hausnummer 1 machte, überzeugte ich mich mehrmals davon, dass die Türen und der Kofferraum des Wagens verschlossen waren. Ich hatte einen Zettel bei mir, auf dem die Adresse der Familie Novokmet stand. Doch wen auch immer ich von den Passanten nach dieser Straße fragte, es konnte mir keiner den Weg dahin weisen.

Geht das nun schon wieder so weiter! Ich war enttäuscht und wütend. Es schienen sich bei dieser Reise alle Schicksalsgötter gegen mich verschworen zu haben. An meiner Aussprache konnte es nicht liegen, denn selbst als ich den Zettel, auf dem die Straße in Druckbuchstaben zu lesen war, vorzeigte, wusste mir keiner zu helfen.

Zuletzt fragte ich einen jungen Eisverkäufer, der in einer Holzbude farbiges Wassereis und Süßstofflimo feilbot. Dieser verwies mich an einen Polizisten, der neben seiner Bude stand und gelangweilt die wenigen Autos beobachtete, die noch auf der Straße zu sehen waren.

Der Hüter des Gesetzes verstand, was ich suchte. Er las meinen Zettel und schmunzelte. Dann gab er mir zu verstehen, dass ich mich direkt am Anfang der gesuchten Straße befand. Er deutete mit seinem ausgestreckten Zeigefinger auf das Haus mit der Nummer 1.

Die Straße des 19. November bestand aus trostlosen Mietskasernen. Ein Gebäude glich dem anderen. Ein jedes hatte vier Stockwerke. Man konnte ahnen, dass die Fassaden einmal gelb gestrichen waren. Wahrscheinlich hatte der Regen den Anstrich abgewaschen. Die Türen und Fenster der Häuser lechzten geradezu nach Farbe. Trotzdem waren die Häuser von außen im Gegensatz dazu, wie sie innen aussahen, wahre Prunkstücke.

Die Haustür des ersten Gebäudes stand offen. Es schlug mir der penetrante Geruch von Urin entgegen, als ich das Treppenhaus betrat. Die Wände waren verschmiert und zerkratzt, die Stufen pappten vor Schmutz. Das Treppengeländer zählte zu den Unberührbaren. Ich stieg von Stockwerk zu Stockwerk und las die Namen an den Klingelschildern. Auf jeder Etage waren zwei Wohnungen. Die Eingangstüren waren allesamt ziemlich ramponiert, die Klinken verbogen oder halb herausgerissen. Türrahmen und Wände waren verkratzt. Einige Türen trugen deutliche Spuren eines gewaltsamen Einbruchs.

Ich fand an keiner Tür den Namen Novokmet. Als ich die Treppe wieder hinabstieg, klopfte oder klingelte ich an einzelnen Wohnungstüren. Niemand rührte sich. Im ersten Stock öffnete eine junge Frau mit Lockenwicklern im Haar nur ein klein wenig die Tür. Vorsichtig lugte sie durch den schmalen Spalt zwischen Tür und Türstock. Was sie sagte, klang wie ein unfreundliches „Was wollen Sie?“.

Ich fragte „Novokmet?“, und zeigte auf den Boden, was so viel wie „hier?“ bedeuten sollte.

Sie schien mich zu verstehen, öffnete den Türspalt um einige Zentimeter weiter und deutete dann mit ihrem Daumen in die Richtung des Nachbarhauses. Dann verschloss sie flugs wieder die Tür.

Ich ging in das nächste Gebäude, dessen Haustür ebenfalls offenstand und das sich in keinem besseren Zustand befand als das erste. Auch hier stank es penetrant nach Urin. Entsprechende Spuren an den Wänden verrieten, dass die Ecken des Treppenhauses als Pissoir dienten.

Aber auch hier fand ich keinen Novokmet, ebenso wenig in Haus Nummer drei und vier.

Wieder einmal verließ mich all mein Mut. Die hässlichen Gebäude und die fast menschenleere Stadt machten mich traurig. In dieser bedrückten Stimmung kam ich erst gar nicht auf die Idee, noch einmal die Nummer anzurufen, unter der ich bisher immer die Novokmets, wenn ich aus Deutschland anrief, erreicht hatte. Als ob ich an dieser Situation noch etwas hätte ändern können, lief ich nochmals in das Haus mit der Nummer Eins zurück. Wieder stieg ich von Etage zu Etage und las all die vergammelten Namenschilder. Ein Novokmet war nicht dabei.

Wie in Trance kehrte ich zum Auto zurück. Ich kam gar nicht auf die Idee einzusteigen, blieb wie erstarrt minutenlang davorstehen, nicht wissend, was ich nun machen sollte. Ich verspürte in mir Wut und Enttäuschung und ein Gefühl des Verlassenseins, jenes Gefühl, das mich eigentlich dazu bewogen hatte, meinen Vater zu suchen. Wieder einmal war ich nahe daran, mein Vorhaben aufzugeben.

Ich fahre zurück nach Skopje, entschied ich, geb dort das Auto zurück und fliege mit der nächsten Maschine nach Belgrad. Aus! Schluss! Ich kann nicht mehr und ich will nicht mehr!

Als ich im Auto saß und aus Pristina herausfuhr, stand mein Entschluss fest, direkt nach Skopje zurückzufahren. Die Tatsache, dass schon auf der Hinfahrt alle Tankstellen geschlossen waren und es auch in Pristina nirgendwo Benzin gab, beunruhigte mich wenig, da der Tank meines Mietwagens noch gut über die Hälfte gefüllt war.

Pristina lag schon einige Kilometer hinter mir, verdeckt von einem Hügel, der diese Stadt von der weiten Ebene im Süden trennt. Ich dachte noch einmal über alles nach. Mir wurde bewusst, dass ich bisher viele hunderte Kilometer zurückgelegt hatte und dass mich eigentlich nur etwa 20 Kilometer von meinem eigentlichen Ziel trennten.

Ich könnte mir doch wenigstens das Dorf Tankosić ansehen, ermutigte ich mich von neuem. Dann weiß ich zumindest, wo und wie mein Vater lebt.

Und ich begann weiterzuspinnen. Es könnte durchaus passieren, dass ich ihm ganz zufällig begegne, zum Beispiel wenn er gerade vor seinem Haus sitzt, um im Schatten eines alten Baumes die Zeitung zu lesen, oder wenn er im Garten arbeitet und Gemüse erntet. Um meinen Vater oder meine Halbgeschwister zu sehen, also um sie nur so von weitem zu beobachten, brauche ich doch wirklich nicht einen Milenko!

Nach etwa fünf weiteren Kilometern hatte ich meinen Tiefpunkt bereits wieder überwunden. Solche Kraft konnte ich nur aufbringen, weil der Wunsch, meinen Vater zu finden, seit meiner frühesten Kindheit durch vielerlei Erlebnisse in solchem Maße genährt worden war, dass sich hierdurch schier unerschöpfliche Kraftreserven angesammelt hatten.

Mein ursprünglicher Plan war ja, direkt nach Tankosić zu fahren, um dort auszukundschaften, wo und wie mein Vater lebt, rechtfertigte ich meine Entscheidung.

Ich fuhr weiter nach Süden in Richtung Uroševac. Die Straße zerteilte eine weite Ebene, deren Felder und Wiesen die Bauern mit der Kraft von Ochsen und Eseln bearbeiteten. Die Männer trugen fast alle ein weißes Käppchen auf dem Kopf, die Frauen versteckten ihre Haare in große, dunkle Tücher, die nur ihre Gesichter freiließen. Bedächtig gingen sie neben ihren Tieren einher. Ein alter Traktor tuckerte über ein trockenes Feld.

Der Weg zum Vater

Kosovo ist ein armes Land. Franci hatte versucht, mir vor der Abreise, die Verhältnisse im Kosovo zu schildern. Menschen verschiedener Nationalitäten leben hier in einem durchaus gespannten Verhältnis miteinander. Serben, Slowenen, Kroaten, Ungarn, Ruthenen und die übermächtigen Albaner. Sie alle verschwenden zu viel Zeit und Energie, um sich gegenseitig das Leben schwer zu machen. Vor allem sollen die Serben unter den Attacken der Albaner schwer zu leiden haben. Da kommt es schon gelegentlich zu Ausschreitungen. Geschürt wird der gärende Völkerkessel nicht zuletzt auch durch die religiösen Gegensätze. Die Serben sind christlich orthodoxen Glaubens, die Albaner Muslime. Die Politik Kosovos wird bestimmt von Revolution und Konterrevolution, von albanischem Chauvinismus und Separatismus, von Geschichte und Religion. Der Kommunismus selbst hätte hier nur wenig Einfluss, meinte mein Freund. Für die Politiker in Belgrad ist Kosovo ein gefährliches Pulverfass, von dem niemand so recht weiß, ob und wann es explodieren wird.

Je näher ich der Abzweigung nach Tankosić kam, desto mehr wuchs in mir ein mir wohl bekanntes Unbehagen, das ich als Druck in der Magengegend und als Trockenheit in der Kehle verspürte. War es die Angst vor einer neuen Enttäuschung oder war es die Ahnung dessen, was auf mich zukommen sollte?

Immer wieder tauchten in mir Erinnerungen aus meiner Kindheit auf, die ich ohne Vater verbracht hatte. Wie oft hatte ich davon geträumt, einen Vater zu haben, einen Vater, der mich liebhat und der mich beschützt vor all dem Bösen, dem

ich so hilflos ausgesetzt war, den mich oftmals grausam lieben-
den Frauen, den keifenden Nonnen im Internat, den Priestern,
die uns ins Gesicht schlugen, an den Haaren zogen oder uns mit
dem Rohrstock züchtigten. Dass mein Vater eventuell hätte von
gleichem Kaliber sein können, kam mir nicht in den Sinn. Mein
Traumvater war der absolut ideale Vater.

In meiner Kindheit war eine Zeit lang unser lieber Herr Jesus
mein Ersatzvater. Abends, wenn ich im Bett lag, drückte ich
mich an die Wand, damit er genug Platz unter meiner Decke
hatte. In meiner kindlich naiven Vorstellung, er würde sich tatsächlich zu mir legen, erzählte ich ihm alles, was mein Kinder-
herz bewegte, und schlief dabei ein.

Mit zunehmendem Alter stellte ich mir meinen Traumvater
groß und stark vor. Er sollte zärtlich zu mir sein, mit mir wan-
dern und mit dem Trix-Baukasten spielen. Er sollte mich aus
dem Internat befreien und mich zu meiner Pflegemutter, auch
wenn sie streng war und mich mit dem Kochlöffel bestraft
hatte, zurückbringen.

Das Bild von meinem Vater, das ich aus den Schilderungen
seit meiner Kindheit wie Mosaiksteinchen zusammensetzte, ließ
für mich einen Traumvater entstehen. Mein Vater war von Beruf Geometer, hatte man mir erzählt. Also war er sicher gebildet. Außerdem soll er sehr schnell die deutsche Sprache erlernt
haben. Er wurde als ruhig und besonnen dargestellt, und er soll,
obwohl er Kriegsgefangener war, verwundete deutsche Soldaten versorgt haben.

Mein Vater muss ein feiner und edler Mensch sein, dachte
ich mir und projizierte alle denkbar positiven Eigenschaften auf
den Mann, der auf dem Foto in einer geänderten, alten Uniform
zu sehen ist und den man mir als meinen Vater vorgestellt hatte.
Das Foto lag griffbereit neben anderen Fotos auf dem Rücksitz

des Wagens. Mir kam auch wieder die Schilderung von der guten alten Frau Hofmeier in Erinnerung, als sie sagte: „Ihr Vater war ein fescher Mann. Der hätt mir auch gefallen!"

Aus der weiten Ebene erhoben sich nun Obstbäume und Sträucher, welche die Felder teilten und vor den Winden schützten. Auch Bauernhöfe waren zu sehen, einfache flache Bauten, einige weiß gekalkt, andere mit nackten Ziegelwänden. Die Landschaft strahlte eine Ruhe und Harmonie aus, die nichts von der angeblichen Zwistigkeit und der Feindschaft seiner Bewohner verriet. Und doch wirkten die Farben der Wiesen und Felder in diesem Moment auf mich, als würde die Natur auf ein Gewitter warten.

Vielleicht hat hier mein Vater seinen Altersruhesitz, malte ich mir aus. Ich konnte mir gut vorstellen, eines der neugebauten Ziegelhäuser mit den blanken Steinstufen vor der Eingangstür würde das Haus meines Vaters sein. Zwar keine Villa, von der meine Pflegemutter einst geträumt hatte, aber immerhin ein festes Haus aus Ziegelsteinen errichtet.

Bei der Abzweigung nach Uroševac bog ich nach links ein, und kam auf eine ziemlich ramponierte Landstraße, deren Zustand von Kilometer zu Kilometer immer schlimmer wurde. Ich jonglierte den Wagen an bedrohlich tiefen Schlaglöchern vorbei. Gelang mir dies einmal nicht, ächzten die Stoßdämpfer mit einem Gegenschlag auf und ließen meinen Kopf fast an die Decke schnellen. Mehr als vierzig Kilometer pro Stunde waren bei diesen Straßenverhältnissen nicht drin, wollte ich nicht einen Achsenbruch riskieren.

Ich überholte einige Heuwagen, vor die weiße Ochsen gespannt waren. Die Tiere zogen geduldig die Last und ließen sich auch nicht aus der Ruhe bringen, wenn der alte Bauer mit dem weißen Käppchen auf dem Kopf mit der Peitsche die Luft über ihren wuchtigen Rücken schnalzend teilte.

Auf einem anderen Fuhrwerk saßen junge Burschen mit auf dem Bock, andere gingen vorne neben den Ochsen her. Alle winkten mir freundlich zu. Ich grüßte zurück und freute mich, hier so nette Menschen anzutreffen. Ich verstand gar nicht, warum einige glaubten, mich vor diesem Land und seinen Menschen warnen zu müssen.

Seit ich mich auf der Straße nach Tankosić befand, war mir noch kein einziges Auto begegnet. Nur einmal kam ein alter Militärbus entgegen, aus dem einige Kinder und alte Leute mir lebhaft zuwinkten.

Entlang der Straße wuchsen Laubbäume, dichte Büsche und Hecken, welche für eine Weile die Sicht auf die Wiesen und Äcker verdeckten.

Als die grüne Mauer einmal unterbrochen war, sah ich aus der Ferne ein Dorf, davor eine kleine, gewölbte, steinerne Brücke, die über einen schmalen Bach führte, und ein Ortsschild.

Das muss Tankosić sein! Als ich, kurz darauf, vor der Brücke anhielt, las ich auf dem Ortsschild tatsächlich den Namen des Dorfes: Tankosić.

Jetzt bist du am Ziel deiner Reise angelangt! Ich stellte den Motor ab, stieg aus dem Wagen und setzte mich auf die steinerne Mauer der Brücke und blickte auf das Dorf hinüber. Flache Häuser aus rohen roten Ziegelsteinen oder weiß getüncht waren zu sehen. Die Dächer schienen größtenteils mit roten Ziegeln neu eingedeckt worden zu sein. Einige Scheunen waren mit Stroh gedeckt. Vor den Häusern behaupteten sich hohe aufgeschichtete Heuhaufen. Aus der Mitte eines jeden ragte eine lange Holzstange in den Himmel. Einige Häuser waren von halb zerfallenen hölzernen Zäunen umsäumt. Hühner, Gänse und Enten liefen frei herum. Fast jeder Hof wurde von einem Hund bewacht. Neben den Heuhaufen türmten sich gelbe Kürbisse. Dünne Holzmasten, die jeweils mit zwei jämmerlichen

Drähten verbunden waren, versorgten nur wenige Häuser entlang der Straße mit elektrischem Strom.

In einem dieser Häuser wohnt mein Vater. Und ein jeder dieser Bauern, die ich sah, konnte mein Vater oder mein Bruder sein. Ich darf diese Ruhe und Harmonie nicht stören! Ich werde mich auf keinen Fall zu erkennen geben.

Es blieb nicht aus, dass einige Leute verwundert nach mir schauten. Sicherlich kamen nicht häufig Fremde in diese Gegend. Und dass ich nicht von dort war, konnten sie ja anhand meiner österreichischen Autonummer erkennen.

Ich fotografierte das Dorf mit der Brücke und dem Ortsschild im Vordergrund. Ein Ochsenfuhrwerk, das ich vorher überholt hatte, rollte an mir vorbei, gerade, als ich auf den Auslöser meiner Kamera drückte. Der alte Bauer und sein junger Begleiter winkten mir freundlich zu. Sie hatten mich anscheinend wiedererkannt und freuten sich, nun doch schneller zu sein als ich mit dem Auto.

Ich hatte nicht den Mut, sie nach Vlado Novokmet zu fragen. Lieber wollte ich alleine das Dorf genauer ansehen. Ich stieg wieder in den Wagen und fuhr langsam die Dorfstraße hinauf.

Auf der linken Seite waren einige völlig neu erbaute Häuser zu sehen mit großen hölzernen Eingangstüren, zu denen steinerne Stufen hinaufführten. So ein Haus könnte meinem Vater gehören, der hier auf dem Land die letzten Jahre seines Lebens verbringt. Im Geist sah ich schon, wie die breite, grüne Tür sich öffnet und ein großer, stattlicher Mann mit grauen Haaren, die von einem weißen Käppchen bedeckt sind, heraustritt. Er breitet seine Arme aus und kommt die Stufen herab direkt auf mich zu. Ich wusste nicht, dass Serben solche Käppchen nicht tragen. Sie sind das Erkennungszeichen albanischer Männer. Aber es passte so vortrefflich in mein Bild aus dem Katechismus. Die

Furcht davor, dass dieses Wunschbild sich als Trugbild erweisen könnte, veranlasste mich weiterzufahren, heraus aus dem Dorf.

Am Ende des Dorfs Tankosić saß eine Gruppe alter Männer am Straßenrand beieinander. Gemütlich war dieser Ort ihrer angeregten Unterhaltung gewiss nicht. Als ich an ihnen vorbeifuhr, schauten sie wie auf Kommando für einen Moment auf und winkten mir nach. Ich steuerte den Wagen noch ein, zwei Kilometer weiter über die mit Schlaglöchern übersäte Straße, nur um zu verzögern, was ich seit meiner Kindheit so sehr ersehnte. Es konnte auch eine Enttäuschung werden. Und genau davor hatte ich plötzlich panische Angst.

Wenn ich jetzt nicht frage, überlegte ich, wann ist dann überhaupt der richtige Augenblick mich nach Vlado Novokmet zu erkundigen? Alte Leute kennen doch üblicherweise jeden im Dorf. Ich frage jetzt einfach die Männer, die ich am Straßenrand gesehen hatte, nach Vlado Novokmet. Was kann dabei schon schief gehen?

Ich bremste den Wagen ab und manövrierte ihn auf der schmalen Straße in die entgegengesetzte Richtung zurück nach Selo Tankosić.

Die alten Männer sahen mich an, als hätten sie meine Rückkehr erwartet. Ich stoppte den Wagen. Sogleich erhob sich einer der Männer in einem alten, abgetragenen Wollmantel mühsam, aber so rasch er konnte, und humpelte auf mich zu, als ich aus dem Auto stieg.

Ich wünschte allen einen „dobar dan", einen guten Tag, was ich mittlerweile gelernt hatte, und gewann dadurch offensichtlich ihr Vertrauen und ihre Sympathie. Für meine Schlüsselfrage verwendete ich simples Serbisch: „Gde je Vlado Novokmet?" Wo ist Vladimir Novokmet?"

„Vlado Novokmet!", wiederholte ich.

Die alten Männer schauten sich fragend an, redeten dann durcheinander, wobei ich immer wieder „Novokmet" verstand, und es schien, als wollte es ein jeder von ihnen besser wissen als der andere, wo der Gesuchte zu finden sei.

Der Alte, der sich schon bei meiner Ankunft erhoben hatte, humpelte auf meinen Wagen zu und machte alle Anstalten unaufgefordert in denselben einzusteigen. Er sagte etwas, das ich zwar nicht wörtlich verstand, aber sinngemäß als Angebot interpretieren konnte, mir den Weg zu Vlado Novokmet zu zeigen. Genau das aber wollte ich auf keinen Fall. Doch noch ehe ich dankend diese tatkräftige Unterstützung abzuwehren vermochte, hatte der alte Mann auch schon die rechte Wagentür geöffnet. Prustend und ächzend ließ er sich auf dem Beifahrersitz nieder. Jetzt konnte ich nur noch zähneknirschend höflich von außen die Tür zuschlagen und dem Schicksal seinen Lauf nehmen lassen.

Der Alte saß wie angewurzelt neben mir und redete unaufhörlich auf mich ein. Dabei blickten mich seine kleinen Augen treuherzig an. Wenn er lachte, zeigte er die wenigen Zähne, die noch in seinem Kiefer wackelten. Er lachte viel. Ich hatte den Eindruck, dass er sich kindlich darüber freute, endlich einmal in einem Auto zu sitzen.

Ich fragte vorsichtshalber noch einmal nach Vlado Novokmet. Er gab durch heftiges Gestikulieren und Kopfnicken zu verstehen, dass ich mich in diesem Punkt vollkommen auf ihn verlassen könne. Mit dem dürren Zeigefinger seiner rechten Hand wies er mir die Richtung Dorf einwärts, in die ich zu fahren hatte. Und nun kam etwas, womit ich hier niemals gerechnet hatte. Er sprach einige Worte Deutsch: „Du von Österreich?" Anscheinend hatte er die Autonummer gelesen.

„Nein", sagte ich und schüttelte dabei den Kopf. „Ich aus Deutschland, aus München."

Darauf entgegnete er: „Oh, Deutschland gut, sehr gut. Ich, Krieg, Deutschland."

Oh, mein Gott, dachte ich mir, wie kann der nur sagen „Deutschland gut", wenn er dort im Krieg war. Eigentlich müsste er auf die Deutschen eine Stinkwut haben.

Aber er wiederholte nochmals „Deutschland serr gut!" und bekräftigte seine Aussage mit erhobenem Zeigefinger.

Sicher war er ein sehr höflicher Mensch, der wusste wie er einen Fremden zu behandeln hatte, auch wenn dieser aus einem Land kam, mit welchem ihn bestimmt keine allzu guten Erinnerungen verbanden. Schließlich war er dort im Krieg und nicht als Tourist.

Langsam fuhr ich den Weg zurück, bei jedem zweiten Bauernhof fragte ich den Alten: „Hier Vlado Novokmet?"

Er schüttelte jedes Mal den Kopf, lachte dabei so herzlich, dass seine braunen Zahnstümpfe zu sehen waren, und gab allwissend mit seiner Rechten das Zeichen weiterzufahren.

Meine größte Sorge war, der Alte würde versuchen, mich direkt zu meinem Vater zu bringen. Deshalb fragte ich ihn auch immer wieder: „Du aussteigen?"

Aber nein, er wollte nicht.

Verdammt, verdammt! Was mach ich nur? Ich kaute an meinen Fingernägeln. Der Alte bemerkte meine Nervosität und versuchte mit einer beruhigenden Geste Vertrauen zu gewinnen.

Auf einmal hatte ich das dumpfe Gefühl, dass der alte Mann gar nicht wusste, wo Vlado Novokmet wohnte, und fand dies auch bald schon bestätigt. Als wir uns einer Wiese näherten, auf der ein junger Bauer hinter einem halb verfallenen Holzzaun in gebückter Haltung die Erde harkte, hieß mich mein Führer anhalten.

Ich stoppte unmittelbar den Wagen. Der Alte sprang sogleich heraus und humpelte, so schnell es seine steifen O-Beine zuließen, auf den Zaun zu. Neugierig erhob sich der Bauer von seiner Arbeit. Er lauschte gespannt, was der Alte ihm zu sagen hatte. Dann sprachen die beiden wild gestikulierend miteinander. Ich nahm an, dass sie sich darüber stritten, wo Vlado Novokmet wohnt. Für einen Augenblick hatte ich die böse Idee, die Wagentür einfach zuzuschlagen und ohne den Alten wegzufahren, um einer Begegnung mit meinem Vater im Beisein eines Fremden zu entgehen. Wäre ich dieser genialen Eingebung doch nur gefolgt!

Der Bauer wies in die Richtung, in die wir ohnehin gefahren wären. Der alte Mann stieg wie selbstverständlich wieder zu mir in den Wagen, grinste dabei, dass sich alle Falten und Furchen seines Gesichts zu einem Waschbrett verzogen, und gebot mir mit einer entsprechenden Geste weiterzufahren. Noch einmal sagte er, wahrscheinlich um seine Unwissenheit in Bezug auf den Wohnsitz von Vlado Novokmet zu kaschieren, wobei er bekräftigend nickte: „Oh, Deutschland gut, serrr gut!"

Eigentlich war ich davon überzeugt, dass der Alte nur deshalb mit mir mitgekommen war, um nicht selbst in das Dorf zurückhumpeln zu müssen. Hoffentlich bin ich ihn bald los, dachte ich mir und, weil ich nervlich schon ziemlich am Ende war, wünschte ich den alten Mann am liebsten zum Teufel.

Ich hätte an dieser Stelle tatsächlich mein Unternehmen wenigstens für einen Tag unterbrechen sollen; denn was nun auf mich zukam, erforderte weit mehr als ich an Nervenkraft noch in Reserve hatte.

Es waren bestimmt nicht mehr als zweihundert Meter, die wir zurückgelegt hatten, da meinte der Alte wieder, ich solle anhalten. Ich stoppte den Wagen neben einer weiten Wiese mit saftigem, grünem Gras und vielen Obstbäumen. Das Grundstück hatte keinen Zaun, nicht einmal einen zerfallenen wie andere Gärten. Mitten in der Wiese saßen im Schatten eines Apfelbaumes, dessen rotbackige Früchte weithin leuchteten, fast wie in einem Heimatfilm idyllisch in Szene gesetzt zwei Männer und ein kleines Mädchen. Wahrscheinlich waren es Großvater, Sohn und Enkelin, die es sich unter dem malerischen Baum gemütlich gemacht hatten. Die beiden Männer sprachen miteinander, während das kleine Mädchen, es mochte etwa 5 Jahre alt sein, mit einer Stoffpuppe spielte. Hätte ein Künstler diese Apfelbaumgruppe auf die Leinwand gebannt, man würde sein Werk bestimmt als idyllisch oder vielleicht sogar als kitschig bezeichnen.

Kaum hatte ich den Wagen gestoppt, da sprang mein alter Freund auch schon behänd aus dem Wagen und humpelte, so schnell er nur konnte, auf die Männer und das Kind zu. Noch ehe ich ihn einzuholen vermochte, hatte er auch schon von weitem laut und deutlich seine Frage nach Vlado Novokmet ausgerufen. Mittlerweile wusste wohl bereits das halbe Dorf, dass ein Fremder aus Deutschland oder Österreich nach Vlado Novokmet sucht. Aber genau das wollte ich verhindern. Es wollte einfach nicht so klappen, wie ich es mir vorgestellt hatte.

Die Männer kamen auf mich zu und begrüßten mich freundlich, hielten jedoch respektvoll Abstand zu mir. Der Vater des kleinen Mädchens wusste auf Anhieb den Weg zum Haus des von mir gesuchten Vlado Novokmet zu beschreiben. Er deutete mit dem ausgestreckten Zeigefinger zur Straße hin, zeichnete damit eine gerade Linie nach rechts in die Luft und sagte dann: „Skola", während sein Finger für eine Weile in Richtung eines alten, hinter Apfelbäumen verdeckten Hauses erstarrte. Sodann bewegte er den ganzen Arm heftig nach rechts. Und das tat er zur Bekräftigung noch einmal. Also wusste ich, dass ich von hier noch ein Stück die Straße entlang fahren sollte bis hin zur Schule, Skola. Dort hatte ich nach rechts abzubiegen und nach ein paar zig Metern dann nochmals nach rechts. Mit dieser Auskunft war ich mehr als zufrieden. Ich bedankte mich auf Deutsch, Englisch und Französisch und hatte eigentlich nur noch eines im Sinn; nämlich so schnell als möglich zum Auto zurückzukehren und ohne jegliche Begleitung weiterzufahren. Ich wollte unbedingt alleine, ohne Zuschauer, unerkannt und aus sicherer Entfernung das Haus oder den Hof meines Vaters beobachten.

Ganz, ganz vorsichtig wollte ich die Sache angehen, um nur nichts Unbedachtes anzurichten. Aber ich hatte nicht mit der aufdringlichen Hilfsbereitschaft und vielleicht auch etwas für meine Situation zu stark ausgeprägten Neugier dieser Menschen hier gerechnet. Vor allem der junge Bauer wollte meine Worte des Dankes als Aufforderung zu weiterer Hilfestellung verstehen und war von davon nicht abzubringen. Schneller als der alte Mann, der mich hierher begleitet hatte, humpeln konnte, und den ich nun loszuwerden hoffte, eilte der Jungbauer, seine kleine Tochter hinter sich herziehend, auf mein Auto zu.

Ich rannte hinterher und sagte immer wieder, dass ich für seine Auskunft sehr dankbar sei und nun alleine weiterzufahren gedenke. „Merci, thank you, mille grazie", alles, was mir außer Jugoslawisch einfiel, rief ich ihm nach, nur, um ihn davon abzubringen, mich zu begleiten.

Er aber wollte mich nicht verstehen, sah sich vielmehr ermutigt dazu, mich nicht alleine von dannen ziehen zu lassen. Ohne auf meine Aufforderung zu warten, stieg er in das Auto, machte es sich auf dem Beifahrersitz bequem und nahm seine kleine Tochter, das schüchterne Wesen mit den großen Kulleraugen und den abstehenden Zöpfen, zwischen seine langen

Beine. Die Kleine schien sehr erfreut darüber zu sein. Schließlich hatte sie nicht jeden Tag Gelegenheit, in einem Auto mitzufahren. Und es kommt auch nicht jeden Tag ein Fremder in dieses Dorf, um einen Nachbarn zu besuchen. Vielleicht rechneten sie auch schon mit einem Freudenfest, welches Vlado Novokmet nach alter Väter Sitte für diesen Fremden, nämlich mich, ausrichten würde, und zu dem sie, die Vermittler, Helfer und Wegweiser, unbedingt eingeladen werden wollten.

Mein bisheriger Begleiter gab seinen Wettlauf auf und kehrte zu dem alten Bauern unter dem Apfelbaum zurück. Sichtlich enttäuscht winkte er uns nach, als wir abfuhren. Obwohl ich ihn loszuwerden wünschte, tat er mir dennoch leid. Sicherlich wollte er es sein, der Einzige und Erste, der mich, den Fremden, zu Vlado Novokmet führte.

Auf dem Weg nach Tankosic 1982

Vater, mein Vater

An der Schule, die sich wie ein verwunschenes Haus hinter Hecken und Bäumen versteckte, führte tatsächlich ein staubiger, ausgefahrener Weg von hohen alten Trauerweiden überdacht nach rechts. Bei dieser Abzweigung unternahm ich noch einmal den vergeblichen Versuch, meinen Begleiter und sein Kind zum Aussteigen zu bewegen. Ich zeichnete sogar mit meiner Hand Bögen und Kreise in die Luft, um ihm klarzumachen, dass ich nichts lieber täte, als sie wieder zu seinem Hof zurückzufahren. Aber es half alles nichts. Der Mann blieb eisern sitzen und hielt sein Kind fest umklammert. Dabei grinste er mich an, als hätte ich ihm einen Herrenwitz erzählt.

Der verdirbt mir alles, dessen war ich mir sicher. Ich wusste nicht, ob ich weinen oder vor Wut explodieren sollte. Ich war ihm und seiner idiotischen Hilfsbereitschaft hilflos ausgeliefert. Ich gebe zu, dass ich ihn in diesem Moment mitsamt seinem unschuldigen Kind am liebsten aus dem Wagen geworfen hätte. Ich war einfach mit den Nerven am Ende. Warum musste denn alles schieflaufen! Ich wusste mir keinen Rat mehr, und so ergab ich mich schließlich dem Schicksal, nunmehr bereit, alles so zu nehmen, wie es auf mich zukommen sollte. Dein Wille geschehe!

Das kleine Mädchen war vom Autofahren lebhaft begeistert. Es hopste auf Papas Schoß und klatschte in die Hände. Seine Puppe hatte es unter den Arm geklemmt. Hin und wieder lachte es mich verschmitzt von der Seite an. Armes Kind, du kannst ja nichts dafür, dass dein Vater so schwer von Begriff ist.

Dieser ermutigte mich mit einer eindeutigen Geste in der eben eingeschlagenen Richtung weiterzufahren. Obwohl ich den Wagen nur sehr langsam dahinrollen ließ, bildete sich hinter uns eine rote Staubwolke. Hinter den Bäumen, welche den schmalen Weg säumten, breiteten sich zu beiden Seiten weite Felder und Wiesen aus, die wiederum von Hecken und Sträuchern zerteilt waren.

Mir kam die mit dem rotem Lehmstaub und den unzähligen, tiefen Schlaglöchern bedeckte Straße unendlich lang vor. Irgendwie verlief plötzlich alles wie in einem Traum. Es waren bestimmt die Hitze und meine angespannten Nerven, die alle Bewegungen wie in einem schwerelosen Zustand erscheinen ließen. Was der Bauer zu mir sagte, hallte wie der Klang einer wuchtigen Kirchenglocke. Ein junger Mann und eine junge Frau schwebten eng umschlungen auf uns zu. Sie waren beide so schön und strahlten so viel Glück und Liebe aus, als seien sie dem Bild eines romantischen Malers entsprungen. Ist er mein Bruder und sie vielleicht meine Schwester? Sie wollen mich abholen. Wartet doch! Ich nehm euch mit!

Ich wurde jäh aus meinem Traum gerissen, als der junge Bauer mich am Ärmel zupfte, um mir verstehen zu geben, dass ich nun nach rechts abbiegen sollte. Hier hörte die Straße endgültig auf, eine solche zu sein. Selbst die Bezeichnung Feldweg hätte ihr geschmeichelt. Ein mit tiefen Rinnen zerfurchter Pfad führte von der Allee weg quer durch eine Wiese zu zwei Bauernhöfen, die sich gegenüberlagen.

Der Bauernhof auf der linken Seite sah ziemlich heruntergekommen aus. Das Dach der mit dem Wohnhaus verbundenen Scheune war mit Stroh gedeckt und hing gegen die Mitte hin gefährlich durch. Der Bauernhof auf der rechten Seite des Weges dagegen wirkte äußerst gepflegt. Die Wände des Hauses und des Stalls waren mit frischem Weiß getüncht, die Dächer mit dunkelroten Dachziegeln eingedeckt. Der Lattenzaun stand gerade und verband das Wohngebäude mit dem Stall. Nur ein ebenfalls aus Holzlatten gezimmertes Gartentürchen, das unmittelbar an dem Wohngebäude angesetzt war, gewährte Zutritt zu dem Gehöft.

An das eingeschossige Wohnhaus lehnte sich ein alter verwachsener Birnbaum. Seine weit ausladende Krone warf einen breiten Schatten auf die Vorderseite des Gebäudes und somit auf das einzige Fenster, das zum Weg hinschaute. Vor dem Stall standen einige hohe alte Pappeln, deren Blätter vom Herbstwind gefächelt wie silberne Taler blitzten.

Genau vor diesem, dem schönsten Bauernhof weit und breit, hieß mich mein Begleiter anhalten. Mit einer entsprechenden Geste gebot er mir, im Auto zu warten. Er hob sein Töchterchen vorsichtig aus dem Wagen und stieg dann selbst aus. Noch einmal gab er mir wichtigtuend ein Zeichen, mit dem er mich aufforderte, in Geduld zu verharren. Er wollte wohl selbst erst einmal die Lage erkunden. Ihn zum Umkehren zu bewegen, war nun wirklich zu spät. Ich stellte den Motor ab und blickte ihm resigniert nach.

Er ging zielstrebig auf die hölzerne Gartentür zu und öffnete sie, indem er darüber langte und von innen den Riegel beiseite zog. Anscheinend kannte er sich hier aus.

Ich war kaum fähig zu schlucken, so trocken war meine Kehle vor Aufregung. Mein Herz schlug immer heftiger. Ich malträtierte nervös kauend den Nagel meines Daumens. Was wird jetzt wohl passieren? Gespannt schaute ich den beiden nach. Erst jetzt fiel mir auf, dass der junge Bauer einen blauen Monteuranzug mit viel zu kurzen Hosenbeinen trug. Die Kleine trippelte brav an der Hand des Vaters nebenher. Beide verschwanden hinter dem Wohngebäude. Das Gartentürchen ließen sie offenstehen. Es waren bestimmt nur wenige Minuten, die ich so angespannt im Auto verharrte. Minuten, die mir wie Stunden vorkamen.

Meine innere Anspannung wuchs von Sekunde zu Sekunde und ließ mich nicht länger mehr ruhig im Wagen sitzen. Ich musste aussteigen. Noch einen Augenblick wollte ich mich gedulden. Der Bauer und das Mädchen kamen nicht zurück. Sollte ich jetzt die Gelegenheit nutzen und einfach wegfahren? Ich zögerte noch.

Soll ich oder soll ich nicht? Ich überlegte hin und her. Ich hatte auf einmal nicht mehr den Mut, dem Menschen, der mein Vater sein sollte, gegenüberzutreten, schon gar nicht in Gegenwart eines Fremden.

Aber ich muss mich doch nicht als Sohn von Vlado Novokmet zu erkennen geben, überlegte ich weiter. Ich könnte doch einfach sagen, ich sei auf der Durchreise und mehr zufällig in dieser Gegend und solle von Freunden, zum Beispiel von den Braumeistersöhnen Grüße bestellen.

Als hätte mir jemand den strikten Befehl dazu erteilt, ging ich geradewegs auf das Haus zu. Entschlossen schob ich das Gartentürchen vollends beiseite, das mich mit einem etwas verhaltenen Quietschen in den Angeln warnend empfing und seine Drohung quietschend wiederholte, als ich es vorsichtig hinter mir schloss.

Für einen Augenblick hielt ich auf dem gestampften Lehmboden inne und lauschte gespannt den Stimmen, die ich vernahm. Sehen konnte ich niemanden; denn noch verdeckte die Giebelseite des Hauses die Sicht in den Hof. Ich hörte zwei Männer miteinander reden. Die eine Stimme, die ich kannte, gehörte meinem Begleiter, der mich hierhergebracht hatte. War die andere Stimme die meines Vaters? Nur mehr wenige Meter entfernt stand noch verdeckt durch eine schmale, weiße Hauswand der Mann, den ich seit meiner Kindheit zu sehen mir so sehr wünschte. Ich vernahm zwar, dass sie redeten, aber ich verstand nicht im Geringsten, was sie sagten. Es klang zumindest nicht bedrohlich.

Trotzdem war ich in diesem Augenblick gar nicht mehr so recht Herr meiner Sinne. Mein Puls raste. Meine Kehle war wie zugeschnürt. Was soll ich sagen, wenn ich nun tatsächlich meinem Vater gegenüberstehe? Wie das Gespräch eröffnen? Ich fühlte, dass meine Knie weich wurden. Sollte ich nicht lieber doch umkehren? Da erschien mir das Bild meines Traumvaters plötzlich so deutlich vor meinen Augen wie nie zuvor. Nun endlich werde ich ihm begegnen, dem großen, stattlichen, lieben und gütigen, starken und weisen Mann. Wird er mich als seinen Sohn annehmen? Wird er, wie der biblische Vater, mir nun gleich entgegeneilen und seine Arme öffnen, um mich in Liebe zu empfangen und an sich zu drücken? Alle Vaterfiguren, die in meiner Fantasie bis dahin entstanden waren, sah ich vor mir lebendig werden. Es war, als lief ein Film im Zeitraffer vor meinen Augen ab. Ich sah den Prinzen aus Schneeweißchen und Rosenrot, den Offizier mit der Villa, den Priester in der Soutane, den helfenden und heilenden Sanitäter und alle anderen mir heiligen Vatergestalten. Ja ich dachte in diesem Moment sogar an das Wunder der geschwollenen Adern, das mir Wipsi anvertraut hatte. All diese skurrilen Traumbilder waren begleitet von der Angst, dass alles ganz anders kommen könnte. Was werde ich tun, wenn der Mann, dem ich in wenigen Augenblicken gegenüberstehe, gar nicht mein Vater ist? Was, wenn er meinen Besuch als aufdringlich und lästig empfindet und mich vielleicht gar davonjagt? Ich spürte jeden Schlag meines Herzens bis hinauf zum Hals. Noch immer zögerte ich. Soll ich nun weitergehen oder umkehren? Nochmals lauschte ich gespannt den Stimmen. Für einen Augenblick herrschte auf dem Hof absolute Stille. Jetzt geh ich's an!

Vorsichtig schlich ich an der Schmalseite des Hauses entlang, um schließlich um die Ecke herum den Hof zu erreichen. Nun gab es kein Zurück mehr. Der breite Hof war auf der linken Seite von dem weißgetünchten Wohnhaus, rechts von einem grauen verwitterten Holzstadel und an der Stirnseite von einem schiefen Schuppen, der von ordentlich aufgeschichteten Holzscheiten gestützt wurde, gesäumt.

Oh, du lieber Heiland, war mein erster Gedanke. Was ich sah, ließ mir den Atem stocken und den Boden unter den Füßen schwinden. Wäre ich noch dazu in der Lage gewesen, wäre ich auf der Stelle fortgelaufen. Vor dem Bauern, der mich hierhergebracht hatte und an dessen Bein das kleine Mädchen sich Schutz suchend schmiegte, stand breitbeinig ein alter, etwas untersetzter Mann. Er hatte eine verwaschene, graue Hose an. Seine Beine steckten in schwarzen Gummistiefeln. Über dem dunklen, karierten Wollhemd, dessen Ärmel er bis über die Ellenbogen hinauf hochgekrempelt hatte, trug er eine offene und ärmellose, braungestreifte Weste. Mit seinen Händen hielt er sich trotzig an den breiten Gummihosenträgern fest und stellte dabei seine Ellbogen abwehrend und bedrohlich zugleich nach außen. Sein Gesicht war rund und runzelig wie ein alter Lederapfel. Über seinen schmalen, zusammengekniffenen Lippen und um seine knollige Nase herum waren viele kleine blaue Punkte verstreut, als hätte ihm jemand Tinte ins Gesicht gespritzt. Der klägliche Rest an grauen Haaren war zu winzigen Stiften zurückgeschnitten. Unter den buschigen, grauen Augenbrauen blickten zwei kleine, zusammengekniffene Augen bitterböse in meine Richtung. Sollte dieser Mann hier, dessen Haltung totale Ablehnung offenbarte, der von mir gesuchte Vlado Novokmet, mein Vater, sein?

Durch meinen Kopf schwirrten wieder im Zeitraffer alle Bilder, die ich von meinem Traumvater je hatte entstehen lassen.

Sogar mein Mecki mit der Knollennase, das Maskottchen meiner Kindheit, blitzte für einen Moment in mir auf. Ich vermochte nicht die geringste Ähnlichkeit mit dem Mann auf den Fotos, die ich von den Bärlehners bekommen hatte, geschweige mit dem Bild meines Traumvaters, auszumachen.

Lieber Gott, lass es nicht wahr sein, dass dies der von mir so sehr ersehnte Vater ist! Nein, nein, nein und nochmals nein! Das darf und kann nicht wahr sein! Aber es war so. Und wie ich später erst begriff, musste dies auch so kommen.

Im Hintergrund trat vor den sorgfältig geschlichteten Holzstößen ein altes Weib, ganz in Schwarz gekleidet, auf die Bildfläche. Ihr Kopf war ebenfalls in ein großes schwarzes Tuch gehüllt. Ihr graues Gesicht erschien wie Trotz und Abwehr in Stein gemeißelt. Wenn Blicke töten könnten, ihre hätten es in diesem Augenblick bestimmt getan.

Von Anfang an spürte ich, dass ich hier mehr als unerwünscht war. Ich war zunächst gar nicht fähig, irgendetwas zu sagen. Vielleicht sollte ich doch erst einmal fragen, ob dieser mich so grimmig anblickende Mann auch wirklich der von mir gesuchte Vlado Novokmet ist. Sollte er es nicht sein, hätte ich zwar umsonst eine so weite Reise zurückgelegt, aber es bliebe mir dann immer noch die Hoffnung, irgendwo und irgendwann einmal noch meinen Traumvater zu finden.

Ich verspürte Hoffnung und Angst zugleich in mir. Zögernd trat ich einen Schritt näher und stand nun ganz dicht vor dem alten Mann, der sich sogleich noch bedrohlicher aufrichtete. Der junge Bauer schien den Ernst der Lage zu spüren. Er wich fast automatisch mit seinem Töchterchen an der Hand einen Schritt zur Seite, blieb aber gleich wieder stehen, um nur ja alles zu hören und zu sehen, was sich hier nun abspielen sollte.

„Ich bin Alexander Metz und komme aus Landshut." Ich blickte dem alten Mann in die Augen, hoffend damit sein Vertrauen zu gewinnen. „Sind Sie Vlado Novokmet?", fragte ich, nachdem ich mich vorgestellt hatte.

Mürrisch grunzte er etwas, was ich weder als Ja noch als Nein interpretieren konnte. Der junge Bauer nickte zustimmend heftig mit dem Kopf.

Das alte Weib, das bisher leicht nach vorne gebeugt wie eine dürre Stange im Hintergrund verharrt hatte, bewegte sich nun neugierig ein, zwei Schritte näher zu uns, ohne von ihrem bösen Blick abzulassen, den sie unverwandt auf mich richtete.

Ich fragte weiter nach allem, was mir ebenso einfiel und was als Kriterium für oder gegen die Tatsache sprechen sollte, dass jener vor mir stehende, grimmig dreinblickende Mann mein Vater sein könnte. Wenn dies der von mir gesuchte Vlado Novokmet ist, müsste er eigentlich etwas Deutsch sprechen oder verstehen können. Er konnte nicht alle seine Deutschkenntnisse verloren haben. Also fragte ich mutig: „Waren Sie in Deutschland? Du im Krieg in Deutschland?"

Er antwortete mit einem entschiedenen „Ne" und blickte dabei noch böser als zuvor.

Ich gab nicht gleich auf. „Du Landshut? Lager Moosburg? Stalag?", bohrte ich weiter.

Er blieb entschieden bei seinem trotzigen „Ne".

Ich wollte noch immer nicht aufgeben und setzte meine Fragen fort: „Brauerei? Landshuter Brauhaus? Braumeister Bärlehner? Therese Metz?"

Auch die letzte Frage, beantwortete er mit einem grimmigen „Ne!".

Er holte tief Luft, starrte mich mit einem warnenden Blick an und sagte etwas, was ich zwar nicht wörtlich verstand, aber dennoch eindeutig zu interpretieren wusste als, ich solle ihn nicht länger mit meinen Fragen belästigen, sondern sofort von hier verschwinden. Er kam dabei einen halben Schritt bedrohlich näher.

Eben diese Adresse, der Ort, an dem ich jetzt stand, hatte ich doch von seinem Kriegskameraden Antely erfahren. Also fragte ich: „Kennen Sie Antely Stojan? ... Du kennen Antely, Antely Stojan?"

Ich musste ihn mit dieser Frage arg getroffen haben; denn er reagierte zorniger als zuvor mit einem „Ne".

Der junge Bauer nahm seine Kleine bei der Hand und ging kopfschüttelnd schnell noch einen weiteren Schritt zurück, um nunmehr aus sicherer Entfernung unser Gespräch zu verfolgen. Auch er konnte anscheinend all das, was hier vor sich ging, nicht richtig einordnen. Ich war mir sicher, dass der vor mir stehende Vlado Novokmet mit jedem „Ne" log. In seinen Augen konnte ich lesen, dass er jedes meiner Worte wohl verstand. Warum hatte er mit drohender Stimme auf all meine Fragen nur dieses zornige „Ne" übrig?

Ich wollte das nicht wahrhaben. Seit über dreißig Jahren warte ich nun schon auf diesen Augenblick. Er sollte für mich der absolute Höhepunkt in meinem Leben werden. Und nun war genau das Gegenteil eingetreten. Soweit ich noch klar denken konnte, überlegte ich, es könnte ja sein, dass dieser Mann gar nicht mein Vater ist. Vielleicht ist es sein Bruder oder sonst ein Verwandter. Blitzschnell überdachte ich nochmal die Situation.

Sollte ich jetzt endgültig das Handtuch werfen? Aber nein! So schnell wollte ich nun doch nicht aufgeben. Da fiel mir ein, dass im Auto unter anderem die Fotos von Vlado Novokmet und Antely Stojan lagen. Die hol ich und zeig sie ihm, beschloss ich und forderte ihn höflich auf, indem ich mit der Hand entsprechend winkte, mir zum Auto zu folgen. Tatsächlich stapfte er hinter mir her und folgte mir, machte aber kurz vor dem Wagen halt. Treu wie ein Jagdhund folgte uns auch der Bauer mit seiner kleinen Tochter auf den Fuß. Ich hasste ihn in diesem Moment. Irgendwie fühlte ich, dass seine Anwesenheit mit ein Grund war für das eigenartige, ablehnende und aggressive Verhalten des Vlado Novokmet. Er hatte nicht das geringste Gespür dafür, zu merken, wie überflüssig und hinderlich er schon seit einiger Zeit war. In Ermangelung des hierfür notwendigen Feingefühls stellte er sich noch dichter als zuvor zu uns, ängstlich umklammert von seinem ebenso neugierigen Kind.

Auf dem Rücksitz des Wagens lagen einige Fotos, die ich für diese Begegnung vorbereitet hatte. Auf dem ersten Foto waren Vlado und Antely umstellt von den drei Braumeisterbuben zu sehen. Ein weiteres Bild zeigte meine Mutter, als sie etwa vierzig Jahre alt war, also vor meiner Geburt. Dann hatte ich noch Bilder von Landshut dabei und auch ein Babyfoto von mir. Ich holte die Fotos aus dem Auto und zeigte sie Vlado Novokmet, eines nach dem anderen, ganz langsam. Ich schaute ihm dabei prüfend in die Augen. Jede seiner Reaktionen wollte ich mitbekommen. Missmutiger und trotziger als zuvor schüttelte er bei jedem Bild den Kopf und knurrte dabei erbost und energisch sein „Ne!"

Ich wiederholte alle Namen von Personen und Orten, nach denen ich ihn schon vorher gefragt hatte und von denen ich sicher war, dass er sie kennen musste. Er blieb hartnäckig bei seinem „Ne". Dabei schaute er mir so eindringlich und trotzig in die Augen, als wollte er damit sagen: „Verschwinde oder es passiert gleich etwas ganz Fürchterliches!"

Mittlerweile hatte sich das alte Weib, seine Frau nehme ich an, zum Gartentürchen geschleppt, gefolgt von einem knurrenden Wachhund, der vorher weder zu sehen noch zu hören war. Sicherlich war sie der zweite Grund für Vlado Novokmets ablehnende Haltung. Mit bitterbösem Blick verfolgte sie hinter dem Gartentürchen unser Gespräch. Während ich meine letzten Fragen verzweifelt wiederholte, fing sie plötzlich nach der Sitte orientalischer Witwen, die den toten Mann beklagen, zu kreischen an. Ich verstand nicht, was sie zeterte, aber es muss in etwa bedeutet haben, ich solle von hier schleunigst verschwinden, sonst würde mich ihr Fluch treffen.

Auch Vlado wurde in seinem Ausdruck immer bedrohlicher. Seine „Ne" klangen mehr und mehr wie Drohungen. Plötzlich sagte er auf Deutsch, als ich nochmals Stalag, das Lager in Moosburg, und die Stadt Landshut erwähnte, laut und deutlich: „Nix Deutschland. Ich Front!"

Also verstand und sprach er Deutsch! Mit meiner Hartnäckigkeit hatte ich ihn dazu gebracht, sich selbst zu verraten. Mag sein, dass der junge Bauer, der die Bedrohlichkeit der Lage fühlend sich bereits wieder einige Schritte entfernt hatte, das „Ich Front" nicht gehört hatte, ich aber habe es ganz deutlich vernommen. Und ich merkte, wie sehr sich Vlado Novokmet darüber ärgerte, weil ihm das „Ich Front" herausgerutscht war. Als ich nochmals fragte: „Sprechen Sie Deutsch?", wurde er sehr ungehalten.

Er fing zu schimpfen an und machte mir mit seinen Armen und Händen deutlich, ich solle endlich verschwinden, sonst würde er handgreiflich werden.

Jetzt war ich schon über tausend Kilometer gereist, hatte so viele Hindernisse und Herausforderungen bewältigt, da wollte ich nicht so einfach aufgeben. Selbst wenn ich die Illusion des mich in Liebe empfangenden Vaters hiermit ein für alle Mal begraben musste, so wollte ich doch wenigstens bestätigt wissen, dass dieser bösartige Mann mein Erzeuger ist. Also holte ich meinen letzten Trumpf hervor, den ich noch bereit hatte, um ihn vollends aus seiner Reserve zu locken. Ich sagte: „Milenko Novokmet, Ihr Neffe, hat mir gesagt, Sie seien in Deutscher Kriegsgefangenschaft gewesen, im Lager Stalag bei Moosburg. Und Ihr Kriegskamerad Antely Stojan hat mir diese Adresse hier gegeben. Sie sind doch Vlado Novokmet? Oder?"

Ich musste ihn mit diesen Angaben arg getroffen haben. Er tobte und schrie und erhob drohend seine Fäuste, sodass der junge Bauer seine Tochter packte und so schnell er nur konnte zum Auto lief, um sich und sein Kind darin in Sicherheit zu bringen.

Fluchend wiederholte Vlado Novokmet die Namen Milenko und Stojan und zog sich dabei mit erhobenen Fäusten drohend zum Gartentürchen zurück, hinter dem noch immer die alte Frau stand und ihr hysterisches Schreien um einiges steigerte.

Verstoßen

Es war für mich nun mehr als angebracht, endlich den Rückzug anzutreten. Die beiden Alten standen noch eine Weile hinter dem Gartentürchen und schimpften in meine Richtung. Ihre Stimmen wurden von dem heiseren Gekläffe des Hundes begleitet, der hitzig den Zaun entlang auf und ab rannte und immer wieder ansetzte über diesen zu springen, bereit mir die Kehle durchzubeißen. Nach einer Weile verschwanden die beiden Alten hinter dem Haus. Der Hund, ein undefinierbarer Mischling mit der Schnauze einer Bulldogge, folgte ihnen nicht ohne noch einmal kräftig in meine Richtung zu knurren. Dann war es plötzlich still.

Ich stand auf dem lehmigen Feldweg und fühlte, wie die karge Landschaft sich um mich herumdrehte. Tränen der Wut und Enttäuschung trübten meinen Blick. Es war, als bewegte ich mich in einem bösen Traum. Das Haus, der Weg, der Stall, die Bäume, alles wirkte so unwirklich wie eine Filmkulisse nach Drehschluss. Ich wusste nicht, wie mir geschah. Ich fühlte eine grenzenlose Leere in mir und um mich herum. Es war, als stünde die Zeit für einen Augenblick still. Ich vernahm nicht das leise Rauschen des Herbstwindes, der verspielt die Blätter von den Bäumen pflückte. Ich spürte nicht die Wärme der herbstlich roten Nachmittagssonne, die unbeirrt ob meines Schicksalsschlags ihre Strahlen auf die Erde sandte, um Natur und Menschen, gute wie böse gleichermaßen liebevoll zu streicheln. In diesem Moment fühlte ich mich einsam, verlassen, erschöpft und bereit zu sterben. Noch ahnte ich nicht, wie wichtig dieses Erlebnis, diese katastrophale Begegnung mit meinem Vater für mein künftiges Leben sein sollte. Ich hatte noch nicht begriffen, dass man im Leben viele Tode sterben muss, um leben zu können. Ich hatte eine Stinkwut auf den lieben Gott, der mir eine so schlimme Enttäuschung beschert hatte. Aber gerade diese meine grenzenlose Wut ließ mich den eigentlichen Ernst der Lage für einen Moment vergessen. Ich ging zum Auto und holte meinen Fotoapparat heraus. Wenigstens ein Foto vom Haus meines Erzeugers wollte ich als Erinnerung mit nach Hause nehmen. Ich stellte mich in sicherer Entfernung auf, die es erlaubte, das ganze Haus mit dem Sucher der Kamera zu erfassen.

Im Sucher sah ich die beiden Alten nun hinter dem Fenster. Sie klopften gegen die Scheiben und drohten mit erhobenen Fäusten in meine Richtung. Ich drückte den Auslöser und sprang in den Wagen. Dort wartete der Bauer mit seinem Töchterchen, das zwischen seinen Beinen kauerte, ungeduldig auf mich. Er wirkte verstört. Er sagte etwas, wobei er immer wieder seinen Kopf schüttelte. Das kleine Mädchen weinte. Ich gab ihm, um es ein wenig zu trösten, eine Tafel Schokolade, die ich im Handschuhfach als Reiseproviant verstaut hatte. So schnell es ging, startete ich den Motor, um den Wagen über den holperigen Feldweg und die Allee zurück zur Dorfstraße zu steuern, wo ich die beiden angetroffen hatte. Das alles tat ich wie in Trance. Bewusst waren mir nur das bittere Gefühl der Enttäuschung sowie ein Klingen und Klirren in meinem Kopf. Ein skurriles Konzert. Wann und wo hatten die beiden das Auto verlassen? Hatte ich mich bei dem Bauern für seine Hilfsbereitschaft bedankt?

Weg, nur weg von hier. Mit Vollgas raste ich über die Landstraße. Ich spürte nicht die tiefen Schlaglöcher, welche die Achsen zu zerbrechen drohten. Ich registrierte nicht das Quietschen der Reifen, wenn ich wie ein Irrer den Wagen in die Kurve schießen ließ. Alles, was ich tat, lief ohne bewusste Kontrolle ab. Ich erlebte einen unbeschreiblichen, tiefen Schmerz in meinem Herzen, der wie Feuer brannte, und gleichsam Wut. Unbeschreibliche Wut. In meiner tiefen Verzweiflung beschimpfte ich Gott. Ich fragte ihn, den Unsichtbaren, nach dem Warum. Warum gönnte er mir nicht ein glückliches Zusammentreffen mit meinem Vater? Ist er wohl eifersüchtig, dass ich meinen irdischen Vater mehr lieben könnte als ihn? Hat er mir darum schon in meiner Kindheit all jene Menschen zu sich genommen, die ich liebte? In meiner Hilflosigkeit heulte ich, dass mir dicke Tränen über die Wangen liefen. Wie lange schon hatte ich nicht mehr geweint? Nur verschwommen, wie durch ein Milchglas nahm ich die Straße wahr. Trotzig trat mein rechter Fuß das Gaspedal vollends durch. Es hätte mir in diesem Augenblick nichts ausgemacht, wenn ich gegen einen Baum gerast wäre. Ich wünschte mir das sogar.

Aus jenem selbstzerstörerischen Traum wurde ich jäh gerissen, als ein großer, schwarzer Hund von rechts aus dem Gebüsch, das die Straße säumte, nur wenige Meter entfernt vor meinen Wagen sprang. Instinktiv stieß ich den Fuß auf das Bremspedal und brachte so den Wagen mit einer Vollbremsung ins Schleudern. Der Hund hüpfte erschreckt zur Seite und rannte unverletzt über die Fahrbahn weiter auf die andere Straßenseite. Mein Wagen kam quer zur Fahrbahn kurz vor einem Wassergraben zum Stehen. Nun war ich hellwach und wieder klar im Kopf.

Ich fliege nicht eher nach Deutschland zurück, bevor ich nicht die Gewissheit habe, dass dieser Vlado Novokmet, dem ich gegenüberstand, mein Vater ist oder auch nicht. Ich beschloss, nunmehr aufs Ganze zu gehen. Und diese Gewissheit konnte mir nur einer geben, Milenko Novokmet in Pristina.

Let it be

Ich ging um das Auto herum und fand außer der Delle, die ich bereits bei der Übernahme des Wagens festgestellt und moniert hatte, keine weiteren Beschädigungen. Nicht einmal eine Schramme. Glück gehabt! Vorsichtshalber drückte ich mit voller Kraft auf die Oberfläche des Kühlers und des Kofferraums, um die Stoßdämpfer zu prüfen. Es war tatsächlich nichts passiert. Einigermaßen beruhigt stieg ich in den Wagen. Er stand noch immer quer zur Fahrbahn. Ich startete den Motor, der bei meinem Manöver abgestorben war und nunmehr nur noch widerwillig ansprang. Dann fuhr ich zurück zur Kreuzung bei Uroševac und bog dort nach rechts in Richtung Norden ab. Nach Pristina. Nicht nur aus christlicher Nächstenliebe, sondern auch weil ich mich zu einer besonnenen Fahrweise zwingen wollte, nahm ich einen jungen Japaner mit, der wie verloren schon seit Stunden an der Kreuzung gestanden hatte. Ich hoffte, er würde mit mir nach Pristina kommen und mich dort vielleicht ein Stück begleiten, so dass ich nicht alleine mit Milenko sprechen musste.

Mein Optimismus war mehr als gedämpft. Ich erwartete nicht, dass es mir in Pristina besser ergehen würde als in Tankosić, ahnte aber auch nicht, welche Überraschungen dort auf mich warten sollten.

Der junge Mann aus Hiroshima interessierte sich allen Ernstes dafür, warum ich mich hier im Kosovo aufhielt, und hörte sich meine Vaterstory geduldig an. Ob er mein Anliegen verstand, war ich mir nicht sicher. Er bestand hartnäckig darauf, kurz vor Pristina aussteigen zu dürfen, um in Richtung Westen weiter zu trampen. Davon war er durch nichts abzubringen, nicht einmal durch eine Einladung zum Essen. Wer weiß, für wen oder was er mich gehalten hat. So ein Sechsunddreißigjähriger, der sein Papilein sucht, kann ja wohl nicht ganz dicht im Kopf sein.

So stand ich, einsam und verlassen, wie ich mich fühlte, auf dem öffentlichen Parkplatz nahe der Straße des 19. November, wo ich wenige Stunden vorher schon einmal geparkt hatte. In den Häusern der 19. Novembra Straße noch einmal nach Milenko Novokmet zu suchen, machte wenig Sinn. Ich ging in das Postamt, das dem Parkplatz gegenüberlag, um von dort Milenkos Nummer anzurufen, die ich von München und Skopje aus immer mit Erfolg angewählt hatte. Alle Telefone waren besetzt und noch viele Leute warteten vor mir darauf, einen Anruf tätigen zu können. Ich erkannte bei dem Gedränge im dem kleinen Amtsbüro auch nicht, ob man das Gespräch von der hinter einer Glasscheibe sitzenden Dame vermitteln lassen musste oder ob man bei ihr lediglich Telefonmünzen kaufen konnte, so man solche nicht bei sich hatte. Ich stellte mich an ihrem Schalter an.

Als ich endlich an der Reihe war, fragte ich sie auf Englisch: „Ich möchte gerne hier in Pristina jemanden anrufen. Wie funktioniert das? Brauche ich hierzu eine Telefonmünze oder Kleingeld oder kann ich bei Ihnen bezahlen?"

Die Dame des Telegrafenamtes war überaus freundlich und hilfsbereit. Sie hörte mir geduldig wie eine Mutter ihrem hilfesuchenden Kind zu und versuchte mir mit dem wenigen Englisch, das sie sprach, den Gebrauch des Telefons zu erklären. Als sie an meinem verwirrten Blick erkannte, dass ich ihr nicht so recht folgen konnte, sagte sie mit einem Lächeln auf den Lippen: „Kommen Sie bitte zur Tür!"

Sie erhob sich von ihrem Stuhl, um mir die verschlossene Pforte, die zu ihrem Büro führte, von innen zu öffnen.

„Bitte telefonieren Sie an diesem Apparat!", bot sie mir an, hob sogleich den Hörer von der Gabel und übergab ihn mir, wobei sie vorher noch einen kleinen schwarzen Knopf drückte.

Ich bedankte mich, überrascht von so viel Zuwendung und Verständnis nach all dem, was ich bisher erlebt hatte.

Ich zog den Zettel mit Milenkos Telefonnummer aus meiner Jackentasche und drehte die Wählscheibe. Hätte die Dame mir nicht so freundlich und aufmunternd mit ihrem zierlichen Lockenkopf zugenickt, ich hätte bestimmt in diesem Moment den Hörer wieder auf die Gabel gelegt und wäre davongelaufen. Jetzt aber konnte ich nicht mehr zurück.

Die Drei war die letzte Ziffer Milenkos Nummer. Die Leitung war frei. Es klingelte bei den Novokmets, wo auch immer sie wohnen mochten. Mein Herz raste vor Aufregung wie vor einer Mathematikschulaufgabe.

„Hallo", meldete sich die mir vertraute Frauenstimme.

„Kann ich bitte Herrn Novokmet sprechen?", fragte ich auf Englisch.

Die Frau antwortete mit dem mir vertrauten „Momenat".

Und sogleich vernahm ich die mir bekannte Stimme des Herrn Novokmet. Sie klang wie Musik in meinen Ohren.

„Wo bist du denn? Wir erwarten dich schon den ganzen Tag. Wir waren schon zweimal auf dem Bahnhof in Uroševac."

„Ich bin hier in Pristina", entgegnete ich. „Ich war heute schon einmal hier und habe euch in der Straße des 19. November Nummer 1 gesucht, aber nicht gefunden."

„Wir wohnen dort nicht mehr. Wir sind umgezogen", war die erklärende Antwort.

„Ich habe heute Morgen aus Skopje angerufen. Da war plötzlich die Leitung unterbrochen. Und du hast nur jugoslawisch gesprochen."

„Das war nicht ich. Das war mein Vater. Er kann kein Englisch. Ich war in der Schule."

Nun fiel es mir wie Schuppen von den Augen.

„Mein Gott! Und ich habe gedacht, dass es irgendwelche Probleme mit Vlado gegeben hat und ihr nicht mehr wollt, dass ich komme."

„Ganz im Gegenteil! Wir freuen uns über deinen Besuch. Mein Vater wird das Treffen mit Vlado, meinem Onkel, vorbereiten."

„Ich glaube, ich habe da einen Fehler gemacht. Ich war schon in Tankosić. Es war eine Katastrophe."

„Das haben wir befürchtet. Deshalb wollten wir, dass du zuerst zu uns kommst. ... Wo bist du?"

„Im Postamt direkt an der Hauptstraße. Gegenüber ist ein großer Parkplatz."

„Mein Vater und ich sind in zehn Minuten bei dir und holen dich ab. Wir haben einen grünen Fiat."

„Danke! Vielen Dank!" Ich fühlte mich, als sei mir ein ganzer Felsbrocken vom Herzen gefallen.

Während ich mich noch vor wenigen Minuten zu Tode betrübt fühlte, war ich nunmehr in einer nahezu himmelhochjauchzenden Stimmung, und dies, obwohl ich nicht hoffen konnte, dass sich in der Beziehung zu Vlado Novokmet, meinem Vater, wenn er es denn auch ist, etwas ändern würde.

Es dauerte keine zehn Minuten, da bog ein kleiner dunkelgrüner Polsky Fiat auf den Parkplatz ein und hielt auf dem Fahrweg an. Ich nahm die Beatle-Platte unter den Arm und ging auf den Wagen zu. Zwei Männer stiegen aus. Einer war um die Fünfzig, der andere war bestimmt nicht älter als 16 Jahre. Wir gingen uns entgegen. Der jüngere schüttelte mir die Hand und sagte. „Ich bin Zoran. Das ist mein Vater Milenko."

Auch Milenko schüttelte mir herzlich die Hand und drückte mir auf beide Wangen einen Kuss. Zoran übersetzte: „Sei willkommen, mein Cousin!"

Ich freute mich unbeschreiblich darüber, obwohl ich zu diesem Zeitpunkt noch nicht wusste, dass in diesem Lande ein Cousin sogar den Stellenwert eines Bruders einnimmt.

Nun verstand ich auch, warum ich die Beatle-Platte „Let it be" besorgen sollte. Zoran hatte sie sich gewünscht. Er war es, der jedes Mal, mit Ausnahme von heute Morgen, als ich aus Skopje anrief, ans Telefon ging und mit mir englisch sprach. Ich übergab ihm die Schallplatte. Er hielt die Hülle vor sich hin und las mit leuchtenden Augen „Let it be".

„Komm mit zu uns nach Hause!", forderten sie mich auf. „Du bleibst selbstverständlich bei uns über Nacht."

„Aber nein, ich nehm ein Hotel. Ihr sollt euch meinetwegen keine Umstände machen", wehrte ich ab. Ich meinte das ehrlichen Herzens; denn ich wollte mich erst einmal duschen und ein klein wenig ausruhen. Ich dachte da an das Betonhotel, welches ich vom Parkplatz aus gesehen hatte.

„Mein Vater akzeptiert das nur, wenn du die Nacht mit einer Frau verbringen willst", entgegnete Zoran und wurde dabei nicht einmal rot.

Also gab ich nach. Ich hatte alles andere im Sinn als die Absicht, mit einer Frau zu schlafen, schon gar nicht mit einer fremden.

Zoran wirkte so selbstsicher, erwachsen. Er benahm sich in keiner Weise, wie man es von einem Sechzehnjährigen erwarten würde. Er strahlte die Ruhe und Gelassenheit seines Vaters aus. Wir einigten uns, dass Zoran mit mir mitfahren würde. Milenko fuhr mit seinem Wagen voraus.

„Meine Mutter und meine Schwester Jasmina warten schon seit Stunden mit dem Essen", sagte Zoran. Er hatte dunkles, festes Haar, ebenso dunkle, buschige Augenbrauen, die über seiner Hornbrille hervorragten, und über seinem Mund den leichten Ansatz eines Bärtchens.

Zoran hielt die Beatle-Platte in den Händen und las immer wieder die Textseite.

„Ich mache selbst Musik", erklärte er, „Gitarre und Schlagzeug. Zusammen mit Freunden wollen wir eine Band gründen."

Er zeigte mir die Straße, die einen Berg hinaufführte, wo eintönige Wohnsilos aus Beton wie Zähne in den Himmel ragten. Sie waren allerdings neuer als die unten in der Stadt. Wir hielten auf einem ungepflegten Vorplatz, der nicht nur als Parkplatz diente, sondern offensichtlich auch als Müllkippe Verwendung fand. Die Häuser standen auf Betonstelzen, die dem Geruch nach zu schließen vornehmlich als Pissbäume benutzt wurden. Auch in dem dunklen Treppenhaus roch es penetrant nach Urin. Der Aufzug war außer Betrieb. In jedem Stockwerk baumelte eine nackte Birne von der Decke, die es trotz des schwachen Lichts nicht schaffte, den Schmutz, der auf der Treppe klebte, verschämt im Dämmerlicht zu verbergen. Ich bemerkte, dass es Zoran peinlich war, mich durch dieses Chaos führen zu müssen.

„Die Leute hier passen auf nichts auf, weil ihnen nichts gehört", erklärte er.

Ich wusste darauf nichts zu sagen, obwohl ich ihm gerne irgendetwas entgegnet hätte, was die Peinlichkeit der Lage hätte lösen können.

Es sah hier schlimm aus. Die Wände waren verschmiert und verkratzt und alles, was nicht einzementiert war, schien abmontiert worden zu sein.

Im dritten Stock bogen wir nach rechts ab und gingen einen dunklen, aber auffallend sauberen Gang entlang. Zu beiden Seiten waren unbeschädigte Türen. Hier schienen die feineren Leute zu wohnen. Zoran ging voraus und öffnete die Tür an der Stirnseite des Flurs.

Milenko wartete bereits auf uns. Er stellte mir seine Frau Marianka und seine Tochter, die zwölfjährige Jasmina, vor. Ich glaubte in eine andere Welt einzutreten. Alles war hier sauber und ordentlich aufgeräumt. Frau Novokmet mochte etwa vierzig Jahre alt sein. Sie trug ein blaues Kostüm mit weißen Tupfen, welches sie schlanker erscheinen ließ, als sie in Wirklichkeit war. Man sah es ihr an, dass sie eine gute Köchin und eine ordentliche Hausfrau ist. Sie strahlte so viel Herzlichkeit und Wärme aus, dass ich das Gefühl hatte, einer mir bekannten lieben Person zu begegnen. Die streng gelegten Dauerwellen verrieten, dass sie sich noch am Vormittag beim Friseur die Haare hatte machen lassen.

Milenko bat mich im Wohnzimmer Platz zu nehmen. Zoran setzte sich zu uns. Jasmina saß abseits auf einem Sessel und las in einem Buch. Marianka Novokmet verschwand immer wieder in der Küche, um irgendeine kleine Leckerei oder etwas zum Trinken zu bringen. Die in Honigmet eingelegten Erdbeeren, die mir zur Begrüßung gereicht wurden, schmeckten einfach himmlisch, und wenn ich mich nicht geniert hätte, hätte ich das ganze Schüsselchen leergegessen.

„Ich glaube, ich habe einen Fehler gemacht, dass ich gleich selbst nach Tankosić gefahren bin", begann ich meine Erlebnisse mit Vlado zu schildern.

Zoran übersetzte, was sein Vater sagte, ins Englische und, was ich sagte, ins Jugoslawische.

„Vlado Novokmet hat bestritten, in Landshut gewesen zu sein, meine Mutter oder sonst jemanden dort zu kennen. Ja, er hat sogar geleugnet, jemals in Deutschland gewesen zu sein. Als ich die Namen Antely Stojan und Milenko erwähnte, wurde er sogar so böse, dass er auf mich einschimpfte. Ich glaube, er hätte mich am liebsten in der Luft zerrissen."

Sie hörten mir aufmerksam zu. Nach einer Weile unterbrach mich Milenko: „Ich weiß genau, dass Vlado in Deutschland war und dort in einer Brauerei gearbeitet hat, weil er es bei seiner Rückkehr selbst erzählt hat. Und ich weiß auch noch, wie er sich gebrüstet hat, viele deutsche Frauen gehabt zu haben. Ach, was sag ich! Die Novokmets sind allesamt anständige und gutmütige Leute. Das kannst du mir glauben! Vlado ist der einzige Schlimme in unserer Verwandtschaft. Er ist böse und jähzornig. Es tut mir leid, dies sagen zu müssen, auch wenn er wahrscheinlich dein Vater ist."

Mich konnten seine Worte nicht mehr allzu sehr erschüttern, da ich Vlado ja bereits persönlich erlebt hatte. Ich holte die Fotos aus meiner Umhängetasche, auf welchen Vlado, Antely und die Söhne des Braumeisters zu sehen waren, und zeigte sie Milenko.

Schon beim ersten Bild sagte er: „Natürlich, das ist Vlado! Genauso hat er ausgesehen, als er 1945 aus Deutschland zurückkam. Ich war damals etwa 12 Jahre alt. Er hat uns gleich nach seiner Ankunft besucht."

„Warum aber hat er alles geleugnet? Ich hatte ihm doch geschrieben, dass ich keinerlei Ansprüche oder Forderungen stellen würde. Oder hat er meinen Brief vielleicht gar nicht erhalten?"

„Er hat ihn erhalten", entgegnete Milenko. „Letzte Woche wollte ich ihn besuchen, um mit ihm über dieses Treffen zu sprechen. Er war aber nicht zu Hause. Da habe ich mit seiner Frau ein wenig geplaudert. Und die hat erzählt, dass Vlado vor einiger Zeit einen Brief aus Deutschland erhalten hatte. Er hat ihn hastig geöffnet, sich dann hingesetzt und ihn mehrmals gelesen und dabei hat er immer wieder den Kopf geschüttelt. Seine Frau konnte sich gar nicht denken, was dies zu bedeuten hatte. Er hat auch nicht mit ihr über diesen Brief gesprochen. Den Brief hat er sogar zerrissen und im Ofen verbrannt, hat seine Frau gesagt."

„Dann ist Vlado doch mit ziemlicher Sicherheit mein Vater", sagte ich.

„Ja, das glaube ich auch", entgegnete Milenko. „Ich werde zu ihm fahren und mit ihm sprechen."

„Nein, bitte, tu das nicht! Er bringt dich um. Bitte, lass das sein!", warnte ich Milenko.

„Lass mich nur machen!", beruhigte er mich. „Ich weiß, was ich tu. Aber zuerst wollen wir etwas essen. Bitte, komm zu Tisch."

Marianka hatte den Tisch gedeckt, als gelte es eine Hochzeit zu feiern. Ich musste am Kopf der Tafel den Ehrenplatz einnehmen. Frau Novokmet überhäufte meinen Teller mit allem, was sie in liebevoller Arbeit vorbereitet hatte. Milenko schenkte Bier in die Gläser.

Als wir die Gläser erhoben und uns zuprosteten, sagte Milenko: „Wenn Vlado, mein Onkel, dein Vater ist, dann bist du mein Cousin. Und ein Cousin ist bei uns so viel wie ein Bruder. Komm, lass dich umarmen, Bruder!"

Noch während wir aßen, stand Milenko vom Tisch auf, flüsterte Zoran etwas zu und verschwand dann für eine Weile.

Nach etwa fünf Minuten kam er wieder zurück. Es war kurz vor 18.00 Uhr. Er setzte sich zu uns und sagte: „Ich wollte eben mit meinem Wagen nach Tankosić fahren, um mit Vlado zu sprechen. Aber mein Benzin ist alle. Und heute bekomme ich keines mehr."

„Ich leihe dir gerne mein Mietauto, wenn du irgendwo hinmusst. Aber ich bitte dich nochmals, nicht nach Tankosić zu fahren. Vlado hat geradezu einen Wutanfall bekommen, als ich deinen Namen erwähnte. Er bringt dich um, wenn er dich in den nächsten Tagen sieht", versuchte ich nochmals Milenko zu überzeugen.

Damit schien dieses Thema beendet zu sein. Milenko erzählte, dass er Berufssoldat war und deshalb schon so früh in Pension habe gehen können. Zoran wollte das Abitur machen und anschließend Musik studieren. Marianka Novokmet arbeitete als Krankenschwester in einer Klinik und Jasmina träumte von einer Reise um die ganze Welt.

„Ich überlege gerade, ob ich nicht heute noch nach Skopje zurückfahre", gestand ich mit einem leicht schlechten Gewissen, weil ich das Gefühl hatte, hiermit die Gastfreundschaft zu verletzen.

Etwas Neues über meinen Vater, das mir die letzte Gewissheit geben könnte, dass er es tatsächlich ist, würde ich ohnehin nicht mehr erfahren.

„Ein Gast verlässt bei uns das Haus erst nach dem Mittagessen", entgegnete Milenko forsch. „Und das ist morgen Mittag. Gefällt es dir nicht bei uns?"

„Aber ja doch! Ich möchte nur eure Gastfreundschaft nicht zu sehr strapazieren oder euch gar zur Last fallen."

Ich musste also bleiben, obwohl mir dies in diesem Augenblick alles sinnlos vorkam. Ich dachte an Sabine und an meinen kleinen Slanger, der viel dringender einen Vater brauchte als ich alter Esel. Ich möchte nach Hause, sofort nach Hause! Ich will dem kleinen Jungen ein guter Vater werden, beschloss ich in diesem Augenblick. Warum suche ich das Glück hier in der Ferne, wo doch zuhause Menschen auf mich warten, die mich mögen und die mich brauchen? War nicht alles dumm und kindisch, was ich hier mit großem Aufwand unternahm?

„Bei so viel Gastfreundschaft, will ich gerne bleiben." Es war eine Notlüge, um die Menschen, die so gut zu mir waren, nicht zu kränken. Mein Herz war bei Sabine und meinem kleinen Slanger. Ist es reiner Zufall, dass er den gleichen Namen wie ich hat, oder gibt es doch so etwas wie ein Schicksal oder eine göttliche Fügung? Ich werde ihn adoptieren, gleich wenn ich zurückkomme. Ihm soll es nicht so ergehen wie mir! Er soll einen Vater haben!

Zoran schlug vor, mir ein wenig die Stadt zu zeigen, was ich gerne annahm. Nach dem üppigen Essen musste ich mich unbedingt bewegen. Danach wollte ich meinen Koffer aus dem Auto holen. Ich hatte meinen Koffer und somit alle Sachen, die ich brauchte, um mich frisch zu machen, noch immer im Auto. Milenko bestand darauf, meinen Koffer aus dem Auto zu holen und heraufzutragen. Ich konnte diese freundliche Geste der Gastfreundschaft ebenfalls nicht ausschlagen und überließ Milenko meinen Autoschlüssel, ohne zu ahnen, was er damit wirklich vorhatte.

Verschwunden

Es war schon dunkel, als wir aus der Stadt zurückkamen. Ich rechnete fest damit, dass Milenko meinen Koffer in die Wohnung getragen hatte, und freute mich darauf, endlich duschen und meine Wäsche wechseln zu können. Ich konnte mich im wahrsten Sinne des Wortes selbst nicht mehr riechen. Marianka Novokmet öffnete uns die Wohnungstür. Als ich überrascht feststellte, dass weder Milenko noch mein Koffer da waren, sagte sie beruhigend: „Vater ist mit Alexanders Auto nach Tankosić gefahren. Zu Vlado."

Ich fühlte mich in diesem Moment wie vom Schlag gerührt.

„Mein Gott, warum macht er das nur?", entgegnete ich besorgt. „Vlado ist unberechenbar. Hoffentlich wird er ihm nichts antun!"

Sorgen machte ich mir aber auch, weil Milenko das von mir gemietete Auto genommen hatte, ohne es mit mir vorher abzusprechen. Welche Scherereien auf mich zukämen, sollte er damit einen Unfall bauen, wollte ich mir gar nicht erst ausmalen.

„Mein Vater weiß, was er tut", sagte Zoran beruhigend. „Sei unbesorgt! Er wird bald wieder zurückkommen."

„Willst du nun zu Abend essen?", fragte mich Marianka in ihrer mütterlich fürsorglichen Art. Aber das war wirklich das letzte, woran ich in diesem Augenblick dachte. Ich lehnte dankend ab. Ich hätte keinen Bissen runtergebracht. Außerdem war ich von dem späten Mittagessen noch mehr als satt.

Mein Gott, hoffentlich passiert Milenko nichts!

Ich nahm auf einem der beiden mit Flauschdecken belegten Wohnzimmersofas Platz. Neben mir hatte es sich Zoran in einem Polstersessel bequem gemacht. Marianka saß auf einem Stuhl neben der Wohnzimmertür und war dabei ein Deckchen zu häkeln. Jasmina hatte sich in ihr Zimmer zurückgezogen, das sie für die kommende Nacht wegen mir mit Zoran teilen musste. Lange Zeit sprach keiner von uns ein Wort. Im Fernsehen lief eine Sportreportage.

Der Fernsehapparat stand als Prunkstück der Wohnung direkt vor dem Fenster. Er war gekrönt von einer vergoldeten Tito-Büste auf einem braunen Holzsockel. Die schneeweißen Gardinen waren von einer grünen Rankenstickerei durchbrochen. Aus der Vitrine des etwas zu wuchtig geratenen Wohnzimmerschranks schauten ein Wagenlenker in Bronze mit einem Speer in der Rechten, der eine Quadriga steuert, ein Speerwerfer in Gold, ein silberner Pokal und ein silberner Kelch. Milenkos Siegestrophäen aus seiner Militärzeit, wie Marianka stolz bemerkte. Ein Portraitfoto in Farbe zeigte Milenko in Uniform, dekoriert mit vielen bunten Abzeichen und Orden an der Brust.

Ein dickes Buch mit dem Titel „Madame Pompadour" war zwischen einer riesigen, rosaroten Koralle und einer nicht minder großen Muschel eingeklemmt. Erinnerungen an einen Urlaub am Meer.

Nichts vermochte meine sorgenvollen Gedanken zur Ruhe zu bringen, weder das Fernsehprogramm noch das bewusste Betrachten aller im Raum befindlichen Gegenstände.

Ich hatte Angst. Hoffentlich passiert Milenko nichts! Hätte ich ihm nur nicht die Autoschlüssel gegeben! Immerfort kreisten dieselben Gedanken in meinem Kopf.

Mama Marianka und Zoran verfolgten seelenruhig die sportlichen Ereignisse des Tages im Fernsehen. Sie schienen meine innere Unruhe nicht zu bemerken. Wäre ich doch nur nicht hierhergefahren! Lieber Gott hilf, dass Milenko heil zurückkommt! Ich werde morgen gleich nach dem Frühstück nach Skopje zurückfahren und mit der nächsten Maschine nach Belgrad fliegen. Ich will weg von hier, einfach nur weg! Ich halt das nicht mehr aus. Ich hatte fast vergessen, was Milenko postuliert hatte. Ein Gast verlässt das Haus erst nach dem Mittagessen.

Immer wieder legte Frau Novokmet ihre Stickerei beiseite, um mir irgendetwas zum Essen auf den Wohnzimmertisch zu stellen, selbstgebackene Plätzchen, Erdnüsse, Äpfel, Birnen und Weintrauben. Ich musste mich überwinden, wenigstens ein paar Nüsse zu knabbern, um Marianka nicht allzu sehr zu enttäuschen, wenn sie mich in immer kürzeren Intervallen aufforderte, von allem, was sie bot, reichlich zu nehmen.

Krampfhaft zählte ich die Muster in dem beige-grau-farbigen Wohnzimmerteppich, nur um mich etwas abzulenken. Die Sportsendung war beendet. Ein Sprecher forderte die Zuschauer höflich, aber bestimmt auf, im Hinblick auf die aktuelle Ölknappheit Strom zu sparen. Er schlug vor, alle überflüssigen Lichter, Lampen und Elektrogeräte abzuschalten.

„Da hält sich eh keiner dran", meinte Zoran und Frau Novokmet nickte zustimmend.

Auch wenn Vlado tatsächlich mein Vater sein sollte, so will ich ihn auf keinen Fall wieder sehen. Meine Illusionen vom Traumvater haben sich in Luft aufgelöst. Ich begrabe nun endgültig das Trugbild vom Helden, Heiler, Helfer und Erlöser. Es hat ihn für mich nie gegeben und es wird ihn für mich ein für alle Mal in diesem Leben nicht mehr geben! Während ich so grübelte, fiel mir ein Spruch ein, über den ich bisher gar nicht viel nachgedacht hatte: Wenn du geliebt werden willst, dann liebe!

Wenn ich doch jetzt nur bei Sabine und meinem kleinen Slanger sein könnte!

Die silberne Wanduhr zeigt bereits 22:25 Uhr. Milenko ist immer noch nicht zurück. Jedes Mal, wenn ich unten auf der Straße ein Auto vorbeifahren höre, springe ich auf, um aus dem Fenster zu schauen. Wegen der Treibstoffknappheit kommen nur wenige Autos vorbei.

„Willst du nicht doch vielleicht etwas essen? Eine Kleinigkeit nur?", fragt Marianka wieder einmal besorgt um mein leibliches Wohl. Sie erinnert mich so sehr an meine Mutter, das Reserl, die mich auch immerfort fragte, ob und was ich essen möchte. Es dauerte, bis ich endlich verstand, dass dies ihre Art war, mir Liebe zu zeigen.

„Ich mache mir Sorgen, weil Milenko nicht zurückkommt", sagte ich, ohne auf ihre Frage einzugehen. „Hoffentlich hat ihm Vlado nichts angetan!"

„Sei unbesorgt! Meinem Vater passiert nichts!", entgegnet Zoran zum wiederholten Male. „Ich sagte doch schon, der weiß, was er macht. Er war lange genug Offizier."

Wie mag wohl das Verhältnis zwischen meiner Mutter und Vlado gewesen sein? War Vlado damals als Kriegsgefangener und Zwangsarbeiter in Deutschland tatsächlich ein so netter Mann, den alle gernhatten? Wer weiß, was er in der Gefangenschaft alles erleben musste. Vielleicht empfindet er einen berechtigten Hass auf die Deutschen und möchte an diese Zeit nicht mehr erinnert werden. Ob er meine Mutter wohl einmal wirklich geliebt hat? Oder war sie für ihn nichts weiter als eine Frau, die er zur Nivellierung seines Hormonspiegels gebrauchte? Armes Reserl, wahrscheinlich hat er dir nicht einmal erzählt, dass er Frau und Kinder zuhause in Jugoslawien hatte, die auf ihn warteten. Sicher wärst du gerne die einzige Frau gewesen, die er in Deutschland liebte. Prahlte er nicht nach seiner Rückkehr damit, viele deutsche Frauen geliebt zu haben?

Jasmina kam mit einem Zauberwürfel ins Wohnzimmer. Sie hatte ihn so verdreht, dass sie damit nicht mehr zurechtkam. Der verwirbelte Würfel passte zu meiner augenblicklichen seelischen und geistigen Verfassung wie die Faust aufs Auge. Marianka Novokmet, Zoran und ich bemühten uns gemeinsam, die bunten Steine wieder in die richtige Reihenfolge zu drehen. Das lenkte mich von meinen trüben Gedanken ab und brachte zugleich wieder Ordnung in meinen Kopf.

Der Wahrheit zweiter Teil

Im Wohnzimmer der Novokmets war es bullig warm. Trotz der Energiekrise und aller Ermahnungen im Fernsehen waren alle Heizkörper voll aufgedreht. Wenn ich mich wenigstens duschen könnte! Ich hatte das peinliche Gefühl zu müffeln. Wäre ich doch ins Hotel gegangen!

Mittlerweile hatte es draußen zu regnen begonnen. Die wenigen Autos, die unten in Abständen vorbeifuhren, waren durch die nasse Fahrbahn noch deutlicher zu hören. Hoffentlich ist das Milenko, wünschte ich mir bei jedem Auto, dessen Geräusch ich wahrnahm. Ebenso gespannt lauschte ich, ob nicht im Flur Schritte zu vernehmen waren, welche die Ankunft Milenkos verrieten.

Es ist nun schon fast 23:00 Uhr. Noch immer wartet die Familie Novokmet in Geduld und mit einer mir unerklärlichen Gelassenheit auf die Rückkehr des Vaters.

Warum mache ich mich nur selbst so verrückt? Dass Milenko so lange nicht zurückkommt, kann doch auch etwas Gutes bedeuten! Vielleicht sagt ihm Vlado nun doch die Wahrheit. Und dazu braucht er bestimmt hinreichend Zeit. Ist ja auch alles schon zig Jahre her. Vielleicht tut es Vlado sogar leid, dass er zu mir so abweisend war, und bespricht nun mit Milenko, wie er wieder einlenken könnte.

Im Fernsehen kündigt eine blasse Ansagerin das Ende des Programms an und wünscht allen Genossen und Genossinnen eine gute Nacht. Zum Abschluss flattert dann noch eine rot-weiß-blaue Fahne mit einem roten Stern in der Mitte über den Bildschirm. Sie wird zu den Klängen der jugoslawischen Nationalhymne von zarten Winden gefächelt.

Nun meinte auch Frau Novokmet, Vater hätte vielleicht doch besser erst am nächsten Morgen nach Tankosić fahren sollen. Jasmina zog sich wieder in ihr Zimmer zurück. Zoran blieb weiterhin gelassen in seinem Sessel sitzen.

Je später es wurde, umso mehr verfolgte mich die panische Angst, es könnte Milenko etwas zugestoßen sein. Lieber Gott, betete ich, lass ihn heil wieder zurückkommen! Ich will auch gar nichts mehr weiter über meinen Vater wissen. Aus, Schluss, Amen, vorbei! Ja, ich habe begriffen, dass ich das, was ich so lange gesucht habe, selbst er- und ausleben muss. Ja, ich habe auch kapiert, dass so etwas wie die Stimme des Blutes vielleicht gar nicht existiert, dass mir jeder Fremde mehr Vater, Mutter, Bruder und Schwester sein kann als ein direkter Blutsverwandter. Ich will daraus meine Lehre ziehen. Ich werde mich um Sabine und den kleinen Slanger kümmern. Es ist meine Aufgabe, die Rolle des Vaters anzunehmen, Vater zu werden, Vater zu sein. Hoffentlich bricht bald der morgige Tag an, damit dieser Albtraum ein Ende hat.

Der große ausgestopfte Vogel mit seinen weit ausgebreiteten Flügeln schaut bedrohlich vom Wohnzimmerschrank auf mich herab. Ich spüre, wie er sich darauf vorbereitet, sich jeden Moment von dort oben auf mich herabzustürzen, um mich mit seinen spitzen Krallen zu fassen und mit seinem scharfen Schnabel auf mich einzuhacken. Ich kann nicht weglaufen. Irgendeine unsichtbare Kraft drückt mich fest in das Sofa. Und doch muss ich an ihm vorbei hin zu der nur angelehnten Tür dort direkt beim Fenster. Ich muss durch diesen Raum gehen.

Nur mit Mühe und äußerster Kraftanstrengung erreiche ich die Tür. Ich reiße sie auf und starre mit Entsetzen in einen Raum, der über und über angefüllt ist mit den Leibern nackter Frauen, die von einer unbeschreiblichen Hässlichkeit gezeichnet sind. Ihre Körper sind entweder dürr oder fett und wie mit einem weißen Puder bestreut, der ihre unzähligen Wunden verdecken soll. Ihre Haare sind aufgelöst, wirr, grau und strähnig. Wie Würmer kriechen sie auf dem Boden übereinander oder entschlüpfen verschlungenen, weißen Leinentüchern auf rostigen, eisernen Bettgestellen. Die hohen Fenster dieses schrecklichen Raums sind von außen vergittert. Eine der Jammergestalten hebt sich mühsam vom Boden auf und zeigt mit erhobenem Arm direkt auf mich. Sofort drängen sich all die anderen Höllenwesen in meine Richtung. Sie greifen nach mir und wollen mich berühren. Ihre Gesichter sind von einer Hässlichkeit gezeichnet, dass Ekel und Schrecken mich davon abhalten wollen, durch diesen Raum zu gehen. Ein wabbeliges Weib wälzt sich mit letzter Kraft zur Seite, um der neben ihr liegenden Dürren die Scham zu bedecken. Ich weiß, dass ich zu der Tür auf der anderen Seite des Raums gehen muss, weil dahinter irgendetwas oder irgendjemand, den ich nicht kenne, aber schon seit langem suche, auf mich wartet. Die zerschundenen Leiber mit den welken Brüsten kommen immer näher. Ihre Arme und Hände wollen mich fassen. Ich möchte schreien, kann es aber nicht. Nur ein schwaches Röcheln kommt aus meiner Kehle. Da wache ich auf. Ich war vor Erschöpfung eingeschlafen.

Die Wohnzimmeruhr zeigte 00:15 Uhr. Milenko hatte das Wohnzimmer betreten. Ich sprang noch schlaftrunken vom Sofa auf und ging auf ihn zu.

„Milenko, wo warst du?", fragte ich und wartete erst gar nicht auf seine Antwort. „Ist alles gut gegangen?"

„Entschuldige, dass ich dein Auto so einfach genommen habe, ohne dich vorher zu fragen", antwortete Milenko ruhig. „Aber ich habe kein Benzin mehr im Tank meines Wagens. Und wenn ich dir gesagt hätte, dass ich zu Vlado nach Tankosić fahre, wärst du bestimmt nicht damit einverstanden gewesen. Ich wollte unbedingt mit ihm reden und alles klären, ehe du nach Deutschland zurückfährst."

„Was hat er gesagt? War er noch böse, weil ich ihn in Tankosić aufsuchte?" Ich war nun hellwach.

Milenko setzte sich zu uns an den Tisch. Zoran übersetzte geduldig, was sein Vater zu erzählen wusste.

„Ich konnte mit Vlado nicht unter vier Augen sprechen. Er war nicht allein. Seine Frau Dana war anwesend, während wir uns unterhielten. Und auch sein ältester Sohn. Der war aber nur kurz zu Besuch und ging bereits vor mir wieder. Vlado hat mir gegenüber zugegeben, dass er gegen Ende des zweiten Weltkriegs in Landshut war. Er hat dort tatsächlich als Gefangener in einer Brauerei arbeiten müssen. Er wollte dies aber vor dem anderen, dem Bauern, der dich zu ihm gebracht hatte, nicht preisgeben. Vlado behauptete, er habe deine Mutter und ihre Schwester nur vom Sehen her gekannt, aber nichts mit ihnen gehabt. Er erzählte aber frei heraus, dass er in Landshut eine

Freundin hatte. Die soll Anna geheißen haben. Sie war eine Deutsche und soll sehr hässlich gewesen sein. Nach Vlados Schilderung soll sie nur ein Auge gehabt haben. Angeblich war sie in einem Hotel beschäftigt. Sie habe ihn gezwungen, mit ihr zu schlafen, sonst hätte sie ihn der Gestapo ausgeliefert. ... Ich glaube, dass Vlado nicht die Wahrheit gesagt hat, sicherlich auch weil seine Frau bei unserem Gespräch immer anwesend war."

„Die Geschichte mit der einäugigen Anna ist bestimmt erfunden", warf ich ein.

Milenko stimmte kopfnickend zu.

Warum sollte sich Vlado mit einer hässlichen Frau eingelassen haben? Und weshalb sollte sie ihm mit der Gestapo gedroht haben? Es bestand vielmehr für Frauen, die etwas mit Gefangenen hatten, die Gefahr, von der Gestapo abgeholt zu werden.

„Vlado wird, solange er lebt, nie die Wahrheit sagen", beendete Milenko seinen Bericht. „Vielleicht wird er es auf seinem Sterbebett eines Tages tun. Wer weiß? Nach dem heutigen Gespräch bin ich jedoch davon überzeugt, dass Vlado dein Vater ist."

Morgen um diese Zeit ist alles vorbei, dachte ich. Ich bin zwar um eine Illusion ärmer, aber andrerseits um eine wichtige Erfahrung reicher. Der Traum vom Traumvater ist endgültig ausgeträumt. Wenn ein Mensch in einem Erdenleben überhaupt erwachsen werden kann, so bin ich diesem Ziel an diesem Tag und in dieser Nacht einen entscheidenden Schritt nähergekommen.

Verschollen

Nun war ich frisch geduscht, hatte die Wäsche gewechselt und fühlte mich ziemlich ausgeschlafen. Muss ein Gast tatsächlich bis zum Mittagessen bleiben? Erfordern dies Anstand und Sitte in diesem Land? Ich wollte am liebsten sofort meine Rückreise antreten. Nur weg. Zurück zu Sabine und meinem kleinen Slanger, die auf mich warteten und wohin ich gehörte.

Das ging aber nicht, ohne vorher das von Marianka liebevoll zubereitete, üppige Frühstück einzunehmen. Ich durfte sie in keinem Fall beleidigen, indem ich diese herzliche Geste gelebter Gastfreundschaft ablehnte.

Beim Frühstück offerierten mir Milenko und Zoran, dass sie eine ganz besondere Überraschung für mich bereithielten. Dazu bräuchten wir jedoch meinen Mietwagen. Sie wollen mir etwas zeigen, was in Europa einmalig ist. Ich solle mich überraschen lassen.

Ich ging darauf ein. Ich lud mein Gepäck in das Auto. Milenko und Zoran folgten mir auf dem Fuß nach einer herzlichen Verabschiedung von Mama Novokmet, bei der ich mich für ihre Gastfreundschaft tausendmal bedankte. Sie freute sich riesig über die letzte Packung Dallmayr Kaffee aus meinem Koffer, die ich ihr überreichte.

Zoran setze sich neben mich auf den Beifahrersitz, nachdem sein Vater Milenko auf dem Rücksitz Platz genommen hatte. Ich sollte Richtung Skopje fahren. Meine Neugier, aber auch ein gewisses Unbehagen, spornten mich an, nach dem Ziel unserer Reise zu fragen. Zoran traf vollkommen meinen Geschmack und meine Begeisterung, als er mir erklärte, sie wollten mir die

Mermerna Pećina zeigen, die schönste Marmorgrotte Europas, wenn nicht gar der ganzen Welt. Für unterirdische Gänge, Höhlen und Grotten hatte ich von frühester Kindheit an geradezu eine Schwäche.

Die besagte weltallerschönste Marmorgrotte liegt etwa 20 km südlich von Pristina und 65 km von Skopje entfernt, im Dorf Donje Gadimje auf der östlichen Seite des Kosovo-Tales.

Wir erreichten die Höhle außerhalb der Touristenzeit. Sie war verschlossen. Ein alter Mann, der anscheinend mit der Bewachung der Anlage betraut war, humpelte uns entgegen, um mit beiden Armen fuchtelnd anzuzeigen, dass wir wieder umkehren sollten. „Höhle geschlossen." Damit ließ sich Milenko aber nicht abwimmeln. Er sprach mit dem Alten, drückte ihm wie beiläufig etwas in die Hand und schon war dieser bereit, einen Schlüssel zu holen, mit dem er eine ausgetrocknete Holztür zu öffnen vermochte. Der Eingang zur Grotte.

Die Gebrauchsanleitung für diese Höhle habe ich bedauerlicherweise erst nach dem Besuch derselbigen gelesen. Der Berg Glavica, durch den Fluss Klisir von dem etwas höheren Berg Gladim getrennt, beherbergt ein umfangreiches Höhlensystem. Auf einer Höhe von etwa 580 m befinden sich drei natürliche Eingänge zur Marmorgrotte. Ein vierter Eingang, die niedrigste Öffnung, war erst 1969 entdeckt worden. Da sie nicht mit Grottentonerde angefüllt war, nutzte man diese als Eingang in die unterirdischen Gänge, Kanäle, Säle, Räume und Galerien. Die Grottenbeschreibung nennt drei Galerien: West-, Nord- und Ostgalerie. Die Westgalerie liegt unmittelbar hinter dem Haupteingang. Auf der linken Seite finden sich kleine Erweiterungen, Nebengänge, die in die Höhe führen. Nach Osten verlaufen drei Hauptgänge und weitere Nebengänge. Die Westgalerie endet in einem Rundsaal mit einem großen See, aus dem ein unterirdischer Bach fließt.

Der alte Mann hielt die Tür auf, hieß uns eintreten und schloss sie auch gleich wieder hinter sich, als wir uns im Eingangsbereich der Höhle befanden. Nur wenig Tageslicht drang durch die Ritzen der hölzernen Tür. Der Alte ging voraus und hantierte in einer Art Schalt- und Sicherungskasten herum. Das spärliche Licht weniger Deckenlampen wies uns den Weg in die Höhle hinein. Schon bald begrüßten uns geheimnisvoll beleuchtete, kunstvoll gestaltete Zapfen, Stalagmiten und Stalaktiten. Von der Decke hing ein Vorhang aus Kristallen wie Spinnengewebe.

„Dieser Teil der Höhle gilt als der reichste an Aragonitschmuck in der Welt", flüsterte mir Zoran zu. Er war sichtlich stolz auf das, was er mir hier bieten konnte. Bartförmige Stalagmiten, bizarre Igel und Krebse mit langen Stacheln und Barthaaren säumten den Weg. Ich kam aus dem Staunen nicht mehr heraus. Und es sollte erst der Beginn unserer Tour durch die Unterwelt sein. Ein wenig Geisterbahn.

Ein Knall, ein lautes Krachen gefolgt von unendlicher Finsternis schreckte mich auf. Was war geschehen? Ich war vor Schreck erstarrt. In nicht allzu großer Ferne glaubte ich das Rauschen eines Flusses oder Bachs zu vernehmen.

„Stromausfall" übersetzte Zoran. „Einer muss den Sicherungskasten finden. Hast Du Feuer?"

Hatte ich nicht. Auch Zoran nicht und auch nicht unser Führer.

Jetzt sitzen wir fest! Gefangen bis zum nächsten Saisonstart im Frühling kommenden Jahres. Wer sollte uns vermissen? Wie sollte Sabine auch nur ahnen, dass ich in einer Höhle mit unzähligen Gängen, Galerien und Sälen gefangen bin? Ohne Wasser und Brot. Na ja, Wasser gabs ja in den weitläufigen unterirdischen Seen und Bächen zuhauf. War das eine Falle, in die ich geraten bin?

276

Die Höhle war offiziell geschlossen. Nicht alle Gedanken, die mir in diesem Augenblick durch den Kopf rasten, waren logisch.

Der unterirdische Bach sollte meine Rettung sein. Jedes Rinnsal, jedes Bächlein kommt irgendwo irgendwann einmal aus dem Berg heraus und mündet in einen größeren Fluss. Ich müsste mich also zum Bach vortasten oder vorrobben, in das Wasser steigen, vielleicht vorher mich meiner überflüssigen Kleider entledigen, und mich vom Wasser durch das Höhlensystem nach draußen tragen lassen. Dass die Wassertemperatur in diesem Höhlensystem nur bei maximal 12 Grad liegt, hatte ich nicht bedacht. Nach längerer Zeit absoluter Stille, die mir wie eine Ewigkeit vorkam, hörte ich etwas entfernt die Stimmen Milenkos und des alten Mannes. Hatten sie sich entfernt?

Kurz blitzte ein Flämmchen auf.

Milenko, der alte Tito-Held, hatte doch tatsächlich sein Notpäckchen aus der Militärzeit eingesteckt. In weiser Voraussicht? Darin fand er neben dem Verbandszeug, Tabletten und ähnlichem doch tatsächlich ein altes Feuerzeug.

Der Alte tastete sich mit dem dürftigen Licht den Felswänden entlang und war schon bald nicht mehr zu sehen. Die tiefe Finsternis kehrte zurück.

Warum nur war ich so negativ gepolt? Wird er Hilfe holen oder einfach nur abhauen. Als erfahrener und erprobter Tourguide müsste er den Weg sogar im Dunkeln finden können.

Ich stand vor einem mächtigen Stalagmit. Zoran, das verriet der kurze Lichterschein, war keine zwei Meter entfernt. Milenko harrte in einer Entfernung von etwa fünf Metern aus. Keiner von uns sprach ein Wort.

Der Alte war nicht mehr zu hören und zu sehen. Das Licht hatte er in die Finsternis mitgenommen.

Warten oder Sprung ins Wasser?

Ein lautes Klacken ging einher mit dem plötzlichen Aufblitzen der Beleuchtungskörper hinter den Drachen und Igeln.

Wir sind gerettet!

Ohne weitere Erklärungen führte uns der Alte aus der Höhle. Zoran und Milenko verstanden mein „Puh" der Erleichterung. Sie baten mich, sie zurück nach Pristina zu bringen.

Ich fuhr von Pristina dann direkt nach Skopje, zum Flughafen, um einen Flug nach München zu buchen. Das Auto übergab ich der JAT-Flugzeug-Crew, die eine Möglichkeit suchte, zum Hotel Intercontinental zu kommen, in dem ich meine erste Nacht verbracht und das Auto gemietet hatte.

Ich wollte so schnell wie nur möglich zurück. Dorthin, wo ich hingehörte. Zu Sabine und meinem kleinen Slanger.

Ich kam mit dem nächsten Flieger nach Belgrad, nicht aber nach München. Ich musste eine weitere Nacht in der Hauptstadt Jugoslawiens verbringen. Am Tag meines Rückflugs nach München hatte ich noch Zeit, mir ein wenig die Stadt anzuschauen. Ich besuchte als erstes die Burganlage.

Als ich versonnen, das Geschehene nun mit einem gewissen Abstand reflektierend, in den Burggraben schaute, gesellte sich ein junger Mann zu mir. Er wollte wissen, ob ich mich hier in Beograd auskennen würde. Wir kamen ins Gespräch. Er war Engländer. Als ich ihn fragte, was ihn nach Belgrad verschlug, antwortete er frei heraus:

„Ich suche meinen Vater."

Und ich dachte, ohne ihm diesen Ratschlag zu geben: Vergiss es!

Die Erkenntnis

Ich sitze am Meeresstrand und beobachte die bewegte Flut. Weit und breit ist niemand zu sehen, die Saison längst beendet. Die Zeit steht still.

Ich lasse meinen Atem wie die Wellen kommen und gehen. Soweit mein Blick reicht, erlebe ich das Meer als eine einzige, unendliche Einheit. Wie von einer unsichtbaren Kraft angetrieben entstehen daraus riesige Wogen, die sich zu wuchtigen Mauern auftürmen, um sich gleichsam selbst zerstörend donnernd gegen die steilen Felsklippen zu werfen. Bei dieser schmerzvollen Geburt zerstieben sie in Milliarden kleinster Wassertropfen, die in alle Himmelsrichtungen auseinanderstreben, um schließlich wieder in das Meer, ihren Ursprung, zurückzufallen.

Für einen Wimpernschlag nur erscheinen die unzähligen Wassertropfen wie einzelne, selbständige Individuen, die einander begegnen, aber nichts von ihrem gemeinsamen Ursprung ahnen, aus dem sie kommen und zu dem sie zurückkehren. Sie stürzen mit all ihren Erfahrungen und Erlebnissen, die sie während des Falls sammeln, zurück in das Meer, zurück zu ihrem Ursprung.

Urplötzlich erlebe und verstehe ich das Gleichnis, das die einen die Weltseele, die anderen Gott nennen. Woher wir kommen und wohin wir gehen, es ist der Anfang und das Ende, Alpha und Omega, Yin und Yang. Es ist die Einheit.

In diesem unserem Körper fühlen wir uns zeitlebens als einzelne, unabhängige und selbständige Wesen, nicht bewusst unseres gemeinsamen geistigen Ursprungs und unserer geistigen Einheit, aus der wir kommen und zu der wir hinstreben.

Dieses Naturschauspiel gab mir zu verstehen, dass mir auf dieser Ebene jeder Mensch Vater, Mutter, Bruder, Schwester, Sohn und Tochter zugleich ist. Unabhängig von seiner Hautfarbe, seiner Herkunft, seinem Geschlecht, seiner Religion, seines sozialen Standes oder seiner sexuellen Orientierung.

Als ich nach Hause zurückkehrte, war ich ein neuer, ein anderer Mensch. Ich kannte nun meinen Weg. Ich suchte nicht länger mehr den Vater in einer anderen Person, sondern begann das Prinzip Vater selbst zu leben. Ich ließ es einfach zu, ließ es geschehen.

Ich wurde Vater des kleinen Slanger. Ihn adoptierte ich an dem Tag, an dem Sabine und ich uns auf dem Standesamt das Ja-Wort gaben. Es war sein Wunsch, dass ich sein Vater werde, als er mich eines Tages frei heraus Papi nannte. Und es war auch sein Wunsch, meinen Namen zu tragen. Er war auf dem Standesamt mit dabei. Mit seiner Gigi, der kleinen, zerrupften Stoffgiraffe. Nicht nur meine Braut bekam einen Blumenstrauß, auch der kleine Slanger erhielt ein Blumensträußchen, das er stolz vor sich hertrug.

Sabine schenkte mir noch einen zweiten Sohn, den Roman. Ihm durfte ich von Anfang an Vater sein.

Die Lösung

Mit unseren Söhnen Alexander und Roman verbrachten wir die Schulferien meist in Cham, in der Stadt, in der ich einst zur Welt gekommen bin.

Als wir Ende August 1987 nach den großen Ferien wieder zuhause in München ankamen, fand ich einen Brief aus Jugoslawien vor.

Die Bedeutung dieses Schreibens erahnend riss ich schon im Treppenhaus den Umschlag auf. Ich fand darin den Brief einer Frau aus Kragujevac in Serbien, die sich als meine Schwester Zorica vorstellte:

Lieber Alexander,

Du weißt vielleicht nicht, dass unser, Dein und mein Vater gestorben ist.

Einige Stunden vor seinem Tod gab er mir einen Zettel mit Deiner Adresse und so hat er endlich eingestanden, dass Du sein Sohn und damit unser Bruder bist.

All die Jahre nach dem Zweiten Weltkrieg durften wir den Vater über Dich nichts fragen. Er war sehr streng und wollte darüber nicht sprechen.

Aus der Erzählung meiner Mutter, die mittlerweile auch gestorben ist, wusste ich, dass Du hier in Jugoslawien bei ihm warst, dass Du uns ähnlich bist, aber auch, dass der Vater zu Dir sogar grob war.

Mir ist heute noch unverständlich, warum er sich gegen Dich so benommen hat. Meine, nunmehr auch Deine Geschwister und ich hier,

wir sind da ganz anderer Ansicht: Du bist und bleibst unser Bruder
und wir möchten mit Dir dauernd in Verbindung sein.
Du hast hier nicht nur mich, sondern auch noch drei Schwestern und
drei Brüder. Wir sieben sind alle verheiratet und haben Familien.
Unser unsagbarer Wunsch ist, Dich und all die Deinen kennenzu-
lernen, wenn Du dazu Lust hast. Wir laden Dich und die Deinen
hiermit herzlichst ein.
Bitte schreib uns über Dich und Deine Familie! Im nächsten Brief
oder noch viel besser, bei unserem Treffen hier bei uns werden wir
ausführlich über alles sprechen.
Dieses Schreiben sollte nur ein erster Kontakt sein.
Dich und die Deinigen, uns Lieben, aber leider Unbekannten, grü-
ßen wir von Herzen.
    Deine Schwester Zorica aus Kragujevac

Endlich hielt ich die Bestätigung in den Händen, dass Vlado
Novokmet mein Vater ist. Und gleichsam über Nacht hatte ich
zudem vier Schwestern und drei Brüder bekommen. Mein
Traum ist, wenn auch verspätet und anders als erwartet, nun
doch noch in Erfüllung gegangen.

Die Begegnung mit meinen Geschwistern sollte aber erst
2001 möglich werden. Dazwischen lag der schreckliche Ko-
sovo-Krieg.

Stumme Zeugen

Die Verbindung zu Zorica, meiner Schwester, hielt ich jahrelang mit Briefen aufrecht. Ich hatte nicht mehr das Bedürfnis, die Familie meines Erzeugers kennen zu lernen, obwohl Zorica das immer wieder vehement einforderte. Den Grund hierfür nannte sie in einem ihrer späteren Briefe:

Alexander, ich habe zwei Töchter, nämlich Brankica, geboren im Juni 1969 und Biljana, geboren im August 1973.

Brankica ist verheiratet und hat bereits selbst zwei Kinder, einen Sohn Vladimir, geboren im August 1990, und eine Tochter Alexandra, geboren im April 1994.

Meine Freundin Bosna aus Deutschland hat Dir bereits erzählt, dass meine beiden Töchter taubstumm sind.

Es ist sehr schwer, wenn es dir im Allgemeinen gut geht, du aber andrerseits zwei taubstumme Töchter hast. Es tut noch immer weh, und ich glaube, ich bin diejenige, die für Vaters Sünde büßen muss, weil er zu Lebzeiten nicht zugeben wollte, dass er noch einen Sohn in Deutschland hat.

Lieber Bruder, verstehe mich nicht falsch, aber es ist für mich sehr schwer, das Opfer meines Vaters zu sein. Wenn Du meine Töchter einmal selbst sehen wirst, wirst Du meinen Schmerz verstehen können.

Dieses Schreiben erregte zwar mein ehrliches Mitgefühl, der Gedanke aber, deshalb noch einmal nach Jugoslawien zu reisen, kam in mir nicht auf. Das Thema Vater war für mich abgeschlossen.

Wie Zorica in einem Brief schrieb, hatte mein Vater einige Jahre vor seinem Tod den Kosovo verlassen, hatte sein Anwesen an Albaner verkauft und war mit seiner Frau Dana nach Kragujevac in die Nähe seiner Tochter gezogen. Er und seine Familie waren gläubige Serben. Ihre Identität war stark vom orthodoxen Christentum geprägt. Kein Wunder, dass Zorica die Behinderung ihrer Töchter als Strafe Gottes auslegte. Dass an solchen Erwägungen etwas Wahres sein könnte, wurde mir erst bewusst, als ich 1997 wieder einmal ein Seminar für Führungskräfte bei Wolf Büntig besuchte. Er war einer der ersten, der die Körperpsychotherapie, besonders die Bioenergetik, von den USA nach Deutschland brachte und praktizierte. Bei den Familienaufstellungen fiel es mir wie Schuppen von den Augen. Ich erkannte, dass tabuisierte Themen und Personen innerhalb einer Familie wie Gespenster wirken können. Sie wollen wie Traumata entdeckt, gehoben und erlöst werden. Sollte ich nicht doch meine Angehörigen in Jugoslawien besuchen, ihnen damit mein Wohlwollen zeigen, den Bann brechen? Ich würde zwar mit meinem Erscheinen den Töchtern Zoricas nicht Hören und Sprechen schenken können, aber vielleicht ein wenig Frieden in die Familie tragen.

Nun aber war Krieg in Jugoslawien, nicht nur im Kosovo. Die Nato bombardierte die Industrieanlagen in Serbien, auch in Kragujevac, dem Wohnort meiner Schwester Zorica. Die ebenfalls taubstummen Ehemänner von Biljana und Brankica hatten ihre Arbeitsplätze verloren. Ich unterstützte die Familien über Zorica, soweit es mir möglich war, mit Geldzuwendungen. Es galt nun vorrangig den Krieg zu überstehen.

Der Krieg endete im Juni 1999. „Alles wird wieder gut", meinte Zorica und drängte mich weiterhin, sie und ihre Familie zu besuchen. Dazu ermutigte mich nun auch Jovanka, die Hoteldame des Walser Hofs in Klosters. Meine Cousine Gabi und ihr Mann Beat führten dort dieses Hotel und Sternerestaurant. Jovanka war für die Zimmer verantwortlich, die den hohen Ansprüchen der noblen und berühmten Gäste aus aller Welt Genüge leisten mussten. Sie und ihr Mann kamen aus Jugoslawien.

Als ich wieder einmal meine Cousine in der Schweiz besuchte, verriet ich Jovanka – sie kam aus Niš in Serbien – dass auch ich serbische Wurzeln nachweisen kann. Ich erzählte ihr von meiner Schwester Zorica in Kragujevac, die wollte, dass ich sie besuchte. Ich beklagte, kein Wort Jugoslawisch oder Serbisch sprechen zu können und ein Besuch somit nicht viel bringen würde. Das sah Jovanka jedoch anders. Sie rief spontan meine Schwester Zorica an und machte mit ihr aus, dass sie mich als Dolmetscherin nach Serbien begleiten würde.

Und so kam es, dass ich 2001 mit meinem Sohn Roman von München nach Belgrad flog, dort von Jovanka am Flughafen abgeholt und mit ihrem Auto nach Kragujevac gebracht wurde. Noch nie im Leben hatte ich einen so herzlichen Empfang erfahren. Noch nie vorher wurde ich von so vielen Männern und Frauen auf einmal umarmt, gedrückt und geküsst. Vor Zoricas Haus standen in einer langen Reihe Männer und Frauen. Waren es Brüder, Schwestern, ihre Ehepartner? Ich wusste sie nicht einzuordnen. Auch konnte ich mir ihren Namen nicht merken, Ich war viel zu aufgeregt, um das, was mit mir und um mich herum geschah, bewusst aufzunehmen. Als ich später meine Gedanken zu ordnen vermochte, zählte ich drei Schwestern und ihre Ehemänner. Ich erkannte Zoricas gehörlose Töchter Brankica und Biljana, die ihre taubstummen Ehemänner mitgebracht hatten. Auch die Kinder von Brankica, Alexa und Vladimir waren mit dabei. Eine Schwester, die weiter entfernt wohnte, konnte, warum auch immer, nicht kommen.

Zorica versuchte mir schonend beizubringen, dass meine drei Brüder bereits gestorben sind. Sie zeigte mir Fotos von ihnen. Alle drei waren kräftige Burschen, die gerne rauchten und auch zum Sljivovica, dem Zwetschgenwasser, nicht nein sagten. Zorica bemerkte meine Traurigkeit ob dieser Nachricht und ergänzte: „Es ging ihnen im Leben gut. Sie waren glücklich und zufrieden und auch glücklich verheiratet."

Jovanka übersetzte: „Es war bei allen dreien das Herz, das eines Tages nicht mehr mitmachte."

Es waren vier Menschen unter den mich Erwartenden, die ich auf Anhieb besonders mochte und in mein Herz schloss. Meine Schwester Vukica, das Wölfchen, wie man sie nannte, wurde im selben Jahr wie ich geboren. Sie hielt lange meine Hand in der ihren. Wir sprachen nicht miteinander, verstanden uns aber auch ohne Worte.

Der kleine Vladimir lief mit ausgebreiteten Armen auf mich zu und umarmte mich, als sei ich sein Papa. Er hatte eine besondere Reife trotz seiner jungen Jahre, bildete er doch die Verbindung seiner gehörlosen Eltern zur Außenwelt.

Dann waren da noch zwei Cousins, die wie eineiige Zwillinge alles zusammen unternahmen, Zlatko und Zoran. Sie betrieben eine kleine Schweinefarm. Mit ihrer Heiterkeit, ihrer ehrlichen Gelöstheit wirkten sie auf mich wie zwei Lausbuben, deren Köpfen immer neue lustige Streiche entspringen.

Übernachten konnten Roman und ich bei Jovankas Mutter auf dem Land in einem kleinen Dorf mit nur wenigen Bauernhäusern. Auf dem Weg dorthin in Richtung Niš erlebten wir das esoterisch emotionale Weltbild serbischer Menschen. Die Zweige eines alten knorrigen Baums mit nur wenigen Blättern hingen über der Landstraße und warfen ein Schattengebilde auf den Boden. Nur wenige Meter danach stand ein ausgebrannter Bus am Wegesrand. Jovanka hatte eine Erklärung bereit. Der Bus hatte den Baum berührt und ist danach in Flammen aufgegangen.

„Das ist ein ganz besonderer Baum", erklärte Jovanka. „Wer ihn achtlos berührt, ihm ein Leid zufügt oder seine Kraft missachtet, wird dafür schwer bestraft."

Und Jovanka hielt sofort einige andere Geschichten über diesen Baum bereit. Ein Nachbar im Dorf hatte bei der Heimkehr von einer feuchtfröhlichen Feier an den Baum gepinkelt. Er sei kurz darauf tot im Bett aufgefunden worden. Ein plötzlicher Schlaganfall. Ein anderer habe einen Zweig vom Baum abgerissen. Er sei schon bald danach in eine Kreissäge geraten und habe so eine Hand verloren.

Der nächste Tag war Ritualen der Versöhnung gewidmet. Organisiert von Zorica. Wir besuchten eine serbisch-orthodoxe Kirche und steckten vor den Ikonen eine Kerze auf, welche meine Schwester besorgt hatte. Dann fuhren wir im Konvoi zum Friedhof. Zorica führte uns an vielen Gräbern vorbei zum Familiengrab der Novokmets. Es glich einer kleinen Kapelle auf vier Säulen. Dort durfte ich Räucherzweige entzünden und unter stillem Gebet auf den die Gruft bedeckenden Stein legen. Auf dem Nachbargrab wurde gerade eine Bestattung nach serbischem Ritual gefeiert. Über der frisch mit Erde bedeckten Ruhestätte stand eine Art Tapezierertisch mit allerlei Leckereien beladen. Die Trauernden, die das Grab umringten, luden mich freundlich zum Mahl ein. Ich gab ebenso freundlich zu verstehen, dass ich meiner Trauergemeinde zu folgen hatte.

Es gab danach in Zoricas Heim jede Menge zu essen und zu trinken, als galt es eine Hochzeit zu feiern. Wie bei „der Reise nach Jerusalem" wechselte ich immer wieder meinen Platz, um einem jeden die Fragen, die ihn drängten, zu beantworten. Jovanka übersetzte geduldig und immer mit einem freundlichen Lächeln die Dialoge.

Nun erfuhr ich auch vieles, was ich bisher von meinem Vater und seiner Familie nicht wusste und das mir auch sein Verhalten verständlich machen konnte.

Die Familie meines Vaters war vor allem im Kosovo weit verbreitet. Es gab einen Zweig armer Verwandtschaft, aber auch reiche Verwandte. Mein Vater gehörte der Seite der Wohlhabenden an.

Vladimir Novokmet, mein Vater, war in Bileća, einer Stadt im Südosten von Bosnien und Herzegowina nahe der Grenze zu Montenegro, auf die Welt gekommen. Neben der Textil- und Metallindustrie spielten gerade in den schwer zugänglichen Dörfern landwirtschaftliche Betriebe eine große Rolle.

Vladimir hatte noch sieben Brüder und vier Schwestern. Die Novokmets lebten als Bauern vornehmlich von der Landwirtschaft. Sie waren als Migranten in dieses Land gekommen, in dem die Einwohner stolz waren, Serben von Hercegovac zu sein. Man sagte, die besten Menschen kämen von dort.

Vladimir absolvierte die Mittelschule. Das war ein hoher Schulabschluss in einem Land, in dem viele Leute nicht einmal lesen und schreiben konnten.

Mein Vater trat in die Fußstapfen seiner Eltern und betrieb Ackerbau und Viehzucht im Kosovo nahe Pristina, arbeitete aber täglich auch als Sekretär in der Kreisverwaltung. Er war ein hart arbeitender Mann. Nach getaner Amtspflicht bestellte er seine Äcker. Er hatte eigene Getreidefelder, aber auch Tabak pflanzte er an. Er war Bauer aus Leidenschaft und tat alles für seine große Familie.

Kochen hatte er in Deutschland bei den Bärlehners gelernt. Seine Frau Dana und seine sieben Kinder wussten seine Kochkünste sehr wohl zu schätzen. Er selbst aß gerne Fleisch und Eier und trank auch hin und wieder selbstgebrannten Rakija, einen Obstbrand, der durch Destillation vergorener Früchte hergestellt wird. Er feierte gern und präsentierte bei diesen Gelegenheiten seine Sangeskunst. Als Bariton imponierte er seinen Zuhörern mit einer kräftigen Stimme. Ein Instrument spielte er nicht.

Vladimir galt als der Klügste unter seinen Brüdern. Er war höflich, jederzeit offen für Gespräche und Diskussionen und hilfsbereit. Später war er der Mittelpunkt der Familie. Er wurde respektvoll um Rat gefragt, wenn es etwas zu entscheiden gab. Und das gab es oft und viel. Sogar ältere Angehörige des Novokmet Clans holten sich Rat bei ihm.

Er war allseits beliebt und hatte viele Freunde. Frauen fanden ihn durchwegs attraktiv. Eine Menge armer Leute wandten sich an ihn, wenn sie Hilfe brauchten. Keiner ging leer nach Hause. Man konnte mit ihm über alles reden. Er war eloquent und zeigte sich gebildet, als hätte er die besten Schulen der Welt besucht.

Was er nicht leiden konnte, waren die Kommunisten und ihre Theorien. Er hasste sie. Das zeigte er deutlich, als er von den Anhängern Titos als Funktionär in die kommunistische Partei aufgenommen werden sollte, indem er dies strikt ablehnte, obwohl man ihn mit dem Angebot einer hohen Position nach Skopje zu locken versuchte. Er wolle seine Familie und seinen Hof nicht verlassen, nannte er als Grund für seine Ablehnung.

Seine Kinder erlebten ihn als einen guten und treuen Ehemann, als strengen, aber dennoch fürsorglichen Vater. Wenn die Kinder nicht taten, was er ihnen geheißen, zeigte er sich verärgert. Sein Ärger war meist nur von kurzer Dauer. Er verrauchte bald wieder. Vladimir liebte alle seine Kinder. Vukica, das Wölfchen, die im selben Jahr wie ich auf die Welt kam, war sein besonderer Liebling.

Mein Vater war Raucher. Kein Wunder, pflanzte er doch selbst den Tabak an. Er war zeitlebens dennoch kerngesund.

Es war seiner Familie bekannt, dass er als Kriegsgefangener in Landshut in einer Brauerei arbeiten musste. Er sprach ziemlich gut Deutsch, soweit dies seine Lieben beurteilen konnten.

Im Zweiten Weltkrieg wurde er an der albanischen Grenze von Italienern gefangen genommen. Sie brachten ihn nach Italien, in ein KZ, wie er es nannte. Nur einmal erwähnte er kurz, dort sogar gefoltert worden zu sein, weil er sich mit einem Wachtposten angelegt hatte. Man transportierte ihn 1944 nach Deutschland, wo er schließlich im Stalag Moosburg landete. Von dort wurde er ins Landshuter Brauhaus zum Arbeiten delegiert. Von seinem Kriegskameraden Antely Stojan, mit dem er im Landshuter Brauhaus arbeitete, hatte er nie etwas erzählt.

1984 verließen Vladimir Novokmet und seine Frau Dana ihren Hof in Tankosić, um nach Serbien in die Nähe von Kragujevac umzuziehen. Er wollte nahe bei seiner Tochter Zorica seinen Lebensabend verbringen. Er starb im August 1987 im Alter von 80 Jahren.

Vladimirs Frau Dana hatte zwei Jahre vor ihm diese Welt und ihren Vlado verlassen.

Ein herzliches Dankeschön

Ich danke Fabio, der so jung sterben musste, um mich zum Vater seines Sohnes zu machen. Ich bin mir sicher, er hat ihn mir vom Himmel aus anvertraut, und ich hoffe, dass er mit mir als Ersatzvater zufrieden ist.

Ich danke meinem Sohn Alexander, für den ich Freund und Ersatzvater sein darf, dass er mich als Vater ausgewählt und angenommen hat und damit so viel Freude in mein Leben brachte.

Ich danke meiner lieben Frau Sabine, dass sie mir im richtigen Moment die Tür geöffnet hat, mich zum Mann nahm, mir zwei wunderbare Söhne schenkte und mir half, meine eigene Männlichkeit zu finden und zu leben. Ich danke ihr, dass sie mich darin bestärkte, meinen Vater zu suchen. Ich danke ihr für über 40 Jahre Partnerschaft und Ehe.

Ich danke meinem Sohn Roman-Maximilian, der mich erfahren ließ, was es heißt, Vater zu werden und Vater zu sein, der immer treu zu mir steht, mir Wertschätzung schenkt, mich inspiriert und als Fotograf und Filmer künstlerisch unterstützt.

Ich danke meinem langjährigen Freund und Weggefährten Hans-Peter, der mir in vielen Bereichen des Lebens stets ein großes Vorbild war, mir als väterlicher Freund positive Männlichkeit vorlebte und mir Mut machte, meinen Yoga-Weg zu finden und zu gehen.

Ich danke dem Sandbosteler Team von „Trotzdem da": Lucy Debus, Jan Dohrmann und Juliane Rehder. Sie machten mir mit ihrem Seminar bewusst, dass nicht ich der Protagonist dieser Geschichte bin. Vielmehr sind die wahren Helden meiner

Erzählung meine Mutter und mein Vater. Meine Mutter, die den Mut hatte, ihre Liebe, trotz all der Schmach, die sie zu erwarten hatte, einem „Feind des deutschen Volkes" zu schenken. Und Vladimir, mein Vater, der trotz all des Leids und der Demütigungen, die er im Krieg fern seiner Heimat erfahren musste, und trotz der Gefahr, die Todesstrafe zu erleiden, es wagte, meine Mutter, eine deutsche Frau, zu lieben.

Ich danke meiner Mutter, dass sie mir das Leben geschenkt hat, obwohl sie damit die Chance verlor, ein standes- und ihr gemäßes Leben zu führen.

Ich danke meiner Tante Maja, die mich wie ihr eigenes Kind liebte, forderte und förderte und mir immer zur Seite stand.

Ich danke meiner Pflegemutter, die mich als ihr Kind liebevoll aufgenommen hat und mir Ehrlichkeit, Bescheidenheit, Aufrichtigkeit und Rücksichtnahme als Tugenden lehrte.

Ich danke allen Menschen, die mich in meinem Leben begleitet, gefordert und gefördert haben.

Ich danke Gott, dass mein Leben so verlief, wie es verlief. Was in meinem Leben nicht auf Anhieb oder gar nicht gelingen wollte, war für mich, im Nachhinein betrachtet, von großem Vorteil. Was ich mir erträumte, fiel mir später, nämlich zum bestmöglichen Zeitpunkt, einfach von selber zu.

Ich danke den vielen Leserinnen und Lesern meiner Bücher, die mich dazu ermutigten, die Trilogie mit diesem Buch zu vollenden:

- So war's und ned anders – Der versteckte Bua
- Der zerbrochene Engel
- Und Vlado spricht doch Deutsch – Ein Bub sucht seinen Vater

L. Alexander Metz 2024
Foto: Roman Metz Photography München

So war's und ned anders – Der versteckte Bua

Alex ist ein Kind der Liebe. Da sein Erzeuger ein Zwangsarbeiter ist und niemand von der Schwangerschaft seiner Mutter erfahren darf, wird er in Cham, einer Kleinstadt im Herzen des Bayerischen Waldes, im damaligen Armenhaus Deutschlands, versteckt gehalten. Seine Geschichten erinnern an alte Zeiten, die zwar nicht besser waren, in denen die Menschen aber mit weniger glücklich und zufrieden sein konnten.

Ein BoD-Bestseller
als Buch: ISBN 978-3-7386-4202-5
als eBook: ISBN 978-3-7392-7815-5

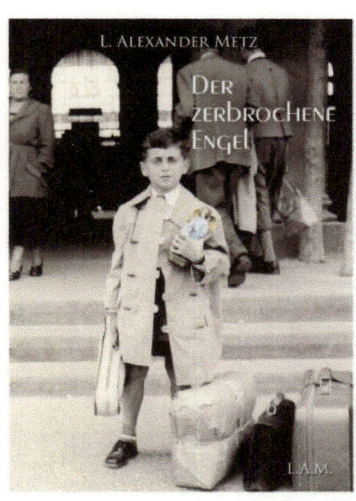

Der zerbrochene Engel

Quem Deus amat eum castigat
Wen Gott liebt, den züchtigt er

Alex, der Sohn eines Zwangsarbeiters, den man bisher in Cham bei einer Pflegemutter versteckt hielt, kommt mit 9 Jahren ins Internat. Aus ihm soll einmal etwas werden, meint seine echte Mutter und freut sich, dass er wegen seiner glockenhellen Sopranstimme im Chor der Regensburger Domspatzen aufgenommen wird. Eine harte Zeit steht ihm bevor, nicht zuletzt, weil jeglicher Kontakt zu seiner geliebten Pflegemutter unterbunden wird. Das Einzige, was ihn mit ihr noch verbindet, ist ein geweihter Schutzengel aus Gips, den sie ihm zum Abschied schenkt.

Buch: ISBN 978-3-7448-3548-0
eBook: ISBN 978-3-7448-0605-3

**„Ich weiß ned, war die Zeit schuld oder war ich selber
schuld an meinem Leben?"**

So beendet Ossi, der treusorgende Familienmensch, der zuver-
lässige Freund, der Herzensbrecher, der Zuhälter, der Anstif-
ter zum Mord und Mörder seine Lebensbeichte.

Ein Blick in eine wenig bekannte Welt im München des 20.
Jahrhunderts. Humorvoll und spannend geschrieben.

Ein BoD-Bestseller

als Buch: ISBN 978-3-8423-7369-3
als eBook: ISBN 978-3-8448-6972-9